零崎軋識的人間敲打
Illustration take

Author

Illustration **take** Cover Design **Veia**

零崎軋識的人間敲打

Illustration
take

Illustration take
Cover Design Veia

零崎軋識的人間敲打 1 狙擊手来襲

零崎軋識的人間敲打 2 竹取山決戰——前半戰——

零崎軋識的人間敲打 2 竹取山決戰——後半戰——

零崎軋識的人間敲打 3 承包人傳說

登場人物簡介

零崎軋識(ZEROZAKI KISHISHIKI)——殺人鬼。
零崎人識(ZEROZAKI HITOSHIKI)——殺人鬼。
零崎雙識(ZEROZAKI SOUSHIKI)——殺人鬼。
零崎曲識(ZEROZAKI MAGASHIKI)——殺人鬼。
荻原子荻(HAGIHARA SHIOGI)——軍師。
西条玉藻(SAIJYOU TAMAMO)——狂戰士。
市井遊馬(SHISEI YUMA)——病蜘蛛。
赤神伊梨亞(AKAGAMI IRIA)——千金小姐。
赤神奧黛特(AKAGAMI ODETTO)——千金小姐。
千賀彩(CHIGA AKARI)——女僕。
千賀光(CHIGA HIKARI)——女僕。
千賀明子(CHIGA TERUKO)——女僕。
匂宮出夢(NIOUNOMIYA IZUMU)——殺手。
闇口濡衣(YAMIGUCHI NUREGINU)——刺客。
闇口憑依(YAMIGUCHI HIYOUI)——刺客。
石凪萌太(ISHINAGI MOETA)——死神。
哀川潤(AIKAWA JYUN)——承包人。
暴君(十四歲)——少女。

若各位讀者遇見一位入會嚴格的「十二個真漁夫俱樂部」成員走進維農旅館參加俱樂部週年晚宴，當他脫下大衣，你會發現，他燕尾服外套是綠色而非黑色。

若向他請教原因（假設你有勇氣向這樣的人物攀談），他可能回答——是為了避免被誤認為侍者。你聽了可能摸摸鼻子就離開。

但這樣可能錯過一個懸疑、神秘又精采的故事。

《神秘的腳步聲》by G・K・卻斯特頓

零崎軋識的
人間敲打
1
狙擊手來襲

◆　◆

那裡，是更為接近某個政令指定都市的中心地帶，巨大的建築物即使以高聳入天來形容也毫不誇張，不離得遠一點就無法看見全貌，無論縱向或橫向，這棟建築物都占有極大的面積。在這棟極為高級的公寓前，有兩個奇妙的人並排站著，仰望著公寓。

其中一人，是個戴著草帽、身材瘦長的青年，穿著讓人覺得在六月這個季節還稍嫌冷的白色背心、皺巴巴鬆垮垮的褲子，腳下則穿著一雙破破爛爛的涼鞋。臉上戴著圓形太陽眼鏡，脖子上掛著白色毛巾，一副來自鄉下的農村青年模樣。唯一跟這個形象不合的物品，是掛在右肩上的細長黑色皮筒。

另一個人，是穿著學生制服的少年，說得更清楚一點，或許用「男孩」一詞來形容會更貼切吧。他是個個頭不高的男孩，穿著在六月這個季節看來很悶熱的立領學生服。大概是個國中生吧，胸口釘著刻有「汀目」字樣的名牌，帶有光澤的黑髮披散在肩頭上，有著些許沉悶的感覺。雖然跟旁邊的草帽青年同樣戴著圓形太陽眼鏡，但是在這男孩臉上有比太陽眼鏡更引人注意的東西，那是被太陽眼鏡遮去大半面積的——在右臉頰上不祥的刺青。

草帽青年不知為何似乎有些不愉快；臉頰刺青的男孩則不知道正在笑些什麼。

「喂，人識。」草帽青年仰望著大廈的頂樓，向旁邊的男孩說：「阿願跟你說了些我的什麼事情？」

「嗯？沒有，沒什麼事。」臉頰刺青的男孩並不打算多說什麼，只是保持著一貫的笑臉回答青年。「你不用擔心，大哥他完全沒有說你的壞話。他說：『阿贊擁有我沒辦法教你的事情，所以你要跟著他好好地學習。』」

「哼，他還真敢說！」草帽青年調了調帽沿，好像有些不好意思。「本來這個工作應該是阿願的，因為人家是找他的碴，為什麼非得把本大爺拉進來，真令人難以理解。」

「那還用說嗎？因為都是家族的人吧。」

青年對以揶揄的語氣說話的男孩，露出了不高興的表情。臉頰刺青的男孩毫不把青年的神情放在心上，繼續說道：

「可是真的很誇張呀！就算是大哥被人找碴了，但聽過詳情之後，根本就沒什麼大不了的，我們這邊沒造成損傷，對方那邊也沒抱著敵意——說起來只是個單純的意外而已。既然如此，什麼報復啦、復仇啦，就不需要一一進行了吧？要說是復習的話，我光復習學校的功課就夠了。」

「你真的……有認真在唸國中？」

「唔……出席天數好像挺糟糕的，不知道能不能順利畢業呢。」

「留級的話，阿願可沒辦法接受。唉，『零崎』去學校上學這種事情本來就很可笑，所以我是覺得怎麼樣都沒差。」此時，草帽青年第一次將視線朝向男孩。「可是……你剛剛說的話，身為『零崎』可不能當作沒聽到。無論如何，我們都不能夠放任『敵人』不管。」

「知道了啦。關於這點，到了這個節骨眼就算老大你不說，大哥也會把我唸到臭頭——那麼，老大，」臉頰刺青的男孩雙手插在口袋，以下巴指著正面的公寓。「這次成為我們零崎一賊的目標，那群可憐得不得了的小羔羊們，就住在這棟公寓裡面吧？」

「沒錯。」

「住得真高級啊！這裡的房租要多少呀？」

「最便宜的是一個月兩百五十萬，而最高的那一樓——我們的目標那夥人當作根據地的那層樓——一個月要四百五十萬。」

「哇，真誇張呀！」男孩很愉快地哈哈笑著。「那麼目標有幾個人？」

「八人。那八人——今天、現在、這個時候——正聚集在最頂樓。」草帽青年淡然地說著，看來他的事前調查十分完美。「這八個人由我動手。」

「啥？」

「對你來說，負擔還太重了。我從阿願那邊仔細聽過你的做事方法了——人識，你是個非常情緒化的傢伙，如果對手是無關緊要的傢伙就算了，可是要是因此讓目標逃走，頭痛的人可是我。」

「不管哪一邊都沒人信任我。」臉頰刺青的男孩並沒有特別出現心情惡劣的樣子。「無所謂啦。很輕鬆呀，那八個人全是外行人不是嗎？麻煩死了，所以交給老大就好。可是那樣的話，為什麼大哥要讓我過來這裡？如果老大要一個人解決的話——啊，我知道了，要我負責把風？」

「不對。」

草帽青年回答。

「在我殺掉那八人的期間，把這棟公寓的居民全殺光就是你的任務。」

「……嗯——」

不曉得是不是草帽青年的回答太出人意料，臉頰刺青的男孩顯得有些欲言又止。

他把手從口袋裡掏出來，無力似地搔了搔頭。

「這棟公寓的居民……跟那八人沒什麼特別的關係吧？」

「有關係。**他們與目標的根據地位於同一棟公寓裡**，光是這一點就足夠。」青年說：「人識，你呀，是不是搞錯了什麼叫做殺人？不過因為這是阿願教你的，這一點也是沒辦法的。那傢伙就算是在零崎一賊中，也是最奇怪的異端份子……」

「有必要殺了其他人嗎？」

「有。」青年肯定地說：「這是殺雞儆猴。」

「啥……全部都要殺？」

「全部殺光。」

「小孩也要？」

「小孩也要。」

「女人也要？」

「女人也要。」

「老人也要？」

「老人也要。」

「動物跟植物都要？」

「動物跟植物都要。你很囉唆耶！敢和零崎一賊結仇就是這種下場。就像你剛才說的，我們為了保護家族什麼都幹──只要對手是家族以外的人。」

「……」

「你有什麼不滿？」青年瞪視著男孩。「反正會住在這種高級公寓裡頭的傢伙，淨是些壞事幹盡，貪汙錢財的人，根本不用放在心上。」

「別說這種破壞人夢想的話。」

「大人是不會作夢的。大人呀，是會實現夢想的。」

「……好啦，我做就是了，做就是了。」

男孩點著頭，以非常勉強的方式說道。「啊……很累耶……真要說起來，學校就快要模擬考了，我要是拿不到平均九十分以上，班長會囉唆的。快點解決完，我要回家唸書。」

「隨你高興。我也是呀，也想快點結束這本來是阿願該做的工作，好回家上網。」

「上網？電腦嗎？」

「最近我有點入迷了。」

「唸……老大呀，這不太適合你……我覺得老大你還是最適合無拘無束揮動球棒的樣子了。」

「光靠適合不適合，是沒辦法過人生的啦。」

然後，草帽青年踏出了一步。

「我先進去，你五分鐘之後再進來，進行剛剛我告訴你的任務。等你到達最頂樓的時候，一切就搞定。」

「咦？讓我打前鋒不是比較好嗎？這種高級公寓一定有警報裝置或是警衛什麼的吧？」

「沒關係，這部分我就當作免費大贈送吧。比起這個，更重要的是——」草帽青年暫時停下腳步，回頭看著男孩。「這也是我聽阿願說的。零崎人識——我可不想被捲入你的無差別地毯式攻擊。我可沒有像阿願那種可以壓制住你的自信啊——『為零崎而生』的小弟。」

「…………」

「……嗯？」

「………………」

「……嘿嘿嘿嘿。」

確認男孩沒有回答的意思，青年稍微敷衍地笑了笑，重新把皮筒背好，進入公寓。

現場僅剩男孩一人。

「……呼。」

只有在疲憊無力時才會浮現的微笑，已經完全消失在男孩臉上。

「什麼『是不是搞錯了什麼叫做殺人』——真會說大話，每個傢伙都這個樣子。」男孩用低到讓人不舒服的聲音喃喃自語著。「不管是大哥還是老大，看待殺人這種沒什麼大不了的事都認真過頭了……真是的，我哪能奉陪呀。」

拿下太陽眼鏡，將它收進胸前的口袋，男孩露出深邃的雙眼。倘若見到那雙眼睛，便會知道他有著無法以「男孩」這等詞彙來形容的深沉又黑暗的陰暗眼眸。

那雙眼睛，毫無疑問地，是不屬於這個世界的。

他的雙瞳深沉得像是渾濁無底的沼澤。

「可是……唉，可是。」

咻——揮動手臂，臉頰刺青的男孩雙手握住藏在學生制服袖子裡的刀子。刀刃厚如柴刀的粗大刀子，以及相對之下，可描繪出如藝術般曲線的輕薄短刀，他靈活地同時旋轉舞動著這兩把刀。

「我也一樣不想被捲進去呀，老大——人稱「愚神禮贊」（Seamless Bias）的零崎軋識先生。人如其名，個性十分隨便的你，如果被捲進你的獨家殺法，就連現在的我也沒辦法應付呢！……剛剛，的確是說五分鐘吧？」

男孩看著右腕上的手錶確認。

「小心一點好了，再加個五分鐘——也許留個十分鐘左右的時間比較好吧——如果聽大哥的建議的話。可是這棟公寓的所有居民……有幾個呀？還有，有幾間房子？雖然鑰匙不是問題，可是……那個老大做事還真是亂七八糟啊，唉。」

男孩由衷地輕聲讚嘆道。

「——真是讓人打從心底佩服的傑作呀。」

五分鐘。

男孩一時興起擅自決定的這個時間差距，大大地改變了從這裡開始的故事發展——

這時，甚至連他本人都尚未察覺到。

◆

◆

零崎軋識是個殺人鬼。

到目前為止的二十七年人生裡，究竟殺過多少人，早就已經數不清了，只是他自己也沒有想要計算就是了。

殺人是沒有理由的。

怎麼說呢？一看到「人」……一看到「人的形體」——

『啊，好像可以殺的樣子。』

心裡就會忍不住冒出這種想法。雖然只能如此說明，但即使是這樣的說明，也不能說是最接近真實狀況。因為就算好像可以殺，但也沒有特別去殺的必要，都只是想像而已，都與實現沒有任何關係。

『殺人的這種心情呀，阿贊——』

不知在何時，同樣隸屬於一賊，恐怕是目前實力最堅強，擁有「自殺志願」（Mind Render）、「第二十人地獄」別名的零崎雙識——今天，讓軋識跑到這裡蹚這灘渾水的始作俑者——曾經對軋識說過一段話。

『原本是由愛而生的哦。』

『…………』

軋識雖然心想「白痴呀！用剪刀刺眼睛！去死吧、變態」。但自殺志願無所謂地繼續說著。

『沒錯，我們是因為親情而殺人。除此之外的殺人理由，要盡量避免——如果希望保有殺人鬼集團的稱號的話。』

殺人鬼集團——零崎一賊。

仔細想想，這個集團存在的本身就很矛盾了。今天那個正經八百去唸國中的小夥伴（雖然常蹺課）的存在也相當矛盾，可是說起來，不求其他，存在的意義就是殺掉除了自己以外所有一切的「殺人鬼」同志，竟然聚集成群、創造了家族什麼的。

真可笑，打從心底覺得可笑。

但是——

即便是愚神禮贊、零崎軋識，也不覺得可以對此一笑置之。

雖然覺得可笑，卻無法否定。

那無可避免的矛盾，只是自己無法接受……而已吧。

只是這樣而已吧。

而且，比起單打獨鬥的殺人鬼的時代，隸屬於集團的現在更——

「——不夠啦。」

自行擔任**前鋒**、搭上公寓電梯的軋識，雖然想著進到室內該把草帽脫掉，但是又沒有地方放，而且反正很快就要再出去公寓回到太陽底下了，於是只摘下了太陽眼鏡。

「要用什麼好呢——」

軋識從皺巴巴的褲子口袋掏出鑰匙，打開樓層按鈕底下的嵌板。這支鑰匙是經由最近迷上的網路拿到的東西——不只是這個，這棟公寓的構造、今天目標的八人會聚集在這地方一事，幾乎都是藉由網路收集到的情報。如果能夠潛入到某種程度以上，幾乎沒有什麼情報是得不到的。以前必須得靠著自己的雙腳四處奔波，現在真是個很棒的時代——

「或者，也可以說是個很糟糕的時代？」

按下嵌板裡頭的頂樓四十五樓的按鈕，電梯開始上升，稍微感到加速的重力，但這種感覺也立刻適應了。

「…………」

雖說接著要面對八個目標敵人——但要說軋識在上升的電梯中思考著的事情是什麼，那便是現在應該在公寓外面準備的夥伴——零崎人識。

他們不是初次碰面，也認識有一段時間，但做為夥伴一起行動這還是頭一遭，還有一點也讓人感到不安。對軋識而言，他怎麼也無法理解那個叫做人識的少年在想些什麼。不，要說難以了解的話，他的哥哥自殺志願才更讓人感到不解——人識的危險，便是來自於「無法理解」的那一部分。

零崎一賊——殺人鬼集團。

當然，淨是些太過危險的人。

只是那種類型的，至今未曾有過——

「不過，那也是當然的……」

畢竟——那小子，是為了零崎而生的孩子。

他可是零崎中的——零崎。

「這次的工作，要我們兩個人根據狀況自行判斷？——」一邊無所事事地看著電梯門上方變換著的樓層顯示，軋識自言自語道。「我跟阿願不一樣——我們保護『家人』的方法不同——我跟那種變態不同，沒那麼天真。如果發生問題，即使是家人我也會要求『排除』——」

他瞥了一眼背在肩上的細長皮筒。

「在『報復』時引發不幸的意外是常有的情況——」然後，零崎軋識重複了一遍。

「要我跟阿願一樣——真傷腦筋。」

「叮」的一聲電梯停了，樓層顯示為四十五。

門開了，他往大廳走出去。

「不准動。」

左右兩邊都有人拿著手槍指著他。

「手舉起來。」

「…………………」

如對方所言，軋識舉起雙手。然後將雙手攤開，表示自己沒有攜帶武器。

——兩個人呀。

他只轉動著眼珠便確認了兩邊的情況——不符合「目標」八人中的任何一個，是怎麼看都像是保鏢的強壯男子。

「看樣子是中了埋伏——是風聲走漏？還是說——從一開始就是陷阱？」

「不准講話。」右邊的男人簡要地說：「那扇門的另一邊，除了我們之外還有十個高手——你無法對**那八人**出手的。」

「……哦。」

軋識並沒有特別在意對著自己的槍口，而是看向大廳前面過去一點的一扇門。**這樣啊，八個目標都確實在那裡嗎？**——暫時放下心了。這可以說是不幸中的大幸吧。帶著「晚輩」來，大放厥詞之後，結果卻完全失敗的話，實在太丟臉了。

「可是——是從哪裡走漏風聲的……」

「喂，不准講話。不然殺了你。」

這次是左邊的男人。

軋識高舉雙手看著那個男人，笑著——

「你說要殺我？」

「唔……」軋識的視線讓男人不禁畏縮了起來。「喂、喂！我說了不准講話——」

「你要殺了——本大爺？**教教我吧——如果，你知道方法的話**。」

忽然地，軋識雙手一動——

把手伸進背在肩上的皮筒裡。

「喂！喂——！」、「你這傢伙——」

兩個人同時舉起槍，但是軋識依然對此毫不在乎。

「**拜託你們啦，要是知道方法的話就教教我**——因為我從出生開始，不管怎麼做我就是死不了，真的很傷腦筋。」

「嗯——那麼，輕鬆地開始零崎吧。」

◆　◆

「……嗯？」

聽見不知從哪裡傳來的槍響，臉頰刺青的男孩——零崎人識停下了腳步。他現在位於公寓外側的逃生梯。二樓往三樓的途中，他並沒有搭電梯。

「哦……終於開始了嗎？」人識抬起了視線望向遙遠上方的頂樓。「但是，槍聲呀——哈哈，還有認為用槍就可以殺死零崎一賊的傢伙，這還真讓人吃驚。」

短暫停下腳步之後，人識再度往上走。

不管是雙手拿著的刀子——或是學生制服、身體上沒有任何一處沾染上血跡。不管是誰靠近他，應該都聞不到血腥味。就算說出這個少年在至今為止的短短數分鐘內，將這棟公寓二樓的居民——不，甚至連一條金魚都不放過，將所有生物都殺得一乾二淨，鐵定也沒有半個人會相信的。

知道真相的，目前唯有一人。

當然，那是零崎人識尚未人間失格的時候。

「但是……我真的很不想被捲進去呢——」

少年稍微加快了腳步，臉上仍舊帶著笑容。

「……不過我有點好奇，讓那個笨蛋大哥誇獎不已的殺人手法——愚神禮贊的球棒操控法——」

◆　◆

「愚神禮贊」（Seamless Bias）。

這是零崎軋識的通稱，同時——也是零崎軋識所使用的得意武器。軋識總是背著的細長皮筒就裝著「那個」。

簡而言之，那是「狼牙棒」。

將棒球賽中進攻方選手所使用的器材打上釘子，雖然一般的球棒是木製品，可是「愚神禮贊」全是用鉛製成的，也不另外打上釘子，而是原本就擁有釘子的設計，完全一體成型。當然，「那個」的重量可不是開玩笑的、使用起來可是一點都不輕鬆，但軋識身材稱不上健壯、肌肉也不結實，卻能夠隨心所欲操控。

他利用其龐大重量所產生的離心力，並非揮舞棒子，而是宛如以自己為圓心描繪出弧線般——

他，毆倒敵人，擊殺敵人。

敵人幾乎都難逃一死。簡單來說，因為被鉛棒擊中了要害，會這樣也是理所當然的。可是即使如此，不管就誰來看，一般都會認為用刀子來「殺人」比較適合，但軋識卻基於某個理由，堅持使用這根狼牙棒「愚神禮贊」。儘管被認為是和自殺志願同等級的怪人，軋識也沒有放棄「愚神禮贊」而改用其他武器的打算。

當然除了使用起來相當順手之外——他總覺得這「愚神禮贊」是將自己的性格具體化的凶器。只要使用這個，不管敵人是十二個還是二十個，手上有沒有拿槍——

全部都能打倒。

軋識對此深信不移。

沒錯，深信到不知何謂死亡的程度——

「——呼。」

軋識的動作終於停止之時——

房租每月四百五十萬的房子已經變得慘不忍睹，彷若颱風過境——不對，是龍捲風過境。在三百平方公尺的面積中，幾乎連一個完好的家具都找不到。此時軋識正位於異常寬廣的客廳中，透過大窗戶可以將低處景色一覽無遺。不只是這裡，其他的臥房與廚房，甚至是廁所跟浴室，不管哪裡都沒有一件東西是完好的。這種房子，就算房租是一個月三千元，大概也不會有人想住吧——加上還有二十人的屍體散亂四處，那就更不用說了。

「……還、滿難搞的呢。」

說著，軋識背部靠著大窗的玻璃；頗有重量的棒子，前端埋入長毛地毯中。棒上黏著血與肉屑，看起來非常令人不舒服。軋識流了些汗，呼吸也變得紊亂——但是全身上下似乎都沒有受傷。他用掛在脖子上的毛巾擦了擦臉上的汗水。

「在人識抵達之前能全部收拾完畢真是太好了——可以的話還是不希望讓他看見我的本領。不過，話又說回來……」

對著倒臥在地上的屍體——零崎軋識來回檢視著四散各處的屍體。

「風聲是從哪裡走漏出去的呀？雖然想說或許他們會注意到被盯上了，可是還真沒想到會遭到埋伏。唔——」

果然，用網路收集情報還是不太恰當。他雖然不認為這些「目標」所屬的組織裡有手腕那麼高明的駭客——但是也不能說完全沒有可能。如果有那樣的傢伙存在，就非得把那傢伙也加進「目標」中——

「——沒完沒了……倒不如說是無限循環。俗話常說，冤冤相報何時了，沒有比這種無止盡的報復更沒意義的了。」（註1）

唉，儘管如此——

即使沒有意義，如果不斷重複，就會歸零。

像自殺志願那種類型的人，似乎會這麼說。

「話說回來，人識——還真慢呀。」

軋識也因為預料外的人數而花了不少功夫，從這棟公寓的居民數量來考量，也差不多是人識該到這裡的時間了。是他過於相信自殺志願的話，太高估那個人識的殺人能力了嗎？

沒辦法，為了消磨時間，繼續思考吧。

雖然剛剛還認為這是「不幸中的大幸」——可是，如果這真的是「埋伏」的話，保

1　原文いたちごっこ是一種日本孩童玩的遊戲，互相把手疊在對方手上，可以一直一直玩下去，沒完沒了。

鏢的人數應該再多一點才對。十二個人的話，實在太少了點——不，這部分就算了，對方也有自己的窘困，大概是無計可施吧。

可是，**那八個目標寧願冒著危險來到這個場所的理由**——究竟，是什麼呢？應該完全沒有這個必要吧。知道「刺客」要來，還故意集合到這個地方的理由，真讓人想不透——

「呼……」

從這個現象看來，至少能確定情況有點詭異，因為情報過少，產生的可能性就更多了。儘管如此，要選擇一個**最有可能**的選項的話，軋識選擇的答案是——

「——**『第三者』的介入**……嗎？」

不知是敵是友的「某人」也就是『第三者』，對這八人透露某種「情報」——這些傢伙沒有確認情報真偽，認為不能因為這麼點事情就中止集會，因此暫且先找來了保鑣——嗯，這種情況似乎是有可能的。

但是，倘若是這情形，關於那個『第三者』是誰的問題——那人為什麼知道軋識等人會在今天到這個地方來？同樣的問題繼續再想下去，會變得沒完沒了——

「而且，又變成了無限循環的狀況了……」

就在軋識很不愉快地低聲說著時，從玄關的方向傳來「嘰咿咿咿咿」的聲音，應該是通往逃生梯的門打開的聲音。哎呀呀，這可終於到了。軋識調整呼吸，再次擦了擦汗。儘管沒在盤算什麼，但也不想在年紀小的家族成員面前示弱。他單手拿起放在地板上的棒子、扛在肩上，擺好姿勢，等待人識進到客廳。

幾秒後，人識踏進了客廳。刀子大概已經收到衣服裡頭，沒有拿在手上。

「你很慢耶，人識。」

「……哇塞！這也太慘了。」

看也不看擺好姿勢的軋識，人識四處張望著，只顧著感嘆這個房間整體的慘狀。

「老大，你這樣搞，家具不是很可憐嗎？明明是很棒的東西說。哎呀、哎呀、哎呀！看看這張桌子！你到底在做什麼呀，真是的！」

「……」

人識看起來一副充滿怒氣的樣子。

還是老樣子——實在是個讓人摸不透的傢伙。

軋識收起擺好的姿勢，靠近人識。

「你這傢伙真的是……」

「怎麼人數好像變多了？」

「好像被識破了。當然，就算從八人增加成二十人，對本大爺來說還是沒差啦——」

「可是，這些傢伙……」人識指著其中一具屍體。「是我們要狙殺的目標——沒錯吧？」

「嗯？是呀。目標的八人都順利殺光了，不過他們好像找來了十二個保鑣。」

「這不是很怪嗎？如果被識破了，這些人應該不會出現在這種地方吧？而且不管找了幾個保鑣來，結局都一樣。畢竟說起來，我們可是『零崎一賊』耶。」

「嗯，我剛剛也在思考這件事——」

然後，就在那裡。

就在兩個人縮短距離的那裡。

就在軋識與人識並立的那裡——

「——！」

軋識有所反應。

「……**人識！**」

第一瞬間，他伸出雙手，抓住人識的學生制服衣襟。

人識一臉茫然。

第二個瞬間，他像劃弧般，猛然將矮小的人識丟了出去。

軋識滿臉焦躁。

第三個瞬間——軋識利用反作用力，自己也朝另一邊飛撲過去。

「**匡、匡——**」

背後的玻璃窗發出聲響，碎裂一地。

然後，連眨眼的時間都沒有，剛剛人識評論過的桌子——

飛了起來。

在地上翻滾的人識。

在地上翻滾的軋識。

最後，**砰**的一聲，聽見了微弱的槍聲。

回神。

「——靠到那邊的牆壁去！」

軋識一邊喊著，一邊往碎裂窗戶旁邊的地板翻滾移動；人識也是，不等軋識開口便採取了行動。在強風直吹而入的碎裂大窗戶兩側，軋識與人識背部緊貼著牆壁，坐了下來。

「…………………」

「………………」

兩人暫時靜觀其變——卻什麼都沒發生。

風平浪靜得像什麼事都沒發生一樣。

「……喂，老大。」先開口的是人識。「剛剛是怎麼回事？」

「……」

軋識沒有回答。

「我應該沒弄錯吧——**剛剛窗戶破掉，桌子飛出去之後——我覺得好像聽到了槍聲……**」

「……」

「奇怪？槍聲比較晚聽到……？」

「吵死了。」

對著右手邊那個嘴巴一張一闔不停說話的人識，軋識粗魯地回應。現在，他實在沒心情應付國中三年級的小鬼。

槍聲比較慢才聽到——

軋識十分清楚這種情況所代表的意義。

那表示對方至少是從距離一公里左右的地方——瞄準了這個房間。

或者是，瞄準他們。

瞄準了零崎軋識與零崎人識。

瞄準了——零崎一賊。

「一公里？為什麼？」聽了說明後，人識感到不可思議的側著頭。「為什麼離得遠，就會比較晚聽到槍聲？」

「你唸的國中什麼都沒教嗎？你從來就沒想過，為什麼槍枝會發出那種爆炸聲嗎？」

「那應該是因為炸藥爆炸的關係吧？」

「是子彈的速度超越音速啦！」

「哦……原來如此。」人識好像懂了的樣子。

子彈超過了音速。沒錯——所以如果發射點跟著彈點之間的距離超過某個程度，在清楚聽到槍聲之前，子彈就會先抵達了。那是——很恐怖的事情。用格鬥技巧來比喻的話，就像是完全感覺不到對方的準備動作一樣。

聽不到的聲音，看不見的敵人。

從剛剛的彈著點與槍聲的間隔來說——一公里前後——不對，是一公里多吧……

「原來如此。」人識不知道是不是因為疑問有了解答，反而用輕鬆的口吻說道。「我搞懂背後的玄機了，不就是普通的自然現象嘛。好了，趕快把事情解決吧，愚神禮贊老大。」

「……」

「怎麼了？愚神禮贊老大……槍枝什麼的，對零崎一賊不是沒效嗎？大哥總是這麼說的。」

「那個呀——確實沒錯啦。」軋識狠狠地說：「但是步槍（註2）……只有狙擊槍另當別論……只有那個，是另當別論的——」

2　步槍，亦稱來福槍（rifle），一種鋼製長槍。其槍膛內有螺旋形的來福線環繞，可使子彈出膛後旋轉前進，保持飛行方向。

◆　◆

步槍——狙擊槍的最大射程是五公里，雖然有效射程各有不同，但是據說一般都在兩公里左右。如果距離超過兩公里，子彈的準確度就會下降——這對要求精密的狙擊來說，是一種致命的缺點。

於是，以軋識與人識位於四十五樓的超高級大廈為中心，在半徑兩公里之內……大約一點三公里的位置——那個「狙擊手」正舉著步槍。

「呼，嗯——」

還在建設當中、四處都是未完成的模樣的那棟大樓裡，在五十三樓中的一間房間，朝著窗戶排列的長桌上，趴在那上面看著瞄準鏡的狙擊手低聲道。

「閃開了嗎？居然閃開了步槍的子彈。明明沒有察覺到的——不愧是零崎一賊。因為拿著狼牙棒，所以應該是——零崎、軋識，愚神禮贊先生。」

狙擊手輕聲笑了出來。

「嗯，是個強敵呢。」

即使是一邊自言自語，雙眼卻沒有離開瞄準鏡。

現在目標逃到窗戶的兩側躲起來了——的確躲在那裡的話便會成為視覺上的死角，沒辦法狙擊。不過這也只是一時的權宜之計，他們不可能一直躲在那種地方的。

「……只不過……問題是另一個人——臉頰刺青的小弟，對吧？」狙擊手像是在確認般地說出疑問。「愚神禮贊先生結束了『一件工作』，在他稍微有點精神鬆懈的時候，將他連同追上來的臉頰刺青小弟一起射穿，本來應該是這樣才對——可是為什麼臉頰刺青小弟這麼慢才現身？十二個左右的保鑣應該剛好才對，似乎少估了五分鐘左右。」

五分鐘——

那五分鐘。

那五分鐘之間，軋識由結束了「一件工作」後的放鬆回復過來，不對，是那樣的嗎？

「還是說……他發現到『第三者』——我的存在了嗎？如果不是這樣，現在這兩個人應該都已經上西天了才對——」

握著步槍的手一點也沒有改變姿態。即使腦袋在思考其他的事情，但只要看到對方有一點點從死角現身的動作，便立刻扣動扳機，這個準則似乎烙印在狙擊手的神經上了。

「如果趁著愚神禮贊先生獨自一人的時候射擊，雖然或許能打死他——不過臉頰刺青小弟就會逃掉了吧？算了，就算是現在，追殺著他們兩人的情況也沒有改變。雖然他們能避開子彈、不負零崎一賊之名，確實值得稱讚，不過，即使對手是零崎一賊——」

狙擊手——

露出了無所畏懼，卻奇妙的魅惑笑容。

「我的名字叫萩原子荻。就請你們看看何謂堂堂正正、不擇手段的正面偷襲吧。」

「大概……是從那棟大樓射過來的吧。」
「啊?哪棟大樓?」
「你看，那邊的玻璃碎片不是映照出來了?正在蓋的那棟高得要命的大樓。」
「誰知道在哪邊啊?」
人識似乎正在發愣，也沒打算找出狙擊手的位置。軋識並沒有斥責他那缺乏幹勁的態度，只是在腦海中思考對策。
可惡!完全出乎意料的情況，雖然不知道是誰，但這絕對是仔細策劃過了。
零崎一賊在「殺之名」之中雖然排名第三，卻最讓人恐懼的原因——並不是那極為特異的殺人能力，而是那強烈得近乎怪異的夥伴意識。
如果對零崎出手——必遭報復。
這次也是一樣。
人稱自殺志願的零崎雙識，只是為了微不足道的理由——不只是當事人八個，包括存在於這棟大廈中的所有生物，全都被一視同仁地奪走了性命。
懲戒。
犧牲品。
諷刺的是，被當成殺人鬼而令人恐懼的「他們」，為了保護自己採取的手段——最後卻成為自身的職業，見到生物只能一視同仁的殺害。

「可是……」

如果看不到對手的身影，也聽不到對手的聲音的話——就不能報復對方了。如果是設置炸彈或地雷那樣的陷阱，只要識破設下的陷阱就解決了，現下就算看穿了對方用的是步槍又怎樣，一切完全無用。

這是超級遠距離的狙擊。

當然，為了造成這種情況必定需要各種準備——別的不說，自遠距離狙擊的時候，中間不能出現多餘的遮蔽物體——因此才會**把我們誘入這棟公寓的頂樓**。如果是這麼高的高度，中間就應該不會遇到障礙——

「可惡、可惡、可惡……」

原以為可以取得輕鬆情報，可是萬萬沒想到居然會有玩這種「計策」的傢伙。

「……喂，老大。」

「……」

「老大！」

「幹麼啦！」軋識勉勉強強回了一句。「抱歉，現在我沒時間照顧你——一定得設法脫離這種情況……不能老是這樣下去呀。」

時間有限——公寓裡頭活著的人只有人識與軋識，從遙遠前方的大樓傳來的槍聲，如果讓地面上的人聽到大概會引起一陣騷動吧。現在雖不需要那麼慌張，但是也不能一直在這裡坐困愁城。對方也有可能進行其他的計謀——會做到如此大費周章行動的傢伙，還是小心謹慎面對比較好。

「不會這樣的。就算我沒辦法，可是如果是你一個人，不是有辦法可以脫離這個地方嗎？愚神禮贊老大。」

「……？要怎麼做？」

「你剛剛不是避開子彈，而且還保護了我嗎？如果再做一次同樣的事情，而且是你自己一個人做，應該可以逃到走廊去吧。那麼一來，子彈就再也打不到你了，你就可以輕鬆脫困。」

「……」

原來是這麼一回事呀，軋識喪氣地垂下肩膀，感覺自己對人識有所期待真是愚笨到了極點！

「人識，你的主意需要兩個先決條件。」

「哦，是什麼？」

「第一，剛剛的行動只是碰巧罷了。因為我沒有聽見聲音，只是隱約感覺到一種『氣』、或者該說是像『殺氣』的東西，才因此避得開子彈——那種情況怎麼可能重來一次啦。剛剛真的只是湊巧而已。」

「湊巧——呀。」

「至少，我沒自信能感覺到距離一公里以上的人散發出來的殺氣。」

「那，另外一個條件是什麼？」

「零崎絕對不會拋棄家族。」軋識說：「雖然我不像阿願那傢伙……那麼相信你，可是我不打算因為這麼點理由就打破這個不成文規定。這個條件絕對不可能成立的。我是絕不會一個人逃走的。」

「……是喔。」

人識「咚」的一聲，後腦用力靠到牆壁上，看起來顯得有些疲憊。

「……真希望可以有交涉的餘地啊……看不到敵人，也沒辦法對話，更不能要求和平解決。」

「對殺氣騰騰的對手，怎麼可能和平解決。」

「也是啦。」

「……如果是阿願的話，他會怎麼做呢？——」

說完，軋識從褲子裡拿出手機。跟剛剛確認過的一樣——沒有半格訊號，這裡不在手機的電波涵蓋範圍內。當然，在這種接近市中心的地方，應該不可能在電波範圍之外——雖然距離地面有四十五層樓高，因為大量電波交會，可能會變得難以通訊，但是恐怕現在並不是這種現象。而是這間客廳的某個地方，被動了手腳來遮蔽電波。是在地板下面？還是牆壁裡頭？……大概是只要稍微注意，就能夠馬上發現、像是在劇場這類地方用的機器做的簡單手腳吧——但是在被步槍瞄準的此刻，也不可能做出在房間裡頭漫無目的找東西的舉動。

沒辦法取得連絡。

不能呼救。

雖然客廳裡頭也有一般家用電話，但那已經在軋識方才戰鬥之時，被「愚神禮贊」打得支離破碎了。唉，就算沒壞，八成也從一開始就被動過手腳了吧——

「嘿，老大。」

「……怎麼了？」

「我又想到另一個計策了。」

「——你說說看。」

「老大不是知道狙擊手是從哪裡瞄準我們的嗎？」

「……只知道大略的位置，至於是在那棟大樓的幾樓我就不清楚了。」

「這樣的話，讓對方再射一發就好了。如此一來就能夠掌握到對方的位置，確實地鎖定那個位置，然後——『攻擊就是最好的防禦』，反過來**由我們去狙擊對方**。從那邊射擊過來的子彈路線可以通到這邊，就表示從這邊也可以射到那邊去吧？」

「唔……」

軋識慢慢地思考著人識說的話。

「這個建議呀，有三個先決條件。」

「哦，是什麼？」

「首先，第一個——這跟剛剛的一樣。即使讓對方再射一發，但是要避開那顆子彈還是很難。如果要我來做——成功率大概只有三成吧。」

「嗯……三成呀。那就拜託老大了。因為再這樣下去，百分之百會死，只能夠賭這三成的成功率了吧。請你好好加油哦。那第二個呢？」

「即使射擊路線再怎麼暢通，超級遠距離的狙擊——命中的情況還是有限。雖說步槍的有效射程最大是兩公里，可是就剛好能殺人的距離而言，一般來說距離一公里左右就不能命中了。那棟大樓跟這邊——我估計大約有一點五公里遠吧。你呀，有可以略過這段距離的技巧嗎？」

「嗯……的確，這個任務對我來說太難了。」人識老實地點點頭。「我的專長是用刀，雖然不是沒用過槍，可是沒有操作過步槍。沒辦法，雖然不好意思，這個任務就拜託老大了。」

「哼……算了，這也沒辦法。」

「那第三個呢？」

「要從哪裡弄一把步槍過來？」

「……」

人識陷入短暫的沉默，然後突然對著軋識露出笑臉。

「那就交給老大了。」

「你不要再給我亂出主意了！」軋識忍不住大吼，連形象都懶得維持了。

真是夠了——現在明明不是可以跟這種笨蛋幹這等蠢事的時候。瞄了一眼擱在旁邊的狼牙棒「愚神禮贊」。在這種情況下卻一點也派不上用場，就算是心愛的得意武器也只是無用的廢物。

遠距離攻擊——雖然這種情形除了攻擊敵人本體外沒有其他解決辦法，即使現在手上有步槍，最現實的問題莫過於，不管是軋識或是人識，應該都沒辦法熟練的操作吧。

「躲開子彈」——的確，狙擊手使用的步槍子彈，似乎不是多麼特殊的物體，如果是單獨一人的話，即使只能躲開一發，的確能有抵達走廊的機會……但是如同剛剛告訴人識的，這種選項對軋識來說是不可能的。因為有兩個人，一旦面臨無法保全兩人的狀況，同生共死是唯一的選擇。以這種信念活著的，才是零崎一賊。

——這是理所當然的。

但是身為零崎中的零崎的零崎人識，他心裡的想法就讓人不得而知了——

「嘿，老大。」

「……」

「老——大。」

「你要幹麼啦……」

「你的手機借我一下。」

「啥？」

「快點啦，我沒有手機啦。」

「……？」

「快啦！快啦！」

人識擺了擺雙手，催促著軋識。

完全搞不清楚狀況下，軋識將此刻全然派不上用場的手機朝著人識丟過去——

啪。

途中，手機就被打爛了——粉身碎骨。

以及遲來的，「碰」的一聲槍響。

「…………………」

「…………………」

「我的電話……」

「…………………」

「我的記憶（卡）……」

「回憶嗎？」

「通訊錄啦！」

「死心吧。反正你大概也只會輸入一些無聊女生的號碼吧。」

「你不要說得這麼輕鬆！你到底要用我的手機幹麼！」

「嗯，沒有啊——好像已經達到目的了……」

「……？」

「原來如此——我大概知道了。」

「知道了……你是說距離嗎？」

「不是，是狙擊手的本領……可以把飛過空中的手機打飛，這不是很厲害的本領嗎？」

「……知道這一點，對我們來說有什麼好處嗎？」

「知己知彼、百戰百勝，好像是這麼說的吧。班長有說過，意思是預習跟復習都是很重要的。」

「……」

這小子到底在幹麼。

真的是——難以捉摸。

最重要的是，就算是處於這種情況下，人識那副彷彿毫不焦慮的模樣，真是讓人搞不懂。說起來，自殺志願也曾經說過這樣的話——

『他，絕對不會動搖。』

『不論發生任何事情，身處於任何情況，零崎人識一直都會是零崎人識。不論是身為「零崎人識」這個殺人鬼的時候，或是身為「汀目俊希」那個愛蹺課的國中資優生的時候，他都絕對——不會動搖。』

原來如此，那傢伙是個性還真瀟灑啊。

可是，這種情況之下，內心卻沒有絲毫的動搖，真是讓人頭痛。隨時保持冷靜狀態，不見得是件好事。在混沌之中保持冷靜，對四周的人來說只是單純覺得他們在惹麻煩罷了。

「……唉，阿願。」

——好吧。

事到如今——只能等待救援了。

就算沒辦法與外界取得聯繫而無法呼救——但救援並不會因為有人呼救才出現。因為存在著即使不呼叫也會前來的正義使者。

沒錯。自殺志願，零崎雙識。

這次原本就是他的任務——忽然得找人代理此事，所以才叫來軋識跟人識。當然現在躺在那邊的八人——軋識原本就打算在順利殺了這八人之後，要立刻連絡雙識的。

現在沒辦法連絡了。

應該要有的連絡卻沒有出現，恐怕事有蹺蹊。如果他注意到這一點——如果阿願注意到的話。

『阿贊你這樣一點也不好。雖然你不想失去愛——可是面對愛卻非常膽小。』

「……」

『殺人的時候，大聲呼喊是很棒的哦。自己是為了愛而揮舞凶器，為了愛而揮舞瘋狂。當然，《零崎》的殺戮是沒有理由的——零崎只存在《殺意》——要是不這麼認為，總有一天你會遭到愛的報復哦！你要稍微這麼催眠自己才會比較樂觀。』

啊，隨便你怎麼說都好啦！

快點來幫忙。

光靠我的話。阿願，我——跟你是不一樣的。

要我跟你一樣，那會讓我很困擾。

光靠我的話，在這種情況下，是沒辦法像你一樣保護家族的——

◆　◆

大約距離一點三公里，建設中大樓的五十三樓，依然拿著步槍的狙擊手——正透過瞄準鏡望著目標公寓四十五樓的窗戶。

「……無計可施，等待救援——現在大概是這樣吧。唉，對他們來說，大概就只是那麼點『計策』吧。畢竟不離開死角就想要到達走廊，不管怎麼看都是不可能的。」

呼，狙擊手輕輕點了下頭。

「不過……剛剛的手機是怎麼回事？雖然忍不住反射性地射擊了，但確實是從愚神禮贊先生那邊往臉頰刺青的小弟那邊丟過去的——難道說是臉頰刺青小弟要求的嗎？如果是那樣，又是為了什麼——」

此時，她頭一次從瞄準鏡移開雙眼，從趴臥的姿勢起身，站了起來，「唔——哦！」伸了個懶腰。大概是見事態陷入膠著，決定要暫時休息吧。

「看起來，那個臉頰刺青小弟——對我來說，他似乎含有許多在我計算之外的不確定因子呢。『好』……『不好』……該怎麼說呢……唉，如果照課本說的，就這樣進入持久戰也可以——可是在這個情況下，不能這樣對吧。要施行過於縝密的戰略，也是需要深思熟慮的。」

接著，她從口袋拿出薄薄地、卡片狀的無線電。

「是的——嗯，是我。嗯——那就麻煩妳了。雖然妳比較保險……要把他們兩個人引出來。妳聽得懂我說的話吧？仔細聽懂了嗎？聽懂了吧？如果聽懂了，請複誦一遍……不對，不用殺了他們也沒關係——只要把他們從死角引出來，讓我動手來殺他們。對……沒錯，那就拜託妳了。」

通話結束，卡片放回口袋。

「那麼……」

狙擊手又伸了個懶腰之後，再次趴向步槍。

「對我來說，差不多限制時間也——逼近了吧？要是他們的『救援』過來了——在這種情況下，如果其他的『零崎』成員現身的話，對抗的計策除了借助『病蜘蛛』（Zigzag）小姐的幫忙外，沒有其他方法了。不論是輸是贏，都希望能在她出場前做個了結，不懂得適當的退場時機可是不行的哦——」

她——似乎有些愉快地微笑著。

「暫且，先想好死不認輸的藉口吧。」

◆　◆

——不愧是零崎一賊，對「那個」，他們兩人，零崎軋識、零崎人識——同時注意到了。

從走廊那裡的——另外一邊，傳來「叮」的一聲。

那是——告知電梯抵達的聲音。人識從樓梯上來或許不知道，可是軋識能夠肯定沒錯。

——為什麼？為什麼現在會聽到那種聲音？那當然代表——有誰到達了這個樓層。是誰？是誰來了？究竟是——為了什麼而來？

「咳呃、呃……」軋識不由得咕噥起來。

是這樣啊？——他想錯了。

「救援」的存在並不只有自己這邊。反而因為沒有被「阻撓」，對狙擊手來說更可以隨心所欲地呼叫同伴。為了打破這個膠著狀態，派了同伴到這層樓來——

「呃、唔唔唔……」

束手無策的零崎軋識朝著「愚神禮贊」伸出了手，可是——

玄關的開門聲。

走廊的腳步聲。

然後——

「飄啊飄……」

出現了一個看上去年紀沒有多大的少女。

與其說她穿著破破爛爛的衣服，不如說是衣衫襤褸到只能包裹住身體——雙手則握著跟她纖細手臂非常不適合的、樣式恐怖又凶惡的刀子。

「——飄啊飄……」

一步步……

一步步踏進客廳中的少女。

不論是對房間的慘狀，或是周圍的屍體——甚至連軋識或人識的存在似乎都不放在心上般，少女在客廳中央一帶，輕飄飄且搖搖晃晃的走著。

「……剛剛好。」

忽然那名少女停止了動作，一一用刀尖指了指人識跟軋識。

「先自我介紹——我、我……咦，我是誰呀……」少女的自我介紹尚未結束，便因為困惑而歪了歪頭。「市井遊馬……不對，我好像有點搞錯了——無所謂，因為名字什麼的，只是記號而已。」

「……」

軋識——動彈不得。

對方看來年紀不大，是個比人識還要小個三、四歲的少女，但也不能因此大意。在那個年紀的時候，還不隸屬於零崎一賊的軋識，已經殺了好幾十個人了。

不能大意！只要別大意，不論對手是誰，不管少女還是老太婆，他有自信可以勝過任何敵人。

可是——這種情況下又另當別論。

為了跟那名少女戰鬥——

就必須從這個死角跳出去。

不可以這麼做。如此一來，正好會被狙擊。

被狙擊。

不是目標也不是標的，只是標靶。

「飄啊飄。」

少女說。

「……那，要從哪個人開始粉碎才好呢……因為有三個人……就從近的地方，首先是我——」然後彷彿忽然回神似地搖搖頭。「……不對不對，不可以把自己算進去……呼。之前因為那樣有過很痛苦的回憶……想起來了。」

「……」

該說是討厭嗎？總覺得這個女孩給人的感覺非常不好。即使撇開那堆她複雜難懂的自言自語，就算不是處於這種情況，軋識也不想與她為敵，甚至希望不要跟她有任何瓜葛……

就在這個時候——

「如果妳決定不了，那就先從我來吧。」

零崎人識站了起來。

仔細一看，他已經準備好刀子，進入備戰狀態了。

「喂、喂，人識——」

「你在擺什麼架子啦，老大。這樣不是終於可以進行交涉了嗎……老實說，我還在想這種情況要是持續下去的話要怎麼辦？」

「不、不是啦，可是——」

或許的確是這樣沒錯。

但是為了戰鬥而從這個死角出去的話，在那瞬間——

「老大，你就這樣繼續藏在那裡就可以了。唉，老實說這跟我的個性不合，不過偶爾學學那個笨蛋大哥的樣子也可以吧。我會保護你的，所以——」

「——這裡交給我。」

接下來的瞬間——

人識朝著少女飛撲過去。

右手上那把薄刃刀子伸向少女的脖子——但少女輕而易舉地接住了那把對自己體格而言著實過大的刀子，並且靈活地閃開了。不僅如此，她更以另一隻手的刀子反擊——同時攻擊人識。人識扭轉被閃開的薄刃刀，以刀柄底部正面接下了那一擊。

兩人一瞬間的快速攻防，軋識的視線勉強才追得上。

「飄、啊、飄——！」

剎那間，已經進展成眼花撩亂的情況了。

少女的手看起來彷彿變成八隻，其斬擊如同從上下左右、四面八方傾注而下的暴風雨。

看樣子這個少女——似乎跟軋識是同一類型的戰鬥狂，差異只在於使用的凶器是鈍器或利器。藉著使用對自己體重而言重量相差很大的武器，反而能以離心力提高其速度的手法——加上這個少女盡可能地利用自己的矮小身軀，以異常小的半徑移動作為有效的方法。所以即使預測到了她的移動軌跡——以能跟上的速度追過去，她所描繪出的那個同心圓也早就沒有了。

明明早就沒有了。

但那全部——卻都被人識接下了。不論上下左右，不論東西南北，完美無缺地——

以那把薄刃刀，接下了那把粗大刀子的攻擊。

原來如此……軋識想著。

自殺志願為什麼會那麼疼愛這個零崎人識，軋識曾經怎麼也想不通——但現在總算懂了。

多麼了不得的本領啊。

不論是這名少女或是人識，他都不認為他們的本領會在自己之上。雖然在旁邊看的話是跟不上，但如果是從正面彼此攻擊，他有十足把握可以對付。可是——

在這種情況下。

在這種隨時都會受到狙擊的情況中，即使被要求發揮目前為止的全部實力，對軋識來說，這種事情是——

「唔……」

忽然感覺到一股惡寒。

啊——來了。

「啊、啊啊啊啊——」

糟了！子彈無聲無息地過來了。

現在這個時間點射過來的話，人識會——

鏗。

響起了一聲金屬聲——接著倒在地板上的屍體之一，彷彿復活般地彈了一下。

在最後，傳來「砰！」的槍聲。

「……咦？」

一瞬間，軋識不知道發生了什麼事，但在下一刻，就算不解也被迫理解了。

沒錯——人識從戰鬥開始之後，一直都是以右手為主在戰鬥。面對少女的攻擊，他不用厚重的柴刀型刀刃，反而是使用刀身輕薄的刀刃。

那是——**為了這個嗎？**

人識在剛剛的瞬間將厚重的柴刀型刀子——繞到了背後。

僅僅是子彈飛來的一瞬間。

然後——

以那把厚重刀刃的刀腹，擋住了子彈。

「這——怎麼可能！」

軋識不由得說出了真心話。

即使可以理解這種戰鬥方式是可行的，但還是會懷疑自己的眼睛；就算想整理出自己所知的戰鬥方式與眼前事實之間的狀況，軋識卻連這麼點時間都沒有——

鏗。

又是金屬聲。

這次他很清楚地看見——人識並沒有回頭，只是靈活地扭轉左手，防禦背部的中心一帶。被刀子彈開的子彈，再次命中倒臥在地的屍體。

「唔——」

由於子彈猛烈的衝擊勁道，使得人識有些失去平衡。

那是當然的，說起來，用刀子去接子彈，明明就是一件可笑的事——更何況是步槍的子彈。步槍子彈可是能輕易貫穿粗製濫造的防彈背心耶！即使刀身再怎麼堅固，為了支撐子彈打在刀子上而加諸於手腕的負擔，可是無法計算的。

儘管如此，人識還是馬上重新站好，然後面對著少女。

少女毫不在乎地揮舞刀子，人識接下了攻擊。

不斷如此重複。

金屬聲。

回音。共鳴。

不久。

不久，又是子彈——

步槍子彈——

「唔啊啊啊啊……」

軋識——

「咕啊啊啊啊——」

軋識，看著那樣的人識——

◆　◆

「……………………………………………………………」

實在是——透過瞄準鏡持續看著的狙擊手，也陷入了沉默。

不得不沉默，此時似乎不是自言自語的場合。

「……真的是亂七八糟呢……」連浮現的微笑也帶有自虐的意味。「真是奇怪呀！因為感覺到『殺意』，所以能在聽到槍聲之前避開子彈——那樣子的話，嗯，勉強還在常識範圍內……因為『感覺到』，所以即使不回頭也不打緊……但就是因為沒回頭，才無法『接到』子彈吧。這個距離就算威力會少一些……不管再怎麼說都太與眾不同了。這不是做不做得到的問題——而是想得到那樣的『計策』的頭腦構造，本身就是異常的。」

她一邊低聲說著，一邊扣下扳機。射擊的聲音發出，子彈筆直地射向人識。她透過瞄準鏡看見的樣子是——雖然聽不見聲音，但他再次以繞到背後的那把大刀彈開了子彈。

這是第四次，似乎——不是湊巧。

「嗯，不對……啊，原來是這樣呀……」獨自點頭的狙擊手彷彿已經明瞭了。「原來如此、原來如此……還不到異常的程度——對吧。**如果那支手機——是個實驗的話**。」

沒錯——就算是感覺到殺意而避開子彈——甚至是接住，都有一個問題存在。那就是子彈未必一定會從感覺到殺意的那個方向而來——至少就這個距離來說是這樣。

在距離一公里以上的位置發動狙擊——就精準的意義上來說，不見得那麼準確，因為依狙擊手的能耐的不同，結果也會大不相同。姑且不論能耐問題，更根本的是，依步槍種類或彈藥類型的不同——還有其他環境、天氣條件、風向、溫度或溼度等等繁瑣的因素，只要出現細微的差別——命中率便會產生很大的差異。

投手並不是想怎麼投球就能怎麼投，自己的感覺也有靠不住的時候。

軋識對人識所說出的那沒有自信的「三成」，正是因為考慮到那部分的可能性才得到的數值。如果對方不能照著「殺意」的路線來狙擊的話——即使感覺得到也不能保證什麼。

所以要避開很難，更不用說是接下。

「**所以——測試**。」

測試自己的本領。

測試自己的命中準確度。

如果在這個距離能把手機等級的大小——能擊中這麼小的物體的話——應該就沒有問題了吧。然後——把夥伴送進那間客廳去，在兩個人、或者是三個人彼此纏鬥時，如果我這邊擁有只狙擊敵人的本領的話——這就是所謂的自信嗎？

「啊哈。」

狙擊手笑了，那個笑容——已不再是自虐似的笑容。

「能考慮到這種地步的『零崎』，竟然會看穿我的計策——老實說感覺真好。應該帶反戰車步槍來才對嗎？但是，要用那個的話得再長高點才行吧……得再多喝點牛奶了。」

視線追著瞄準鏡另一端的人識。

哎呀呀——她低聲說。

這樣彷彿是這邊正在狙擊著那把刀子一樣。說是這麼說，但要做出不帶殺氣的狙擊之類的特技也不可能，而要她故意偏離軌道的話——這部分不管怎樣，會被自己的本能干擾。

連針孔都不會射偏的精密射擊。

高明的手腕、事前的準備，反而都成為障礙了嗎？

「雖然……人類接下子彈之類的特技是不能長時間持續的——不過與其說是『接下』，倒不如說只是『改變角度造成彈跳』，但結果是相同的。再加上得注意這邊，無法集中對付玉藻——從剛剛開始就只能一味防禦呢。那麼，我就在這裡專心持續狙擊那個臉頰刺青的小弟就好了吧？……直到他的體力、臂力、手腕都耗盡為止——或者讓他先精神崩壞？」

精神。

感受來自遠方的殺氣之類的離譜特技，應該不可能長時間維持下去。

神經繃緊——

子荻光是從這裡進行狙擊都已經是這樣了，更何況對方只是憑感覺閃躲。

「在討伐哭泣的小孩看到都會閉上嘴的零崎一賊時，西条玉藻是唯一能對付這些『鬼』的武勇戰士；那個注意背後卻不會倒地的戰士——臉頰刺青小弟的肉體與精神，現在究竟是哪一方會先被擊潰呢？」

——正這麼說著的時候。

「咦？」狙擊手疑惑地歪著頭。

在瞄準鏡那切割成圓形的視野之中，從窗戶的另一邊——

「哎呀哎呀，這該怎麼說呢。」

從那個死角。

狼牙棒——手持「愚神禮贊」的草帽青年。

零崎軋識現身了。

◆　◆

「我可不能讓你這個小鬼頭一直耍帥。」

這麼說著──軋識對著窗戶外遙遠的另一邊。

對著建築群中的那棟高樓，高舉著「愚神禮贊」。

背後傳來金屬碰撞的聲音。

「……喂，老大──」

「現在不是說話的時候。」他頭也不回地回答人識。

在這裡──站在這個位置上，已經不可能再回頭了。自己已經不在「死角」──而是在隨時都有可能被狙擊的位置上。

「你就專心把精神集中在殺掉那個小鬼上！至於我──」

右手握著棒子的握把，左手握著棒子的前端。

軋識彷彿是要棍子般架好了「愚神禮贊」。

「由我來擋下所有子彈。」

「……」

刀劍碰撞的聲音。

金屬聲、金屬聲、金屬聲、金屬聲。

集中精神。

沒錯——自己不可能做不到，因為就連那樣的孩子都辦得到。倘若狙擊手的技術**有那麼準確的話**——應該有五成左右的機率可以擋下子彈。人識已經把四發子彈全都擋開，左手大概已經麻痺得失去知覺了吧。證據在於，他與少女的戰鬥已經慢慢落居下風。

我已經非出手不可了——

對手的步槍子彈，最初的速度便超越音速，再怎麼樣揮舞「愚神禮贊」……也不可能超越音速。所以得直接利用這個「愚神禮贊」的棒子來彈下子彈。自己所能做的，就只有這樣。

問題在於，不僅要擋下射向自己的子彈，也要同時擋下射往人識的子彈——於是只有一個方法，就是自己的位置要盡可能與人識保持在同一條直線上。

剩下的，就是等著子彈隨時射擊過來了。

隨時都可以。

我——會迎擊所有的子彈的。

「面對被稱為荒唐無稽、甚至是『愚神禮贊』的本大爺，你就等著好好佩服我吧——」

「那麼——開始零崎吧。」

零崎軋識——擺好了架式。

以不管發生什麼事，都能行動自如的樣子。

能夠應對的樣子。

能夠應對一切的樣子。

即使能感覺到狙擊手的「殺氣」，若在擊發前移動就沒有意義了。那麼一來，會給予狙擊手應對的空檔。但倘若是擊發之後再做出反應的話又太遲了，那樣的話，反應速度會來不及。所以他看準的時機是——狙擊手的手指放上扳機、扣下的瞬間。

正好是一瞬間——一瞬間的攻防。

「嘖……」

有點自我厭惡。

這種行為到底是怎麼回事。

這——並不是自己的角色。

這——是雙識的角色。

「結果，我跟那個變態在骨子裡是一模一樣的……真煩啊。」

他彷彿對自我唾棄似笑了起來。

果然——不能一笑置之。

背後傳來金屬聲。

金屬聲、金屬聲、金屬聲。

金屬聲、金屬聲、金屬聲、金屬聲——金屬聲金屬聲金屬聲金屬聲金屬聲金屬聲金屬聲金屬聲——

——！

有反應。

他滑動棒子的中心——

「**唔、唔唔！**」

軋識壓低呻吟的聲音，擔心如果笨拙地發出聲音，會干擾到人識的戰鬥。

雙手——特別是左手，麻痺了。啊，對了——偏離軌道時如果不小心點，子彈就會變成『自打球』了——幸好剛剛的步槍子彈好像彈到天花板去了——

「嘖，唔！」

軋識慌張地旋轉棒子，用握把將連續襲擊而來的子彈彈開。他上半身耐不住猛烈的衝擊勁道，差點往後方倒下。於是他想辦法用力踩住地板——彈開的子彈跳向牆壁。

然後，喂喂——才兩發，威力就已經傳到了腳上。

軋識搖搖晃晃地感到全身麻痺，一陣暈眩與耳鳴。

他心想，人識對這樣的子彈——只用手臂與手腕就擋下了四發——他竟然接下來了，而且是背對著子彈，完全沒有回頭？不僅如此，另一隻手還巧妙地對付著少女速度前所未見的雙刀。

這到底是——哪門子的專注力啊。

零崎人識。

曾經認為他有才能，也曾想過他前途堪慮。

但是——卻從來沒想過他是個怪物。

為零崎而生的孩子，在這世上，獨一無二的——

純潔而且純種，附有血統證明書的零崎之子——

然後是下一波狙擊——

然後——

「儘管如此——自尊之類的東西我還是有的，身為愚神禮贊的自尊——」

軋識從遠處瞪著——那看不見、連聲音也聽不到的敵人。

「可是呀——儘管如此——」

◆　◆

之後的狙擊，也被巧妙處理掉了。

雖然草帽因為衝擊而被掉落——但步槍子彈卻被「愚神禮贊」彈開，消失在某處。

雖然無法確認消失在哪裡——

「……就到此為止了呢。」

狙擊手果斷地從瞄準鏡移開雙眼。

毫不依戀，沒有遺憾，也不帶一絲懊悔。

「雖然剛剛臉頰刺青的小弟用刀面高明地讓子彈彈開——但對象換成那個弧面、帶有『圓弧』的棒子，即使順利擋下子彈，也不知道會彈跳到哪裡。因為上面有不規則的釘子吧……要是彈到愚神禮贊先生或臉頰刺青的小弟那正好，不過若是打中玉藻就很難看了。那女孩大概沒想過要避開飛往自己的子彈吧——這一點，總有一天非得要好好教教她才行……老實說，有種『咦，我來教嗎』的感覺就是了……」

狙擊手伸出手開始做伸展體操。因為長時間持續著很勉強的姿勢，全身好像都嘎嘎作響了。她將身體每個僵硬的地方，按照順序一個個抒解紓解開來。

「雖然再射三發左右大概就能殺死愚神禮贊先生了——不過在這段期間，玉藻可能會先被殺掉。己方死了一人卻只殺掉敵方一人，那就沒有意義可言了，弊多於利。可是，哎呀、哎呀——」

從步槍上取下瞄準鏡，以此窺探「目標」的狙擊手，以另一隻手解開分成兩邊紮起的長髮。

果然不帶一絲懊悔——滿臉爽朗的表情。

收兵收得如此乾脆——連說都不用說，一副就是不想多做任何沒必要的事情的樣子。彷彿在說她只對用最低限度的勞力來獲取所需的最小結果有興趣，不論是成功或失敗、勝利或敗北，對自己而言都只是小事——狙擊手的處事態度就是這麼豁達。

「零崎一賊。雖然他們彈開步槍子彈這種超乎常識的舉動，讓我由衷感到驚訝——不過，比起那個更為恐怖的，是『他們』為了同伴——不對，是為了家族而發揮力量的這一點吧。」

在瞄準鏡的另一邊，愚神禮贊拿著「愚神禮贊」——用力地瞪著這裡。這樣的距離，是不可能從那邊看見這裡的，那視線卻依然讓人反射性感到恐懼。

「……」

殺人鬼。

殺人的鬼。

「最開始的狙擊——即使猜想到『第三者』的存在，但看起來卻是**因為要保護那個臉頰刺青小弟**，愚神禮贊先生才能躲得開步槍子彈吧——而臉頰刺青的小弟也是，如果他不用刀子來接步槍子彈的話，應該能早點逃走才對，他沒有那麼做就表示——他們的能力能為了保護彼此而發揮到極致。剛剛也是類似的情況，在我開槍狙擊臉頰刺青小弟的時候，愚神禮贊先生說不定可以輕鬆逃走，但他卻刻意成為盾牌——」

逃走並不是什麼卑鄙的行為。有兩個人在時，只要有一個人活下去的話——那個人不就可以去搬救兵嗎？沒錯，這才是正常的「計策」吧。他們卻不採取這個作法，反而故意選擇危險的方式，這是多麼——

「……也不錯呢——這種做法。」

雖然深刻感受到「敵人」——零崎一賊的威脅，可是她還是以平靜從容的態度、輕鬆自在的表情，依照步驟慢慢分解步槍槍身，瞄準鏡也放進了槍盒裡。最後，狙擊手從口袋拿出無線電。然後她再度靠近窗戶——

「好了——得去幫玉藻才行。」

◆　◆

結局突兀得令人掃興。

「唔，哎呀——」

聽到人識那樣的聲音，軋識不由得回過頭去。

就算後悔也太遲了，現在要是被狙擊的話——一定無法防禦！

「……」

結果——軋識沒受到狙擊。步槍子彈沒射往背向窗戶的他。

然後，在人識方面——

他將兩把刀架在仰倒在地的少女的脖子上，跨坐在少女的腹部上。少女痛苦地發出「咕嗚」的呻吟聲——

少女放開了手上的兩把刀子，然後將雙手高舉過頭，擺出投降的姿勢。

「……！」

迅速地，軋識回頭望著遠方的高樓。

果然——沒有狙擊。

那是當然的了，事態發展至此，在這當下等於是軋識與人識取得了可以對付狙擊手的人質。即使狙擊手準備了再多的「計策」，也不可能隨便出手狙擊了。看不見的敵人——看不見的敵人，因此不再是看不見的了。

連聲音也聽得到了。

「喂，小鬼……狙擊手是個怎樣的傢伙？」

這次沒有回頭，依然保持著對那大樓的警戒，軋識詢問著被人識壓住的少女。

「……」

「喂，小鬼！」

「……」

「哦，妳要保持沉默是嗎？……」

「……飄啊飄。」

「我說小鬼，現在不是在請教妳問題，而是進入拷問時間了……」

「飄—啊、飄啊……」

——不，該怎麼說呢。

不是沒有注意到，問題似乎不在這裡。彷彿從一開始，自己與少女使用的語言就截然不同——就像是自己說的話，完全傳達不到她耳裡似的。

這樣的話該怎麼辦才好？

總之，先試著把她的手切掉看看……？雖然不覺得會有多大的效果就是了……

正當軋識在思考著危險的事情時，從那少女的胸口傳出了像是手機鈴聲的聲音。

照理手機的電波應該已經被遮擋掉了，可是——

「人識。」

「……」

「怎麼了？人識，接起來。」

「……嗯。」

人識依著指示，從少女的胸前口袋拿出卡片狀的物體——無線電。鈴聲的源頭果然是那個無線電。沒有被遮擋掉，大概是因為跟一般手機使用的是不同頻率的電波吧。人識仔細端詳過它後，便朝著軋識的背影丟了過去。

軋識用手在背後接住，他認得這機型的通訊機器——於是他凝視著高樓同時進行收訊。

『你好，初次碰面，愚神禮贊先生。』

那是——混濁的合成聲音，聽不出來對方是男是女。

「……你是誰？」

『嗯、嗯……我並不像你那麼有名呀——現在還沒什麼名氣呢。』

「……」

『好了，問候就到此結束吧——那個女孩可以請你還給我嗎？如果還給我，我就不會再狙擊你們了。』

「你這傢伙說得真輕鬆啊！你知道現在是誰占上風嗎？」

『七比三——我是三。』狙擊手毫不猶豫地回答。『我並不是非得要救那個女孩。也請你不要忘記，你現在正被瞄準著哦。』

「哼。你好像對自己的射擊技術很有信心的樣子，狙擊手先生。」

『狙擊手？技術？你在說什麼蠢話——這種槍枝遊戲根本不需要技術。仰靠技術啦能力啦，那只是沒有規劃計策的精神力的證據。硬把我和那些靠著能力、技術或才能之類來做事的三流人士相提並論的話，我可是會很傷腦筋的。事前了解環境、不疏於準備、推演狀況、好好保養槍枝，剩下就只要集中精神就好了。只要扣下扳機，不費吹灰之力……不就能讓人死在自己擬好的「計策」之下嗎？就算是現在，我也能閉著眼睛邊說話，就射穿你的腦袋哦。』

「那可是彼此彼此，別以為有段距離就安心下來得意忘形！」

『請不要說這麼無情的話嘛，愚神禮贊先生——不對，還是應該稱你為「街」（Bad Kind），或是式岸軋騎先生比較好呢？』

「……！」

突然出乎意料地，被喊出的名字不是零崎軋識，也不是愚神禮贊，而是另一個通稱——這讓軋識渾身發冷。他慌張地往後看了看背後人識的模樣——看起來沒有什麼反應的樣子。看來關於「那件事」，人識似乎一無所知。總之，這點便可以放心了。

「你這傢伙——為什麼會知道？照理說那件事，應該只有負責培育『凶獸』的人知道才對……」

『不管再怎麼保密——只要是發生過的事，就一定會有人知道哦。唉，說起來——對你來說，不論何者都不是你的真面貌吧。不過，跟「零崎」之外的人往來的「零崎」先生還真是罕見。你被拿來和自殺志願先生相提並論的理由——也不難理解呢。』

為了配合這邊說話變小聲，對方也小聲地、彷彿耳語般——彷彿耳語般地，威脅著。

『喂——愚神禮贊先生，你不想讓你後面的臉頰刺青小弟知道那件事，對吧？或者——雖然我不清楚是哪些人，但是對於你另外那個團體的同伴來說，如果被識破你是『零崎』，大概會很糟糕吧？還是我想太多了嗎？』

「……別瞧不起人。」

低聲地——軋識虛張聲勢著。是的——這怎麼想都是虛張聲勢。

「也許你還想要悠閒地聊天，不過我這邊可是有二十人以上的夥伴哦。與零崎一賊為敵下場會怎麼樣呢——」

『啊，可是……』狙擊手用一種意料之外地……包含著驚訝的聲音說著。『你的同夥小弟似乎贊成我的提案了……雖然他沒有說出口。』

「什麼？」

軋識連忙回頭。

「咦？」

人識——站了起來，刀子也已經收進了學生制服，並放開了少女。

少女以視線捕捉不到，搞不好能匹敵音速的速度起身，雙手抓住丟在地板上的刀子，飛快朝著走廊飛奔而出。

「可惡……！」

軋識雖然想追上去——但是追也追不到了。現在的狀況，簡直就是無計可施。

雙腳、雙手，以及身體全都嘎嘎作響——在這種現在狀況之下。

「人、人識，你這小子在做什——」

「——我生氣了，混帳！」

人識如此咆哮著，一邊魯莽地朝著軋識靠近。這種怒氣洶洶的模樣不由得讓軋識退縮——他還是頭一次看到這麼憤怒的人識——然而人識的目的並非軋識，而是無線電——發怒的對象似乎是在無線電另一邊的狙擊手。他像搶劫一般，從軋識手裡搶去了無線電。

「你這傢伙！我不知道你是何方神聖，很無聊耶，給我閉嘴！你在開什麼玩笑！我很不爽，給我認真一點！」

『……』

狙擊手沒有回答，似乎正在觀察他。

「不要裝傻！要我把你粉身碎骨嗎？」人識怒吼著，完全不隱藏心裡的急躁。「那個小鬼——那個小鬼一邊看著老大、愚神禮贊老大把你的步槍子彈彈飛，途中突然就沒有鬥志了！結果到最後她居然丟下刀子，自己隨意往後倒下去！就像是在說『對跟我的戰鬥完全沒有興趣』、『對我毫無興趣』一樣——像是在說只對執行你的命令有興趣一樣！好不容易**我才開始覺得好像有點戰鬥的感覺了**，開什麼玩笑啊，你這傢伙！」

『——那是當然的吧。』

狙擊手終於回答了。

『你還真是死腦筋耶。軍隊有軍隊的任務，要是她放棄執行命令——身為「軍師」的我可是很頭痛的。』

「那都是鬼扯！」人識毫不隱藏怒氣。「既然如此，那為什麼不下令殺了我！」

『……』

「如果你對那傢伙下令，要她殺了我的話，那傢伙就會認真地想要殺我，所以我在問你為什麼不那麼做？給我個明確的答案，否則我不會放過你！我現在很生氣，也很煩躁！我要把你殺死、肢解、排列、對齊、示眾！」

『……你很不錯呢。』

狙擊手——微笑了起來，似乎是很開心的笑法。

『其實我打算之後也要繼續使出「計策」，不過因為你還滿不錯的——不錯過頭了，實在不太好評估啊——』

『這次就放你一馬吧！』

通話被單方面切斷了。

因為對方的目的是救出那名少女——所以這也是理所當然的。

人識使盡全力把無線電通話器摔到地毯上，「啪」一聲地，狠狠地用球鞋踩了上去。一次還不夠，還重複踩了兩次、三次——彷彿是報殺父之仇似的，猛力踐踏著無線電通話器。

「…………」

軋識只能夠靜靜地看著人識的那個模樣，雖然身為代理「教育員」的他，此時應該對擅自放走人質一事指責人識——對人識沒能殺掉與「零崎」為敵的「目標」少女，甚至還將她放走這件事——自己應該要說上幾句的。

但是他只能無言以對。

這小子——是怎麼回事？真讓人搞不懂。這小子到底在氣什麼？

事情不是很順利嗎？對方自己倒在地上，那對我方來說，不是求之不得嗎？明明是這種有利的情況，這小子到底——

「……哈哈。」

無線電徹底壞掉了——然後人識彷彿變了個人似的，嘿嘿地笑了起來。好像藉由「破壞無線電」的行為，完全消除了壓力的樣子。彷彿至今為止的激動只是演戲似的，從極端到極端的變臉。

「唉……又要忍受無聊了，這樣好嗎？只要活著，總會有再次戰鬥的機會吧。可是剛剛的傢伙、那個狙擊手，真是個有趣的傢伙呀。我呀，最喜歡那種人了。不知道是不是高個子的女生？也有可能只是個大叔吧。對吧，老大？」

「嗯……嗯，啊、啊啊？你說什麼？」

「那麼，這次的復仇就此結束可以嗎？我差不多要回去唸書了，不然就真的慘了。雖然模擬考還有一陣子，但是我想起來還有功課要寫。」

「嗯、嗯嗯……」

…………

什麼啊……這小子是在搞什麼啊……

我真的搞不清楚了。

他並不是難以捉摸，而是彷彿什麼都沒有，所以才抓不住。

就像是想抓住雲朵似的，怎麼抓也抓不住。

雖然方才似乎有點可以心靈互通的感覺——就在剛才人識使用刀刃巧妙地擋下遠處飛來的子彈時，說出「我會保護你的」這句話——還讓軋識以為他發揮了身為零崎一賊家族成員的能力，光憑這樣就發揮了那種程度的潛力——至少就零崎軋識而言，自己能發揮擋下子彈的技巧，也是為了保護人識才能做到的……

說不定對這小子來說，那種事他並不是很在意吧。不管是保護軋識也好，不保護也好；愉快也好，不愉快也罷，就連隸屬於零崎一賊也一樣。該不會全都是一樣的吧？

絕對——不會動搖，即使發生什麼事情也不會改變。

零崎、人識。

等同於虛無飄渺，等同於闇黑深處。

「可是呀……老大，愚神禮贊老大，你真的很厲害呢！和大哥說的一樣，我學到了很多呢。用棒子打開步槍子彈實在太難以置信了，是怎樣的強打者啊！老大，那個借我一下，我之前就很想摸摸看了。」

「嗯、嗯嗯。」

「哦——哇，這個好重哦。」

零崎人識像是不知如何處置棒子似的，在客廳裡搖搖晃晃地移動著。他的態度爽快得就像是已經把今天的、剛才發生的事情給重新設定過似的。

不對，不是那樣，不光是那樣。

包括以這棟公寓的「八人」為目標這件事——將無端捲入的居民全部殺光這件事——在這裡遭到狙擊這件事——跟少女生死決鬥這件事——以及近在眼前的模擬考、今天的功課等，這些事情對這個少年而言，只不過是日常生活的延續而已。

多麼地——深奧。

多麼地——無形。

宛如脫離常軌似的——脫離人類的範疇。

這個時候，零崎軋識放棄了去理解零崎人識。對於零崎軋識而言，或者該說是對零崎一賊全體而言——是個關鍵性的、致命性的，放棄。

「嘖……」

有很多不得不思考的事情。

狙擊手到底是誰？目的到底是什麼？為什麼要故意跟眾人避之唯恐不及的零崎一賊為敵？為什麼那個狙擊手知道在這個世界上，應該只有「同伴」才知道的軋識的另一張臉？加上讓那個少女逃走所衍生出來的「下一次」的收拾善後。然後當務之急就是，眼前這棟公寓內，兩人大屠殺之後的收拾善後——他不認為這一個人就能完成。原本這就是那傢伙的工作，所以只能請自殺志願來幫忙了——該怎麼說呢，雖然沒有根據，但是接下來似乎會演變成長期戰的感覺。

要思考的事情真的很多，太多了。

可是現在先把那些全都暫時擱著吧——

「人識——」

零崎軋識只是問了零崎人識。

「人識——你呀……殺人快樂嗎？」

「嗯？」

默默地，以沒有重心的難看姿勢揮舞了一次「愚神禮贊」。人識露出了心曠神怡、燦爛的笑容。

「很無聊。」

殺人這件事很無聊。

那是當時只有十四歲，零崎人識的回答。

ONE STRIKE.

零崎軋識的人間敲打

2

竹取山決戰—前半戰—

◆　◆

「您為什麼要殺了她呢？」

「我沒有殺人。是對方自己要死的。」

「但是，大小姐您本來就打算要殺了她吧？」

「是打算殺了她啊。但是，她死了這件事，與我殺了她這件事，兩者之間又有什麼關連呢？」

「沒有──因果關係嗎？」

「不能說沒有，但是也不能說有。」

「……」

「我的確是殺了她。用這雙手，用我的這雙手殺了。但這是否就是她死亡的原因──這種事，誰也不知道不是嗎？」

「您不可能不知道吧？只要思考一下，事實很明顯就擺在眼前。」

「那頂多只是思考出來的結果吧？反過來說，為什麼得特地花時間和力氣去思考這樣的事呢？而且有誰確認過嗎？原因與結果之間是有關連的這件事？」

「我不覺得您是認真在回答……這聽起來只能算是詭辯吧？」

「是這樣的嗎？但是，請不要誤會。我並不是不了解妳所說的話哦。只是，那和我的規則不同而已。」

「規則……嗎？」

「對，規則。我是依照自己規則而行動的，依照我自己獨有的規則。是只適用於我，專屬於我的法則。因為那是自己獨有的東西，所以對我而言，那比什麼都重要。」

「大小姐您說——您並不是不了解我所說的話，可是……如果要照這樣說的話，很遺憾的，我並不了解大小姐您所說的話。」

「哎呀，是嗎？真是遺憾。」

「原因和結果之間即使沒有因果關係——我，還是會為了達成我的目的而行動。沒錯，是憑我的意志決定的。」

「意志，很棒的感性面呢。」

「是啊，即使是我自己也這麼覺得。所以我才會問大小姐——您為什麼殺死她的這個問題。」

「所以說——我已經回答妳了。」

「是她——是我妹妹自己要死的。」

那周圍一帶叫做雀之竹取山，不管是誰取名的，總之，就是被人們這麼稱呼。方圓五公里的丘陵地幾乎全被壯觀的竹林覆蓋著，光是這樣風雅的景色便相當值得一見，可惜是私有地，不對一般大眾開放。放眼全國，**知道那個地方有那樣的場所存在**

的，也只有極少數的人而已。說起來，為了方便行事而被劃歸私有地的雀之竹取山，其實性質上可以說是國有地。因為這裡是完全掌握日本財經界的四神一鏡——赤神、謂神、氏神、繪鏡、檻神——從戰前便實際支配著日本這個國家的五大財團的轄區。

在竹林的中心地帶——有一個女人。

在雀之竹取山的山頂上——離星星最近的位置。

在那裡有個身穿長褲套裝的女子。她坐在大小適當的岩石上翻花繩。

「～～～～♪」

愉快悠閒地吹著口哨，一邊不斷地翻弄改變手中紅繩的形狀。別不屑的以為「不就是翻花繩而已」，她手上的紅繩，彷彿自己擁有生命似地自由動著。

夜色更加深了。四周一片黑暗。

在離女子稍遠的地方，架著一座非簡易型的、正式的帳棚——準備了這個帳棚的，就狀況上來看當然是這位女子吧，可是以一個人睡來說，尺寸也太過巨大了。

別說是一個人了——那種大小即使要容下六個人，大概都沒問題。那是一頂可供多人使用的大帳棚，讓人疑惑當初到底是如何運送到這樣險峻的深山裡頭。

果然。從那個帳棚之中——有另外一個人現身了。

那是個大約國中生年紀的，穿著運動夾克的少女。長髮在腦後綁成一束——雖然綁法很休閒風，但考慮到現在的情況是身在竹林中，若是光憑這樣便判斷她不注重穿著打扮的話，就太早下定論了。實際上，從那端正的五官來看，大致能推測到少女平常相當注意儀容外表。

「——大小姐呢？」

先開口說話的，是身穿長褲套裝的女子。

穿著運動夾克的少女則回了「嗯。」一聲後，點了點頭。

「睡了的樣子。」

「嗯……是嗎？」

「那些女僕的戒備實在太森嚴，沒辦法聊到什麼有用的內容，不過——沒差。原本就我看來，那些事情都是其次的。」

「其次啊——」

穿著長褲套裝的女子對少女的那句話，笑了出來。

「將令人畏懼的赤神財團的直系血脈稱為『其次』——妳的膽識之大，真是讓人吃驚啊。」

「只是我的感想而已。請老師不要想太多。」少女以從容不迫的口氣回答。「如果讓妳感到不舒服的話，我道歉。」

「不舒服？怎麼可能——我這個人可是與忠心無緣的哦。因為我只是一個被雇用的教師而已，和像妳這樣從小在這裡長大的人不一樣。」

「可是——就算這麼說，這次的作戰計畫要是少了老師，就不可能成行了。」

「作戰計畫……是啊，要說驚訝的話——反而是在那部分吧。」

穿著長褲套裝的女子——「老師」並沒有停下翻弄花繩的手，與少女對話著。雖然嘴裡說著「驚訝」，但語氣依舊十分從容。

「明明還是個孩子，卻以赤神財團的大小姐為誘餌來引對方上鉤——這個陷阱設得還真大膽。果然在澄百合學園國中部裡，以一年級新生身分當上學生會長的『資優生』，就是有些地方與別人不一樣啊。」

「我並沒有打算把她當做誘餌——只是覺得，既然要設陷阱的話，使用的材料當然是豪華點比較好。只是這樣而已。」

「嗯～～只有這樣嗎？」

「我認為這世上最低級的詞彙，就是所謂的『萬一』——這種詞彙，不正是因為不認為自己能準備齊全而產生的嗎？能做到的事情我想全都先做好——就是這樣。正因為小心謹慎，所以『大膽』這個詞最不適合用在我身上。」

我只是以情勢為後盾而已——少女說著。

是這樣的嗎？——「老師」回答著。

「妳啊，大概不只是國中部，即使找遍整間澄百合學園，甚至在歷屆學生當中，應該也是幾乎無人能比的『資優生』吧。——不過，該怎麼說呢？即使如此，我總覺得還是不要對那一**賊**出手比較好。即使再怎麼有勝算——都不要和那群人扯上關係比較好。對那群人來說，除了贏之外沒有其他的了。所以不論是贏了或是輸了，都會變成同等討厭的記憶。」

「我也不是因為自己高興才去招惹『他們』的——看來老師對我有些誤解。我既不是革命家，也不是開拓者，我只是積極往前而已——如果要我評價我自己的話，只有這一點值得讚許。不是悲觀的往後退縮，不管其餘的旁枝末節，但也不是完全不注意對方狀態——只有這種地方，就只有這一點與別人不同。只是被吩咐了就去做而已——那群人非常危險，這個我再清楚不過了——可是，即使如此，因為是任務我也沒辦法，真的沒辦法呀。」

「真是果斷的除盡（註3）啊。」

「連除法都不會，有辦法生存下去嗎？如果只有加法和減法的邏輯，這個世界是無法成立的。」

「是嗎？但是，妳對那樣的自己不感到厭煩嗎？」

「厭煩？」

「如果是我的話，我會覺得很膩很討厭——」

「討厭與放棄是不一樣的吧？所以我到目前為止，沒有覺得厭煩的事，也沒有想放棄的事哦，老師。況且——」

「況且？」

「在『他們』之中，有一個人讓我很在意。對我來說，如果放任他不管，將來很可能會成為巨大的威脅，那樣的人……當然，我也無法斷定『他』會不會來找我——」

3　此處原文的「割り切る」為雙關語，為除法中整除的意思；又引伸形容冷靜果斷的判斷。

「……妳要這樣也是可以啦。」

「老師」聳了聳肩。

那是「不打算再繼續追問下去」的意思。

到此為止。

那是表示「自己所負責的就到此為止」，就此劃清界線的態度。

「也行啦，反正妳想怎樣都可以。」

少女對「老師」這種某種意義上來說很好懂的回應，相當無奈的嘆了口氣後，「不過——」

她抬頭望向天空。

像是站在距離星星最近的地方。

是一個似乎只要把手伸長，就能摸得到星星的地方。

「上一次——老實說，是我把情況想得太簡單了……不過，這次我可以說是做好萬全準備了。『萬全』——啊，真是很人性化的詞彙啊。」

少女她——獨自沉浸在氣氛中，微笑著。

「那麼，就確確實實地測量『他們』的力量吧。那麼就測量他們、看穿他們，讓我做好隔山觀虎鬥的準備吧。即使敵人是所謂的零崎一賊——」

「我的名字叫萩原子荻。請你們看看何謂堂堂正正、不擇手段的正面偷襲吧。」

◆　◆

已經不需要再具體說明了，天生的殺人鬼・零崎人識，也就是汀目俊希，他所就讀的國中在周遭一帶是相當有名的私立升學學校，據說所收的幾乎全是資優生——因此，臉上擁有刺青的人識，老實說是相當引人注目的。加上人識那與生俱來的隨興，上課的出席狀況也是要來不來的，所以不管他是有來上課或是沒來，兩種都會成為班上八卦的話題——會變成這樣，一開始就是他自己的緣故。

雖然和受歡迎不同，卻好歹也算個名人。

只不過，這次的狀況與往常不同。

非常非常地不同。

不單是八卦話題這種程度而已。

七月初——是期末考的時期。

而且，也是國三學生第一學期的期末考。

只要是曾經當過國中生的人，便能切身體會到這個考試的重要性吧——這個考試持續三天，除了考高中與大學的考試以外，說它是人生中最重要的考試也不為過。

在這個考試的頭一天。

零崎人識——汀目俊希缺席了。

這個事件讓許多人感到錯愕——看起來很隨興，實際上卻狡猾地仔細計算過出席日數和學分的人識，在這種重要的日子，怎有不可能不來學校？他是單純的受傷、生病嗎？——那個男生是不可能連這種程度的自我健康管理都做不到的。

很清楚人識個性的同班同學們——至少覺得比其他學生們清楚的同學們，老實說由於太在意這件事了，所以議論紛紛，結果到最後，三年B班包含班長在內的學生共四十人減一人，在人生中相當具有價值的這個考試的頭一天，就這樣亂七八糟的考完了——不過，這又是另外一件事了。

這裡講的是，零崎的故事。

零崎一賊的故事。

所以，那一天——零崎人識到底身在何處，便成為了這個故事的開端——

「……十之八九——是『陷阱』吧！我這麼覺得啦……可是，還留有一或兩成這種具體數字的可能性，就我們而言也不能不行動吧，阿願。」

「嗯——原來如此，真有道理，阿贊。我對於能淡然的說出這種話的你，給予相當高的評價。要說可惜的話，應該是表達方式吧。就你而言，說些熱血的話比較適合。在這種時候，應該要用些更熱血沸騰的詞才對啊。」

「……你說的話太難懂了。」

「會嗎？我只是知道而已。知道在你的內心深處，隱藏有我無法可及的熾熱靈魂哦。」

「什麼靈魂啊……」

這裡是——

從被稱為雀之竹取山、那近乎國有地的私有地來看，是位於其南方約一百公里處，勉強可稱之為「道路」，不對，就算勉強也稱不上「道路」，而是夾雜在草木之中的小徑。

在那裡停了一臺吉普車。

是一輛適合野外的——不對，應該說是野外專用的、擁有豪邁設計的吉普車。即使是對車子再怎麼不了解的人，都大概聽過這公司的品牌（甚至或許可以稱得上是藝術作品），價格至少超過一千萬。就像這樣，依其本來的用途使用著，所以車身傷痕累累，但即使如此，依舊絲毫不減其豪邁風格，只能說是傑作。

有個人盤腿坐在那輛吉普車的引擎蓋上。

駕駛座的車門上也靠了個人。

這兩個男子眺望著北方的雀之竹取山彼此交談。

盤坐在引擎蓋上的，是一個戴著草帽、身材瘦長的青年——他穿著白色背心、鬆垮的褲子，腳上穿著不適合戶外活動的涼鞋；肩上背著奇妙的細長皮筒。裸露出來的身體，乍看之下有些纖細，可是實際上相當強壯。與其說是他瘦，倒不如說是結實。

他的名字是——「愚神禮贊」（Seamless Bias），零崎軋識。

而靠在駕駛座車門上的那名青年，打扮更是與戶外活動的精神完全相反，穿的是三件式西裝。除了身形削瘦以外，手腳異常修長，猶如金屬絲線工藝品。頭髮往後梳，銀框眼鏡下的雙眼充滿了柔和。他愉悅的神情，彷彿像是帶著家人一同出外野餐。

那青年的名字是——「自殺志願」（Mind Render），零崎雙識。

「可是——的確讓人有不好的預感。話說回來，阿贊，雖然你現在說可能性是十之八九，不過在這之前，你的那個情報正確性到底有多高，我真的無法判別。老實說，我覺得很可疑哦。」

「別小看我的情報網！那可是百分之百沒出錯過的，我敢保證。」

「嗯——姑且相信你吧。的確，光是懷疑也無從開始。既然我們都來到這邊了，前提當然是信任你。太過複雜的觀察方式，既不是我的行事準則，也不是我個人的興趣。話是這麼說啦，不過——」

「又不過什麼啊。」

「之前，我不是拜託了阿贊你一件工作——後來中途有人插手，結果變得亂七八糟的，就是那件殲滅高級公寓的事。」

「啊啊……我並沒打算弄得亂七八糟的。那件事是那件事，你不必又特別提起吧？」

「不過，即使你這麼說，那件事也還沒解決吧——只拿到一堆沒用的證據，結果和什麼都不知道沒有兩樣。不對，應該說大致上解決了，可是卻又節外生枝了。不知道為什麼，我總覺得那件事和這次的事件，其中一定有關連性存在。」

「那是怎樣——你的意思是，那個『狙擊手』與這次的事件脫不了關係嗎？」

「天曉得，只是我的直覺而已。」

「愚神禮贊」（Seamless Bias）與「自殺志願」（Mind Render）。

在連嬰兒都殺的殺人鬼集團、零崎一賊中最著名的兩個通稱——兩人同時聚集在此的意義——通常只有一種情況。

就是只有一種情況。

連說都不必說的——唯一的情況。

「『陷阱』嗎？——是吧！是『陷阱』吧！」

雙識自言自語般地說著。

「赤神財團的女繼承人有D・L・L・R症候群——就算是真的也不奇怪啦。可是如果那是真的的話，在日本說不定是頭一件的實際病例呢。」

「如果D・L・L・R症候群不是實際存在的症狀——那女孩，就是我們家族的人了。」

「嗯——」

D・L・L・R症候群——

翻成日文就是，殺戮症候群。

不分地點、不在意對象是誰，**總之就是想殺人**——這是精神疾病的一種，不對，應該說是最嚴重（High End）的精神疾病。

——那是發生在數個月前的事。

「姊姊」殺了「妹妹」。

雖說是姊妹——但兩人好像是雙胞胎的樣子。

雙胞胎姊妹。

雖然赤神家以龐大勢力掩蓋了事實真相（最後變成是根本從一開始就沒有什麼雙胞胎的樣子），但是**如果只有那樣的話**，軋識大概也不會知道有這件事——或者應該說，就算知道了也不會覺得怎麼樣，只會當作是件**無聊的殺人事件**，大概很快便從記憶中淡忘了。不過在零崎軋識的「情報網」上，關於那件事的「**殺人方式**」——「姊姊」將「妹妹」**殺了的理由**——卻深深吸引了他。

不分地點——**不在意對象**。

總之就是想殺人。

那的確是D・L・L・R症候群會有的症狀——**可是，這世上有一群人，將這種症狀視為理所當然，認為是日常生活一部分**。

那就是零崎一賊。

殺人鬼集團。

並非血脈相連，而是藉由流血聯繫在一起的非血緣關係——只是由單純的殺意組成的，最凶惡的一賊。

「**如果不是真的的話**——呵呵，雖然阿贊這麼說，但那所謂的『真的』可是格外不容忍視。搞不好，我們家族全員都是D・L・L・R症候群患者。零崎一賊的所有人唷。這麼想的話，就能解釋我們為何沒什麼重大理由便動手殺人了吧？」

「解釋？無聊透頂——幹麼解釋？事後補上的理由，有什麼價值存在？對我們有幫助嗎？又能拯救什麼？」

「沒錯。阿贊你說的沒錯。」

雙識附和起來。

「把衝動的殺意，歸咎於得了精神病，到頭來還是什麼都沒能解決，以我們的角度看來，怎麼解釋其實都沒差。對那個千金小姐來說——大概也一樣吧。**不管那種病症是不是實際存在，其實都沒有差別**——事實就是如此。問題是，嗯……名義上是把赤神家大小姐**暫時**隔離，但是把她放在這種竹林之中——總覺得有點不太自然。雀之竹取山……那裡除了茅草庵外，此外沒有任何其他的人工建築，這未免太奇怪了。」

「是啊。要是她人真的在那的話——肯定是一種『陷阱』吧。當然，就算不是陷阱，或原本並不是陷阱，對方可是赤神財團的千金小姐——不可能沒有一、兩個保鏢隨侍在旁的。」

「當然沒錯。那部分就要小心判斷了——可是，如果赤神家的女兒『零崎化』了，赤神家肯定從上到下都亂成一片吧。不曉得他們對這一點是怎麼想的。說起來，那些人對於零崎到底了解到什麼程度，其實也是個疑問——話是這麼說，不過就算他們想破頭也不可能懂的。即使是我們，不親眼見過也無法確定：那個女孩究竟是普通的

『生病』了，或者真的是『零崎化』了？」

又或者是——

「零崎就是一種病呢？」

煩人的雙識——硬是加上了這句。

軋識則刻意漠視他的發言。

「你沒有感覺到什麼嗎？就『家族』而言，那種像是『血緣』般的感覺——阿願你說過的『無意識的集合』之類的。」

「那方面該怎麼講——很曖昧不清啊。不過，那有可能是她還沒覺醒，還沒『成為』零崎也說不定。」

「也對。明明殺了人，卻沒有完全『覺醒』的例子也不在少數。」

「而且說起來，在這裡有兩人以上的零崎同時存在，所以那方面的第六感完全派不上用場。因為感覺被混亂了。」

「啊啊。是那樣沒錯。」

「嗯～算了——追究細節和我的個性不合。想簡單一點吧。什麼嘛，正好我開始想要個『妹妹』了——就我個人而言，要說剛好的話是很剛好沒錯。」

「『妹妹』啊？——阿願，那倒是很符合你的作風，是我完全不懂的感性面。然後呢，你打算採取怎樣的作戰計畫？既然有人設下了不明『陷阱』，就不能從正面進攻了。」

「關於這一點，我已經想好了。」

雙識說完之後，打開了後座車門。

後座的位置上。

在那裡——有一個少年被綁著。

不是用繩索綁著，而是用鎖鏈捆著。

不知是為了不讓少年咬到舌頭，還是不想讓他開口說話，又或者是不想被他咬到，只見少年嘴裡被塞了大塊的鐵製口塞（註4）。

雙手在背後用手銬銬住。

全身四處都是掛鎖。

身上穿著學生服——恐怕是國中生。

應該是拚命掙扎的關係吧，他的黑髮亂成一團。

臉頰上有刺青。

那名少年是零崎人識。

在距離就讀的國中大約兩百公里遠的山地，連期末考都沒考的他，被拘禁在高級吉普車的後座上。

4　口塞（ball gag），情趣商品的一種，會讓人無法發出聲音。

他用著難以形容的眼神——

瞪著打開了車門的雙識。

「聽見了嗎？人識。總之，大致上就是這麼一回事。為了獲得新的家族成員，人識你也要出點力。」

「……唔！」

人識不知對雙識吼了些什麼。

但因為有口塞的關係，完全聽不出內容。

雙識則嗯嗯的點著頭，

「這樣啊，你願意幫忙啊。」

他這麼說著。

臉上是滿足的表情。

「不愧是我可愛的弟弟啊，人識。」

「……！……唔！」

「哎呀呀，你這麼稱讚我又沒有好處。真是的，人識真是個可愛的傢伙。那個啊，我想到的是聲東擊西啦。聲東擊西，懂嗎？用英文講叫做Feint Operation。首先，人識你以先鋒部隊的身分先到山上去。然後，事先埋伏著的對手，就會很高興地襲擊人識你對吧？這時候，算好時間差的我和阿贊，就從山裡面——我們會從和人識你反方向的那邊進入山裡。因為有這輛吉普車，所以即使要到山裡面再轉出來，也不會花上太多時間。簡單來說，就是要請人識你當榮譽誘餌的意思。」

「……唔！」

「哦哦，人識真有幹勁啊。不愧是我可愛的弟弟。答應得這麼爽快，身為大哥的我，實在感到很驕傲。真是讓我自豪啊。對了、對了，當然，人識你也有可能先抵達『妹妹』那邊，即使情況變成那樣也無所謂。只是，因為有我這個大哥存在，才會有這次的作戰計畫，這個重點一定要在一開始就告訴『妹妹』，別忘記囉。『妹妹』──對人識來說，應該是『姊姊』吧。人識你應該也是差不多到了想要一個姊姊的年紀，才會這麼充滿幹勁，對吧？即使擁有讓人驕傲無比的美形大哥，還是會有覺得只有大哥無法滿足的時候嘛！呵呵呵，這種事就算你不說我也懂，因為我平常就很關心人識嘛。」

「……！……！」

「好，既然都已經這麼決定了，那就趕快展開作戰計畫吧。我現在把你放開。」

雙識以慣練的手法將人識身上的束縛──很明顯地是雙識親手施加在人識身上的束縛，他開始依順序一個個地解開。軋識則依舊盤坐在引擎蓋上，透過擋風玻璃看著雙識的行動，啊啊，這樣對待那小子好嗎？像是想起自己在上個月的事件中有多大意似的，他低聲嘟噥。

手銬被打開了，鎖也被解開了。

最後則是將口塞解下。

零崎人識呸一聲地將累積已久的口水吐在座位上之後——他用右手抓住了零崎雙識的衣襟。

大概是憤怒過頭了，他反而笑了起來。

發出了「吱吱吱」這樣奇妙的聲音。

「哦。真是暴力的愛情表現啊，人識。」

「……我喜歡的詞彙是深思熟慮。」

「什麼？」

「以前你這傢伙曾經問過我吧？——我喜歡的詞彙是什麼。不過那時候我沒講——是深思熟慮。明明就是標準的日文，發音上卻帶有半濁音（註5）的這個詞，我很喜歡——這就當作是在殺你這傢伙之前，讓你可以帶到黃泉去的禮物，所以先告訴你一聲。」

「那真是太感謝了。因為我總是想要知道，並且記住誰喜歡些什麼嘛。」

對於人識的怒火，雙識彷彿無動於衷。

那態度——令人識更加憤怒了。

「今天是期末考的頭一天，這件事你這傢伙也知道才對吧？變態大哥。叫我要好好畢業的也是你這傢伙吧？」

「你說的也沒錯。」

「要是我留級了該要怎麼辦啊！又打算把我整得半死不活嗎？你這傢伙這麼喜歡把

5　像是ぱ（pa）ぴ（pi）ぷ（pu）ぺ（pe）ぽ（po）等音，「慮る」發音為おもんぱかる。有pa的音。

人弄得半死不活嗎？這次可不是為了我好吧？」

「請個一天假而已，照理說應該不會有什麼影響吧。也就是說，是平常不認真去上課的人識的不對。就是你耍小聰明事先計算出席日數之類的，才會變得這麼慘。雖然很令人同情，但也僅止於同情而已。而且啊，人識，雖然學校很重要，但相較之下，家族的事更為重要。太熱中讀書以至於無法顧及家庭可是不行的，在下是這麼認為的。」

「給我閉嘴，賣弄些亂七八糟的歪理，什麼『在下』啊，裝什麼有禮貌啊你這混蛋！」

「在工作中注重禮貌是理所當然的吶。畢竟我和人識與阿贊不同，是相當具有常識的人嘛。」

「吵死了！這麼明目張膽的綁架事件，我從來連聽都沒聽過！起碼應該要做點什麼、譬如努力把我給騙過來之類事的吧！還有雖然我只說過一次，但這種玩意重到不行，去年我可是因為它繞了一趟鬼門關了耶！」

「那是無法做好自我管理的人識你自己的不好。」

「太好了，我懂了，決定了我決定了，就在現在這個瞬間，我下了一個重大的決定，我要殺了你殺了你馬上就殺了你，絕對要殺了你殺了你這傢伙，當場就殺了你殺得你半死，全部都──」

人識來不及說到最後。就被從吉普車裡拖了出來。

人識用來抓住雙識衣襟的手腕被擒住，硬是被用力的扯了出來──然後就這樣被狠狠地摔在地上。

人識放開了雙識的衣襟。

但雙識卻依舊緊抓著他的手腕。

「真是的，你一點都不覺得丟臉嗎？不斷喊著『殺了你』、『殺了你』……這樣還稱得上是殺人鬼嗎？這可不是能隨便掛在嘴邊的好話喔！不然的話，會被普羅修特大哥（註6）說教的，人識。」

「……」

「呵呵呵，這就叫做Domestic Violence啊——家庭暴力，真是難看耶。不過算了，你現在還在叛逆期，我也只能多包容一下了。我的心胸真是寬大到連自己都很吃驚啊。即使被人稱為慈悲為懷的雙識也不奇怪，因為我心胸寬大嘛，總而言之就是很寬大。嗯嗯，我也經歷過哦，不論對什麼事情都尖銳以待，所謂血氣方剛的年紀。」

「你給我聽好……即使現在不可能，終有一天我絕對要殺了你……會殺了你的……我對現在此時說過要殺了你的這件事，直到那天為止絕對不會忘記的，你給我記好……」維持趴在地上的姿勢，人識喃喃地像是在詛咒般說著。「到了那時候，那把玩笑似的剪刀也會變成我的……」

「呵呵呵——人識，你所說的話是出自於對身為大哥的我的尊敬、仰慕，所以願意全心全力來協助這次的作戰計畫，我這樣解釋可以嗎？」

6　出自《JOJO的奇妙冒險》第五部，暗殺集團中的一人，名言為「當我們心中想著『殺』這個字的時候，事實上已經把對方殺死了！」

「……隨便你。」

隨你高興——人識一臉厭惡地說著。

似乎覺得抵抗也沒用的樣子。

這在與雙識對戰來說，確實是個聰明的判斷。

「這樣啊這樣啊——大哥我安心了，人識。如果你要繼續耍任性的話，我都不知道該怎麼辦才好了呢——嗯？」

就在雙識啪地一聲鬆開了人識手臂的同時——他一臉疑惑地望著順從地心引力落地的人識，確認了手臂形狀之後歪了歪頭。

「咦？你是不是骨折了啊？」

「……！」

人識迅速地立直身子。

當他打算確認自己右手臂的狀況時——瞬間傳來的激烈疼痛，讓人識臉上的刺青扭曲變形。

甚至連確認都不用了。

前臂的形狀變得很詭異。

至少橈骨——應該是骨折了的樣子。

人識只是手臂被雙識抓，然後就這麼從空中摔到地面上，為什麼會產生這種荒唐的結果呢？根據槓桿原理來看，應該是他的右前臂處被施加了很大力量的緣故。

「嗚啊！好痛！真的痛死了！我痛到快不行了！你這是在搞什麼，現在越來越痛，而且疼痛的範圍擴散了──」

「啊。你不知道嗎？所謂的骨折，最讓人意外的是，要到骨頭斷裂之後才會開始痛哦。人識，難道說你這是第一次骨折嗎？你都十四歲了卻連一根骨頭都沒斷過，這有點問題吧？」

「喂，你這傢伙，把別人的手臂給折斷了，還一副若無其事的樣子是怎樣──」

「嗯，你等一下。等一下哦。」

雙識把手伸進吉普車的駕駛座裡，從裡面取出了扁平狀的鐵板。那是一塊縱長三十公分、寬約十公分，不知道用途何在，也不知為何會被放在車裡的五釐米鐵板。

還有繃帶。

首先，他拉起人識的手臂，**用力的**將骨頭強制扳回原位──雖然人識發出了慘叫，但這種微不足道的小事完全影響不了雙識──他以鐵板代替處理骨折時用的固定板，再捆上一圈圈的繃帶固定住。然後從包紮部位的裡側叩叩地敲了敲，「嗯，這樣就 No Problem 了」，他充滿成就感地說。

「……喂。」

「怎麼了，人識。」

「你該不會不打算帶我去醫院吧？」

「哎呀哎呀，你說的話真是讓我吃驚。你在撒嬌啊？只不過是輕微骨折而已。對吧，阿贊？」

「對啊，只是輕微骨折而已。」

軋識從引擎蓋上跳了下來。

「那種程度的傷沒有大礙啦。如果說是雙手骨折就算了，你只有一隻手骨折而已不是嗎？」

「雖然我從之前就一直這麼覺得……」

人識面帶苦笑說著。

那是真正的苦笑。

「你們這些人，真的超級變態。」

「呵呵呵——反正，人識你有一隻手不能用正好。尤其是在今天，怎麼說，反正人識你只是個誘餌嘛。」

「如果你那麼需要誘餌的話，找別的傢伙來不就得了——不對，就算沒有發生手臂折斷這件事，從一開始也該那樣做吧。譬如說找曲識哥啊，那個人連確認他的行程都不用，肯定一直都很閒的。」

「聽你這麼說，似乎是這樣沒錯，可是每個人都有適合做和不適合做的事啊。」

雙識邊說邊繞過吉普車前方，然後坐進了副駕駛座。關於人識骨折的事，似乎真的是那樣就處理完畢了，同時動作上也表明了對話就此結束。他一繫好安全帶就立刻關上車門，在這之間完全沒看人識一眼。

軋識也順勢坐上車，只稍微瞥了人識一眼，沒有特別向他說些什麼便坐進駕駛座、關上了門。從將鑰匙插入鑰匙孔的熟練動作來判斷，這輛吉普車應該是軋識的。

接著引擎發動起來——

吉普車開始倒車了。由於道路過於狹窄，車子無法直接U形迴轉，要倒車到一定程度才能開。差點被碾過去的人識，趕緊在千鈞一髮之際跳到一旁，才躲開了車子——吉普車彷彿對他那敏捷的反應毫無興趣似的，很快地消失在樹林的另一端。

之後。

一隻手被折斷的零崎人識被留了下來。

「一名在上學途中的國中生遭到綁架，然後被折斷一隻手丟在荒山野嶺裡……光用聽的就讓人覺得，真是誇張到不行的鬼畜行為大哥啊，喂——這可不只是過分而已啊……那傢伙對所謂的形象人氣投票毫無興趣嗎？」

人識站起身來——拍掉學生制服褲子上沾到的塵土。接著檢查起——手臂骨折的程度。原來如此，看來似乎是單純的骨折，加上由於迅速做了適當處理，所以先這樣放著也沒問題……雖然說到了明天肯定會腫得很嚴重，但至少對今天一整天的活動沒有影響的樣子……不過，這種情況，即使是零崎一賊的祕密武器零崎人識，要他用這隻右手來戰鬥，暫時也是不可能的。

如果是雙識或軋識的話——

那說不定能做到。

像骨折之類的傷，那兩個人光用氣勢就能治好了。

「真是的……趕快給我隨著年紀變成熟點吧——麻煩死了。軋識老大也是，都已經是個大人了，就不要光在一旁看好戲，應該要出面阻止啊……總覺得似乎被那個老大給討厭了呢，他連看都不看我一眼，我做過什麼讓他不爽的事嗎？……雖然說要是他像大哥一樣，老是一副很熟絡的樣子也很煩人，不過他那種冷漠的樣子，感覺很差啊……啊——啊，真的很煩，他們兩個到底想怎樣啦——」

南方與——北方，他轉頭反覆的望著兩個方向。

到底是要就這樣回去呢？還是照雙識所說的，走往雀之竹取山呢？——他似乎正在仔細考慮。

到得出結論為止——需時五分鐘。

五分鐘。

不多不少，正好五分鐘。

零崎人識心想，與其從這不知何處的地方走回去、去考那現在也不可能趕上的期末考，還不如往雀之竹取山走，與雙識、軋識會合比較有意義；得出這樣的答案後，他開始朝北方前進。

一步、兩步，往前邁進。

臉上帶著殘酷的淺笑。

真是沒辦法啊——他低聲嘟囔。

◆　◆

在吉普車裡。

軋識朝雙識開口說了話。

「阿願——你。」

「嗯？怎麼了？阿贊。你也趕緊繫上安全帶比較好。我個人認為不能太信任安全氣囊，那種玩意就算想測試也沒得試。從這點上來思考，安全帶這種玩意兒，除了現實考量外，也沒有任何存在的意義。」

「你……剛才雖然裝成一副偶然不小心弄到的脫線模樣……其實打從一開始——你就打算折斷人識的手臂吧？」

「哎呀、哎呀。你為什麼這麼想？除了溫柔外沒有其他詞能形容的我，故意折斷我疼愛有加的可愛弟弟——人識的手臂？你為什麼會有這種聯想呢？」

「代替固定板的鐵板，以及固定用的繃帶，你從一開始就準備好了——而且再怎麼說，那種骨折也未免太漂亮了……況且，就算你扯了些歪理，但是有心或者是無意，我在旁邊看得一目了然。」

「你的觀察力真是敏銳啊。」

雙識露出充滿邪氣的微笑。

對於眼前的雙識，軋識無言地抬了抬下巴要求他作出解釋。

「呵呵呵——什麼，就像我對那小子說的啊。那是我真正的心情。那小子用一隻手剛剛好……畢竟他好像還有剩下來的力氣。與其說是限制，倒還不如說是替他加上**束縛**。」

安全帶是必要的。

雙識這麼說著。

「嗯……這點我也有同感。」

「而且，那小子是個很隨興的傢伙，從不會為了什麼去拚命——不過，隨興似乎是零崎一賊的代表性特色之一，所以我也不太能去說別人，可是即使如此，那小子在**這部分**有點太超過了。從一開始就讓他落於下風的話，在情緒上應該多少會產生變化吧。」

「可是——萬一弄巧成拙，或許那小子就不去雀之竹取山，直接跑回家也不一定。並不是因為隨興之類的理由，而是他判斷身上帶傷太過勉強，然後決定自行撤退。」

「我就賭在那上頭了——所以說，就算手法太過強勢，那又怎麼樣呢？對我而言，人識也差不多應該要更上一層樓了——很難管的傢伙啊，真的。不過那也可以說是他可愛的地方。真是可愛到不行的弟弟，好可愛、太可愛了！讓人想更加、好好地疼愛他啊！呵呵呵。」

「……該怎麼說……說這種話可能會招來誤解，但是阿願，我的年紀比你大真是太好了，我打從心底這麼想。」

「真討厭啊，不要把我說得像是蘿莉控或者是正太控一樣。而且，年長的人裡面也有可愛的，所以你的發言，很可惜並不成立。」

「……你這個變態。」

「呵呵呵。」

對於軋識的發言，雙識回以讓人心裡發毛的笑容。

「我和你也已經認識很久了——但直到現在，我還是不太了解所謂零崎雙識這個人的性格。」

「那是彼此彼此吧。雖然我和你認識了很久，但對彼此並沒有深入的了解。**互相隱瞞的事情——有吧？**」

「……」

「說是這麼說，我也只是盡可能的注意，安分守己當個老實的好男人啦。」

雙識很開朗地說著——

話才說完，他立刻換了表情。

「……不過，比起那些事——阿贊。」

「怎樣？」

「關於那個『狙擊手』的事，我想再確認一次——」

「……你特別在意那件事呢。你真的覺得，這次的事件與那個『狙擊手』有關嗎？」

「雖然我沒有證據——但光聽你們的敘述，那個『狙擊手』也未免準備得太周到了，周到得近乎可疑。不知道該不該說是做了萬全的準備？雖然當時用的方法和這次的事件不太像——可是，有的人很懂得會臨機應變——問題是出在時機。」

「時機？」

「沒錯，時機。時機湊巧——**到了極點**。繼上個月出事之後，這個月也有——對吧？我認為可能性很高——要不，你好好想想看吧。**膽敢這樣從正面挑釁咱們零崎一賊的傢伙**——你認為有很多嗎？在這麼短期間之內，出現了兩股和零崎一賊敵對的勢力，而且還不如說是**把兩者當成同一股勢力**來看，你不覺得這樣反而比較合理嗎？」

「……嘻嘻嘻。」

軋識聽到這裡——似乎高興得發出了磨牙聲。

「嗯——要是如此，反過來說不是正好？就算『妹妹』的事情是『陷阱』也好——嗯，反正是個『陷阱』，要是設下這個『陷阱』的人，就是那個『狙擊手』的話——若是能夠痛快擊潰零崎一賊的『敵人』，那自然更好。我也就能把我嘗過的苦頭，原封不動的奉還。這真是一石二鳥、一舉兩得啊。」

「嗯——是那樣沒錯。」

雖然雙識嘴上說是那樣沒錯啦，但對於**那種**情況，雙識並不像軋識般想得那麼單純。

「我還有一件事想問。」

「嗯？」

「為什麼非人識不可？如同那小子所說的，找別人不可以嗎？——不對，應該說，不論怎麼想，都該找別人去當誘餌才對。當然，找阿趣那傢伙是不可能的……確實不適合。」

零崎曲識。

「少女趣味（Bolt Keep）」——零崎一賊中唯一的禁欲者。

也可以說是極端的素食主義者。

「可是，如果真要說適合或不適合的話，我完全不覺得人識會適合做這件事。畢竟招募家族成員是需要技巧的工作，對他那種兔崽子來說，這種任務負擔太重呢，或者該說有點太早了……我是這麼認為啦。」

「呵呵呵——是啊。正是如此，阿贊。所以啊——我剛才不是說了？對我來說，我希望人識那小子**能更上一層樓**。總而言之，現在我能說的只有這些。」

「什麼——」

雙識是不想說明呢，還是自己也說不清楚呢，或者是無法確定呢？這種曖昧的表達方式，代表他不打算解釋得更詳細，於是軋識放棄追問，專心開車。

倒車結束了——

車子的排檔總算回到了前進檔。

軋識轉著方向盤——踩下油門，開進了前往雀之竹取山的彎曲道路。

鄰座的零崎雙識開口說了句話。

「那麼——開始零崎吧。」

「嗯嗯。」

零崎軋識也配合著說道。

「輕鬆地，開始零崎吧。」

◆　◆

「不然——換個問題。」

「隨妳高興吧，換不換問題是妳的自由。」

「大小姐您——是怎麼如何看待她的？對她有怎樣的——感覺呢？」

「沒什麼特別感覺。」

「沒什麼感覺？那是不可能的——請老實回答我，大小姐。」

「可是，我對於老實**這種玩意兒**，不是很了解。」

「這樣子啊……那麼，大小姐您喜歡她嗎？」

「喜歡哦。」

「大小姐您討厭她嗎？」

「討厭。」

「您愛她嗎？恨她嗎？」

「我既愛她，又恨她。或者，也能說是既不愛她，也不恨她。」

「……」

「完全是一樣的。從我的角度來看的話是這樣，從她的角度來看，八成也是如此。」

「……這是為什麼？」

「感情需要理由嗎？」

「即使沒有道理，也會有理由。絕對會有的。」

「理由……理由嗎……」

「您這是頭一次願意思考。」

「嗯嗯……理由……但是，對我而言，理由之類的東西………」

「有想到嗎？」

「我不知道，只是……」

「只是？」

「我一直——在看著她。」

「看著？這是指視覺上的意思？還是——」

「是精神層面的意思。」

「那麼——您很想殺了她？」

「我是很想——殺了她。」

「可是，是對方自己要死的而已？」

「是的，就是那樣。」

「那麼——非她不可嗎？」

「咦？」

「除了她以外是誰都好——全都想殺了？或者說，除了她以外的人，就不會特別想殺對方？」

「是誰都好……是誰都可以……」

「大小姐您，到底想用那雙手殺誰？」

「想殺的是——我想殺的是——」

「譬如說——我？」

「妳？」

「『我想殺了妳』——您會這麼想嗎？」

「……」

「您的沉默代表了什麼意義？」

「……」

「請回答我，您沉默的意義。」

「我——」

「我其實還滿想殺妳的。」

被萩原子荻稱為「老師」的長褲套裝女子——

她的名字，叫做市井遊馬。

正如萩原子荻對她的稱呼，這名女子在**某間學校**擔任老師。由於她是高中部的老師，照理說應該與還是國中部學生的萩原子荻沒有關聯，可是卻因為萩原子荻的**特殊性**，兩人搭上了關係——情況似乎是如此。由於有一部分牽扯到表裡內外、檯面上與私底下的多重關係而顯得異常複雜，至少，遊馬並非基於單純的師生關係而待在雀之竹取山，只有這一點是能夠確定的。

有關遊馬任職的學校——澄百合學園，如果是要向不知道內情的人的介紹那到底是怎樣的學校，稍嫌冗長的說明是恐怕無法避免——沒錯，這是一所專供上流社會人士的子女就讀，完全與俗世隔離的傳統私立升學學校，也可以說是一間庶民無緣的千金大小姐的栽培所，從外界的眼光來看是這麼回事沒錯。

確實有這一面存在。

不過——這所學校還有它**不為人知的另一面**。

也就是**聚集了沒有親人、無處可去、沒有後患的孩子們，充滿血腥味的傭兵培育機關**，與背後有四神一鏡——赤神到檻神等五大財團撐腰，統稱為日本的ER3系統的神理樂（Rule）組織之間，有著密切的關連——這也是澄百合學園不為人知的另外一面……不對，應該說這就是它存在的真正意義。

在某種意義上來說，讓年幼可愛的女孩們變得比殺人鬼更糟糕，將她們訓練成殺戮和戰略兵器——這就是身為「教師」的市井遊馬所做的「工作」。

這是工作，所以沒關係。

遊馬是這麼想的。

世上就是有**這種地方**存在，否定了這一點的話，一切便無法成立、便無法生存下去，**這種地方——對某些人而言，待在這種地方是必要的**，市井遊馬心裡很清楚。所謂的人生，就是靠加分、扣分才能變得平坦。不過呀，為何說出這種自大戲言的人，知道必定有加分的部分存在呢？

總之，自己的工作與修整道路沒有兩樣——

遊馬——是這麼想的。

這是一種公共事業。

為了配合存在於這個世界的道理。

只不過——

「老師。情況怎麼樣？」

背後——有人在叫她。

是萩原子荻。

她身上穿著運動夾克，頭髮隨意的綁著。

由於從容貌到舉止她都像個大人，所以很容易讓人忘記——這女孩現在只有國中一年級。

「……」

澄百合學園始終是傭兵培育機關──與一般傭兵機關截然不同。要比喻的話，可說類似於汽車駕駛訓練班──這所學校從兒童時期開始便教導學生練習戰鬥技術，反正距離實戰還有很長一段時間，在專業人士眼中，她們只不過是菜鳥，到高中畢業左右才能獨當一面──這是大致上的基準。

遊馬認為那樣很好。

訓練她們是「學校」存在的使命。

不過──非常少見的，遠遠超越一般水準的學生出現了。

那就是十三歲的萩原子荻。

她今年十三歲──才國中一年級就已經被編入**實戰部隊**了。

而且獨占鰲頭。

是絕對遙遙領先的──獨占鰲頭。

光是想像，便令人感到顫慄不已的孩子。

不、不光只是這樣──真正恐怖的是，不只是在國中部，甚至在小學部裡頭，也有原本該是背書包到小學上課的學齡孩童，卻與子荻一樣被編入實戰部隊，如同戰爭化身般的怪物──

讓遊馬覺得恐怖的是，萩原子荻在戰鬥才能方面**不算出色**，當然，一般所說的十八

般武藝……弓箭術、馬術、槍術、劍術、游泳術、拔刀術、短刀術、十手術、銑鋧術、含針術、刀術、砲術、擒拿術、柔術、棒術、鎖鐮術、鋂術（註7）、忍術的最基礎技能，她全都學會了——但也只是學會而已，沒有特別出色的成就。

光憑那樣的普通程度，卻能從一開始就把實戰部隊逼到絕境，即便她的能力完全被摸得一清二楚，卻依舊能夠**封鎖住**對手行動的這個事實——仔細考慮她與生俱來的**特殊性**後，便可以發現這是相當異常的狀況。

至少。

並非以教師的身分——而是戰士市井遊馬的本能，她切實感受萩原子荻身懷龐大力量。

再這樣下去的話，她將來必定會在澄百合學園史上留名，遊馬認為自己的預感是不會出錯的。

不對。

或許她早已留名了也說不定。

在過去，澄百合學園史上有個女學生——是一個可以自由操縱「空間」，遠遠超出一般水準的「資優生」——在學時期唯一能與萩原子荻匹敵的學生，大概也唯有那女孩了。

不過，她在就讀高中部的時候，就從澄百合學園「休學」了……

「老師——市井老師。那個，我在問妳情況怎麼樣了。」

7　鋂術，「鋂」是在如長槍般的長棒尖端處安插許多鐵刺的武器。

「咦？啊啊……對哦。」

「的確。老師這次只是以助手身分幫忙而已……但是，請別因此掉以輕心哦。因為當我的計畫被扣分時，即使是老師，**日後**也會麻煩上身。」

「沒問題的，我會做好自己該做的工作。」

說著——

遊馬將精神集中在手中的花繩上。

紅線。

翻花繩。

閉上眼睛。

把整座山——當成自己身體的一部分。

「……在南邊——有一個人進入竹取山了，和妳剛才說的一樣，對方以悠閒的步伐朝著這裡而來——他好像護著右手臂走著……難道他受傷了嗎？嗯……身材不高、步伐很小……那大概就是妳說過的『他』——讓妳很在意的那個『他』……」

「這樣啊。果然來了嗎？太好了、太好了。」

「還說『果然』呢，妳別這麼一派輕鬆的——啊！」

「怎麼了嗎？」

「從北方——似乎也有兩個人入山了……兩個身材相當高大的男人……兩人的腿都很長……感覺不像日本人的身材。其中一人似乎戴著帽子……嗯。」

「戴著帽子的人，應該是愚神禮贊先生吧——太好了、太好了。那另一個人呢？」

「唔——另一個人雖然腿也很長，但手似乎也很長呢——光憑這些資訊判斷，也許早了一點，但是，大致上沒錯吧。」

「是嗎？這次自殺志願先生也來了啊。太好了、太好了。」

「為了保險起見，雀之竹取山的外圍我也調查一下……唔……總之似乎就是這樣而已……加入時間因素考量也是一樣，目前看來——對方人數就這三個人而已。萩原同學——**與妳的預測相同**。」

「這樣啊。嗯，大概就是這麼回事吧。太好了、太好了。」

戰場上「敵人」的數量多寡，一向很難判斷，子荻卻能預測得分毫不差——而且又是那麼確定。

不是和預測相同——簡直就像是預定好的一樣。

與擬訂的計畫相同——非常確定的口吻。

不，非但如此——打從一開始她就知道，第一個進入雀之竹取山的「他」會是誰，然後會怎麼來——

遊馬想到這裡——微微地瞇起雙眼。

「欸——我很希望妳能告訴我，妳是怎麼預知這些事的？妳擁有不可思議的情報網嗎？真讓我有種甘拜下風的感覺。」

「沒什麼——這種程度還不需要用到情報網哦，老師。不知道為什麼，我就是能感覺得到——要是其他人問我就算了，因為是老師問的，我就稍微認真回答一下吧，基本上，這是一種故弄玄虛。故弄玄虛是用來唬人的藉口。如果來的人少於三個，就只是單純的幸運，如果對方超過三人——我這邊也事先準備了足以應付的『計策』。只要別因為嫌麻煩而疏於準備的話，不管是與預期相同或是不同，結果依然會是一樣的——正因如此，我才能一派悠閒的等著對方到來。」

「……」

回答得真是敷衍，遊馬這麼想著。

不過，原本她就不是那種單純活潑的學生，只因為對方是老師就說出真話。

子荻對是這個世界抱持著鄙視的態度。

除了確實發生在眼前的事實以外，她什麼都不相信。

「而且——老實說，老師的技術才更令人佩服。那是一種沒有他人能夠取代的稀有能力。老師輕鬆地坐在石頭上——就**完全掌握住雀之竹取山方圓五公里內的情況**——」

「……被妳稱讚的感覺很複雜。就像是拿到一張『妳有利用價值』的品質保證書。」

「請老師坦率接受吧，那只是普通的讚美而已。」

「誰知道呢——」

市井遊馬——通稱 Zigzag。

病蜘蛛（Zigzag）。

擁有夢幻般**技術**的曲絃師，雖然確實在這世上存在著——但遊馬的技術還尚未那種境界。

簡單來說，遊馬是一名控線使。

在控線使裡也區分許多等級，其中集**所有技術**於一身，達到最高境界的人——便是被稱之為曲絃師的施術者們。

雖然人數實際上並沒有多到達到加上「們」的程度。

被稱之為曲絃線的物體，是肉眼無法看見的極細絲線，與施術者的身體相連，可以自由自在的操控著，有時銳利如刀，可以砍殺對手；有時比鎖還堅固，能夠完全束縛對手，在陷入一對多或者敵人埋伏之類的戰況時特別有用，是一種用途廣泛的戰鬥技術——遊馬更以她獨創的方法，讓技術更加進化。

由於遊馬**沒成為曲絃師**的緣故，所以也欠缺正當性、正統性——不過，**沒能成為曲絃師雖然有所損失，卻也正因此才能獲得某些好處**——她自己是這麼想的。

遊馬可說是**凌駕於部分曲絃師之上的曲絃師**——

被稱為Zigzag的事也是，漸漸地從可能當不上曲絃師、無法成為曲絃師、到放棄成為曲絃師，其中也有她不想認輸的部分——不過，她並未因此而逞強或炫耀，與此相反的，她說一切都是順其自然。

只不過，這次遊馬並不是戰鬥成員之一。

即使子荻再怎麼有把握，但是正面與零崎一賊對抗，無異是自尋死路，遊馬並未愚蠢到這般程度。

當然，這件事子荻心裡也很清楚。

所以，這次遊馬的身分是——巡哨武器。

如雷達般的存在。

打從一開始就被算在戰力之外的戰力。

「……雀之竹取山——包括方圓五公里之內的**範圍**，**布滿了**宛若沒有攻擊防禦能力、一被碰觸到就會斷裂的纖細絲線。所以——在這範圍之內，**所有行動我都能瞭若指掌**……但是，萩原同學……」

「什麼事？」

「如果時間拖太長的話我就沒辦法了——雖然絲線斷掉的部分我都能逐一修補，其實現在也正在修補當中……但是可用的絲線數量有限，而且我的精神力也有限。所以呢——現在差不多還剩一小時左右的時間。」

「一小時，有這些時間就足夠了。」

子荻充滿自信地說道。

「那麼得趕緊聯絡**大家**才行——可不能讓他們拖拖拉拉地抵達目的地。」

「嗯，看來是不需要聯絡了。」

遊馬說道。

「**那三人已經開始各自朝著敵人行動了。**」

◆　◆

零崎軋識——「愚神禮贊」（Seamless Bias）。

今年二十七歲。

他是陷入熱戀中的殺人鬼。

對一個十四歲的少女單相思。

並不到說「我愛妳」的積極程度，也不像「我喜歡妳」那麼消極——以軋識的語感來說的話，即使為她去死也可以，而且無法為了自己而殺死她——他大概會這麼說。

他正在熱戀。

愛慕著——那個少女。

當然，他沒把這件事告訴任何人。

不可能說得出口。

光是二十七歲青年愛上十四歲的少女這一點，就已經讓他夠沒面子了——更何況軋識還隸屬於零崎一賊，是這世上最受忌憚的殺戮集團成員。

即使是對那女孩，這種事他也說不出口。

他光是用想的都覺得鬱悶。

在同樣傾慕那個女孩的「同伴」之中——清楚軋識身分的也只有一人。

那個女孩——

究竟會怎麼想呢？

到底——她會怎麼想呢？

殺人鬼。

她要是知道了自己是殺人鬼的話——究竟會有什麼想法呢？可能意外的覺得沒什麼也說不定——或者會表現出激烈的異常反應也說不定。總之，那女孩會怎麼想、會有怎樣的反應等等，軋識完全推測不到。

對軋識而言，那女孩的存在是特別的。

就是到這樣的程度——特別的存在。

猶如在零崎一賊之中被視為異端份子，這次與自己一同行動的零崎雙識——以及零崎一賊之中，被軋識視為最危險的人物、這次同樣一起行動的零崎人識——

不過，在零崎一賊的行動中來看，具有特別存在意義的，不論是異端還是危險人物，撇除自己之後恐怕沒有其他人了——軋識也不是沒這麼想過。

不對，大概是那樣吧。

的確是那樣沒錯。

彷彿那種情況不太可能出現，但軋識還是很在意——如果那個少女敵視零崎一賊，或者反過來，零崎一賊將「她們」視為敵人的時候——自己到底會採取什麼行動呢——

軋識想不出答案。

他完全不知道。

這是一個問敵亦問己的相同問題。

——原本。

就現在的狀況來說，自由地在兩個團體間遊走，並沒有那麼糟——也不是只有壞處。實際上，以這次的事件來看，赤神家的千金殺死了自己親妹妹的情報，便是從軋識的「同伴」那邊得來的。以軋識所屬的零崎一賊的角度來看，這種「課外活動」意外地有用。

所以。

那個知道零崎軋識**另一個名字**的「狙擊手」——不管遇上什麼問題，都絕對非殺不可的。是不殺不行的對象。最糟的情況下，可能連對軋識愛慕的女孩都會造成妨礙——如果如雙識所說，這次的事件與那個把人當笨蛋耍的「狙擊手」之間有所關連的話——正合軋識之意。

零崎一賊。

十四歲的少女。

嗯，話說回來——她與人識同齡。

這兩人年齡相同。

不，就算這樣也沒什麼。

這也只是偶然吧——不對，不過是同年齡而已，還不能算是偶然。

嗯……說到年齡的話，在印象中，殺了雙胞胎妹妹的赤神家的女繼承人，年齡似乎也差不多的樣子……就雙識看來，那種年紀或許適合當「妹妹」，不過就二十七歲的軋識來看，那差不多是「姪女」的年齡——

正當軋識想到這裡的時候。

眼前——出現那個女人的身影。

他們進入雀之竹取山——才十分鐘左右。

還不到整座山的十分之三之處。

軋識與雙識併著肩，故作隨興地警戒四周。他們輕鬆地避開很明顯是偽裝用的陷阱，也就是捕獸器、捕獸網之類的原始陷阱，朝著正前方爬上獸徑般的羊腸小道。

突然之間——那女人就站在那裡。

露出了原本隱藏起來的身影與氣息。

應該說釋放出來才對。

她兩腳張開、筆直地佇立著——

連問都不必問，那是顯然是一種敵對態度。

明確地表達了「此路不通」。

非常強烈的意志。

「……」

對這個奇妙女人的出現——軋識下意識地吞了吞口水，他很謹慎地動作著，放下了背在肩上的皮筒。不論對方是敵人也好，尚未造成妨礙也好——那女人光是打扮就讓人起了戒心。

她身上穿的是女僕裝。

裙擺度長足以覆蓋腳踝的女僕裝。

那或許也可以說是附著圍裙的小洋裝……只是，換個詞彙形容也沒有意義。因為那女人最引人注目的地方並不是女僕裝。

那女人——戴著鐵面具。

鐵面具的厚度猶如全罩式頭盔，外型奇特，閃耀著黑色光澤。雖然眼睛的部位開了很深的洞，相對的也很暗——當然看不見對方的表情。

女僕裝搭配鐵面具。

這是軋識從未見過的詭異搭配，他心想，就算是超現實主義也該有個分寸吧。不過，鐵面具搭上女僕裝竟會如此適合，還真讓他有些驚訝。

「呵呵呵——真不錯呢。」

該說是果然膽量十足，或者說經歷過常人不同的風浪？面對鐵面具搭上女僕裝的詭異打扮，零崎雙識似乎毫不膽怯……反而還親切地張開雙手、往前踏出一步，充滿勇氣地對著女人說話。

「妳那副面具真是不錯——有種時空錯亂的美感，真的好美啊。而且，除了以鐵面具

做為武裝，赤手空拳的感覺也清爽——還是說，妳的裙子裡頭藏了刀刃之類的物體嗎？唔，仔細想想，那件過長的裙子確實很詭異。嗯嗯，看來這需要做點身體檢查——」

雙識一步、一步、又一步——

緩緩朝著假面女僕前進。

他若無其事說著話，把右手伸入自己的西裝外套裡。在零崎雙識西裝外套**內袋**裡，放了一個特製的仿手槍皮套——在那個手槍皮套裡，裝著他的最得意武器——

大約是在第七步的時候吧。

在他往前邁出腳步的同時——假面女僕有了動作。

她朝著雙識的臉部——

踢出了似乎掠過鼻尖的超高速飛踢。

然後又一記腳跟為軸的後迴旋踢。

風聲幾乎可以傳到軋識耳裡的踢擊。

「嗚、哇哇哇！」

雙識直到剛才還一臉悠閒的模樣，現在卻很沒用地發出了讓人感到丟臉的慘叫，一口氣連退七步，回到了軋識的身邊。

他的呼吸一下變得相當紊亂。

冒出大量的冷汗。

「小心點，阿贊！那傢伙是敵人！」

「……我早就知道了。」

你到現在才發現喔，軋識連吐槽他的力氣都省了下來。

雙識八成是想著，那又怎麼樣。

「而且那女人裙子底下居然還穿衛生褲……那種東西是成熟女性該穿的東西嗎？真教人無力啊。」

「我對你比較無力。」

「你在說什麼？這件事很重要耶。接下來我們和那個女人戰鬥時能期待些什麼呢？我已經完全失去幹勁了。為什麼人生如此空虛啊，已經沒有夢想和希望了。神果然已經死了嗎？」

「是喔是喔。話說阿願，難道你其實也是我的敵人嗎？」

仔細看的話——

假面女僕，完全沒離開原本的位置。

踢向雙識的腿也——

已經回到了原來的地方。

絲毫不差地——回到原來的地方。

然後——她依然沉默不語。

看來對方一點也沒有要攻擊的意思。

——被動的姿態。

似乎採取被動的戰法。

「嗯……看來妳似乎想玩『不讓你過』的遊戲——是指『此路不通』嗎？呵呵呵。喂，女孩，我的名字叫零崎雙識——我們現在有點急事，妳別那麼壞心嘛，讓我們過去好不好？讓我們過去的話，我就和妳交往哦。」

雙識用著沒受到教訓般的親切口吻，對著假面女僕說——對方卻無任何反應。各種意義層面的沒有反應，也不知道是不是毫無反應能力，她彷彿無生命物品般文風不動地堵住了去路。

「呵呵呵——這代表沒有和平談判的餘地嗎？情況真是糟糕。不過，我每次想和平談判都沒成功就是了……怎麼辦？阿贊。是二對一哦。」

「嗯……」

聽了雙識的話之後——軋識暗自思忖起來。

光是看對方剛才的行動——大概就能判斷她大概是體術高手，而且專精某種拳法。雖然從軋識站的角度看不見，不過雙識確認過她裙子底下穿了衛生褲——反過來說，雙識完全沒提起別的事，就代表帶面具的女僕的長裙之中沒暗藏任何武器。無論如何，雙識不可能犯下看見衛生褲卻沒發現武器的失誤。應該不會的，軋識想這麼相信。

這樣的話——那條裙子類似於袴（註8）了。

8　袴，有點像高腰的褲裙，是傳統和服的一種，為「褲」的變形。

如此說來，對方是合氣道高手、或者身懷古流派柔術……軋識一時能想到的大概只有這些了。

至於那個鐵面具，與其說是武裝，倒不如說是單純的變裝。

軋識心想，或許對方是想避免被零崎一賊的人見到臉的緣故。因為對零崎一賊而言，將與敵人有關人物殺得一乾二淨，是他們行事的基本方針。

也就是說——她身上沒有武器。

完全是赤手空拳。

相對的己方卻是全副武裝。

「愚神禮贊」（Seamless Bias）與「自殺志願」（Mind Render）。

只是……

軋識斜瞥了雙識一眼。

然後，立刻做出了結論。

「……你先走吧，阿願。」

「嗯？為什麼？」

雙識睜大了眼睛、驚訝地問著。

「好久沒和你一起搭檔行動，雖然我覺得並不差，但是——」

「隱藏實力很浪費時間。」

軋識很乾脆地說了。

「即使殺得了女人，你卻沒辦法與女人戰鬥對吧？」

「嗯。哎呀哎呀——你說這句話真是把我徹底看穿了啊！真的對著我自殺志願、『第二十人地獄』說出來了呢！」

「即使我們沒有深交，彼此也認識很久了。這點芝麻小事我還能理解——這裡就交給我，你先走吧。沒問題的，我馬上就會追上去的。」

軋識隨意地，揮了揮手。

看了那動作，零崎雙識他——

呵呵地笑出聲來。

不再猶豫，也沒有繼續多餘的對話——他迅速、靈敏地轉個方向，不往原先的獸徑，而是朝竹林一頭衝進去。

不撥開竹子——而是強勢的、強迫性地如同劃開一條路般的衝去。

假面女僕——對這一切，完全沒有反應。

彷彿是從一開始就知道會發生這種情況似的——對於零崎雙識逃走一事，她只是若無其事地什麼也不做——默默看著他離開。

她這種態度，即使是軋識也會覺得奇怪——可是，在鐵面具阻隔看不到對方表情的情況下，想要判斷對方心理的行為完全是浪費力氣，軋識這麼判斷後，他就放棄思考了。

反正，再思考下去也是毫無意義的——

不就是接下來要殺的無聊透頂的心情而已。

「不好意思——我和那個菜鳥小鬼不同，和阿願也不同——不管對手是女人還是小孩，全都沒差，戰鬥之後我全都會殺得精光。由我自己說似乎很狂妄，或許還有些愚蠢，不過零崎一賊史上最無情的殺人鬼——就是指我。妳只能成為我殺人歷史紀錄中的一筆，光榮地死在這裡吧。」

軋識從皮筒中——取出了自己的得意武器。

「愚神禮贊」。

這是軋識的通稱，同時——也是他的得意武器的名稱。

如果要簡單說的話就是「狼牙棒」。

不過，若是以棒球或壘球所使用的「棒子」的定義來看，雖然不至於完全不是，但也很難說它是「棒子」——無法被劃分在「棒子」的範圍內。沒錯，這支鉛製的凶器，比較像是日本傳統故事裡「鬼」才會拿的——「金棒」（註9）。

不是開玩笑的重量——破壞力也不是開玩笑的。

暴力與惡意、殘虐與殺意，依著那樣而成形的「愚神禮贊」——是零崎軋識的武器。彷彿將所謂的零崎軋識這個概念，原原本本的具體化一般，正是那樣——

「——唰！」

在將「愚神禮贊」從皮筒中拔出的瞬間——就像是用真劍拔刀分勝負般，軋識將

9　日本民間傳說中的鬼所拿的物品之一，由鐵製成，一頭套有數個鐵環。

「愚神禮贊」從下往上、如同要揮出去般，朝著假面女僕衝了過去——以零崎雙識的步伐來說是七步左右，以零崎軋識的步伐來說大約是八步半的距離——一口氣、一瞬間，縮短距離！

但是——在揮出去的地方，假面女僕已然不見蹤影。

揮棒落空。

「……！」

啪。

腳步聲——從背後傳來。

在這獸徑上——避開了出其不意的「愚神禮贊」，並且閃到了軋識背後，她在瞬間完成這些動作，一氣呵成——！即使被驚愕衝擊，軋識反射性地回頭，恰好在「愚神禮贊」攻擊範圍外，就看見以左腳大幅向後拉……右腳在前，雙拳緊握，假面女僕的備戰身影。

沉默——備戰著。

由於戴著鐵面具，還是無法看見表情。

即使如此——軋識光憑感覺，就知道對方正狠狠地瞪視著自己。

「怎麼回事啊？這……難道說是那個嗎？——沒有任何破綻？」

雖然軋識朝她說著，但——對方沒有回應。

假面女僕只是——擺出備戰姿勢而已。

「也好——這樣的話如何！」

然後是，軋識的第二擊——

雀之竹取山——第一戰。

零崎軋識對假面女僕之戰——開戰。

◆　◆

「……似乎開始了哦。」

遊馬這麼說完之後，子荻說了聲「這樣啊」然後點了點頭。

「說實話，沒等我的指示便任意行動，只是會造成我的困擾……不過算了，就結果而言也是一樣的。」

「……」

子荻到底是有興趣、還是沒興趣呢——她那種態度怎麼看都靠不住，讓基本上決定置身事外的遊馬，反過來被她吸引住了。

說不定這也在子荻的預料之中。

雖然遊馬只打算以巡哨武器的身分協助，但卻被利用得很徹底也不一定——

嗯，這點小事應該還不算出手干涉——遊馬以自己的基準下了判斷後，對子荻提出了問題。

「那位女僕小姐……是怎樣的人？」

「是怎樣的人——沒什麼，就像我先前說過的。與其說千賀明子小姐侍奉赤神家，倒不如說是只侍奉那位大小姐而已——從大小姐出生開始，就一直在她的身邊照料一切，比家人還要親近。嗯，可以說是極度忠心吧。」

「忠心啊……聽起來是個很棒的詞彙，不過那又怎樣？千賀明子——可是，那位女僕小姐再怎麼看，類型也與另外兩位截然不同……」

「哦哦，妳說彩小姐和光小姐啊——是啊。那兩位，總而言之她們就是女僕囉，謹守照料衣食住行本分的專業人士——明子小姐則是**為了這種時候而存在的**，警衛、守護者——似乎是這樣。」

「她不是澄百合學園的人吧？」

「嗯。她只是赤神家的屬下而已……與其說是雇用她，倒不如說是我祕藏的戰士之一。這次只是特別情商請她出力而已，真是幸運。」

「幸運……還真敢說。幾乎可以說是詐欺了不是嗎？」

遊馬露出了驚訝的表情。

那到底是用了多少的強迫的手段，從那個「大小姐」被當作「陷阱」的「餌」開始，到反覆擴張的理論、武裝中也能預想得到。

「但是——為什麼呢？對大小姐忠心耿耿是很好，但光憑這點就能把那個『愚神禮贊』……零崎軋識給壓制住嗎？現在，怎麼看都是平分秋色的樣子……」

「一對一的話，沒問題的。零崎一賊明明是集團，但看起來，在最初總是傾向一對一來較勝負——是所謂個人主義的傢伙吧！這種作風，對我們而言是再好不過了。真要說起來，也不過是人數很多的集團罷了。說到這裡，老師——請讓我再確認一次，正在和明子戰鬥的是愚神禮贊先生吧？不是自殺志願先生吧？」

「嗯嗯——自殺志願（Mind Render）‧零崎雙識，他把那邊交給零崎軋識後，就先前進了的樣子，不會有錯。和妳的計畫符合吧？」

「是啊。畢竟當『第二十人地獄』的對手，對明子小姐來說有點負擔太重了……而且，性格也很難捉摸——以自殺志願先生的狀況而言，雖然他很有名，但是相關的情報少得可憐，對我來說，這次也是初次遇上他——所以，我想盡可能地布下最強的棋子對付。」

「……『棋子』啊。真是不錯的形容。」

「咦，這說法不好嗎？變成具差別性的語法了嗎？不過——即使如此，以那位先生的狀況——」

「我知道的。我說的不錯的形容詞指的是——在這個場合，正如字面上的意思。」

遊馬她——沒讓子荻說完，便點了點頭。

然後——她把注意力集中到**那個地方**。

透過翻花繩的絲線——將注意力集中過去。

集中到在那裡的——在那裡備戰著的，男人。

集中到那個令人感到不舒服的——暗殺者身上。

「除了『棋子』以外，確實找不出其他更好的詞彙了。」

◆　◆

零崎雙識——「自殺志願」（Mind Render）。

又稱之為「第二十人地獄」。

零崎一賊的先鋒隊長也是特攻隊長，恐怖及絕望的斬首者——就某種意義而言，或許可說是這世上最有名的殺人鬼之一。不過一旦提到「寸鐵殺人」（Peril Point），雙識也只能甘拜下風——可是，即使如此，若加上實力與發言力來看的話，他所處的位置與立場，對零崎一賊全體來說，都是背負著相當的重要性的，這點絕對沒錯。既是異端，也是零崎一賊的代表者——這麼說是最適合的吧。

剛才在對上假面女僕時，雖然還沒走到需要取出**那個**的地步，但就像零崎軋識擁有叫做「愚神禮贊」的「狼牙棒」那專有的獨特得意武器一樣，零崎雙識也擁有稱之為「自殺志願」（Mind Render）的武器，他一直愛用、直到和自己的通稱有了相同名字的一個得意武器——那是一把看起來像大型剪刀的兵器。

將有著半月形握柄的、兩把用鋼和鐵鍛造而成的雙刃日本刀，以螺絲固定組合為可動式的刀刃——光看外觀的話，比起軋識的武器符合常識多了，但要論脫離常軌性的話，則是這邊遙遙居上。

雖然有剪刀的外型——功用卻與剪刀差了十萬八千里。

現在——雙識取出了那個。

他以右手將**那個**開開合合、發出**喀哩喀哩**的聲音——偶爾邊隨意地，把附近生長的竹子，像是剪紙般**喀嚓喀嚓**地切斷——

他，正在步行。

雀之竹取山——他正步行其中。

來回揮舞著「自殺志願」——那行動，說明白點就是故意在邊走邊留下明顯的足跡。不管是粗心大意還是缺乏警戒都太超過了。實際上，要跟蹤他的話，相當容易。將自己經過的痕跡，以非常露骨的方式、故意留了下來——彷彿童話故事《糖果屋》中的漢賽爾與葛麗特一樣。就算是距離百公尺遠的地方，也能簡單的追蹤。

是要讓之後過來的軋識不至於迷路嗎？實際上並非如此。

要說迷路的話，遠離了路徑、偏離了到達山頂的最短距離的雙識這邊，才真正是迷路了。

況且——雖然軋識說會馬上追上來，但那位假面女僕是相當強勁的敵手吧……儘管儘管他不認為軋識會輸，但那也不是幾分鐘內就解決得了的對手。

他不覺得是。

這樣的話，雙識應該做的，是不浪費軋識掩護他前進的機會，儘早衝上山頂才對——可是，雙識並沒有選擇這樣做。

「……雖然對讓我先前進的阿贊很抱歉——而且，對被當成誘餌先送進去的人識更加抱歉，不過——嗯。」

和最初預料的相同——

這是「陷阱」。

到這裡已經可以確定了。

否則的話，那種地方不可能會有假面女僕等著——把面具當成是所謂的「零崎對策」的話，就表示對方事前就知道零崎一賊會來這座山了。如果只是普通的保鏢，不需要連臉都遮起來。那種東西，很難說不是一種最低限度的準備。

——如果事情真是這樣。

如果真是這樣的話，那就反過來——把重點放到**那邊**。

零崎雙識——總而言之先這麼決定了。

赤神家的千金到底是不是零崎——之後會不會「成為」零崎，對奉行「**家賊**第一」（註10）主義的雙識而言，是相當優先的問題，可是，**正因為那樣，所以更重要的是**——把等在那裡的「陷阱」全部破壞殆盡，才是更優先的。

——假面女僕就交給阿贊就好。

10 日文中的「家賊（かぞく）」與「家族（かぞく）」發音相同，此處為故意的雙關語。

到底在前方、在這座山裡還有多少個人——被**那樣子的**準備著？——這是個重要的問題。

「嗯……說是這麼說，哎——」

看起來對方對零崎的行事作風似乎頗為了解——也就是說，對方絕對不會做使用人海戰術攻擊的愚蠢行為。從那位假面女僕是一個人來看，就能明白這點。少數精銳——對方應該進行了相當程度的篩選……配合我們這邊的人數來考慮的話，適當地……

那麼——大概是三人左右。

就算再多也是——四人吧……

不過那就表示——從一開始我們這邊的人數就被掌握了……再怎麼說那應該都是不可能的吧……？可是，誰知道呢？仔細考慮從軋識那聽來的，那個「狙擊手」的事的話——當時的零崎相關人士，正好是人識、軋識，以及說起來是事件起因的雙識……

——嗯。

總覺得——未免也太過湊巧了。

彷彿有種——被某人玩弄於股掌之間的感覺……

「真是傷腦筋啊——唔，因為是久違的戰場，在這種情況下自己該怎麼應對現在完全想不起來啊……不過沒差，只要在下個月之前回想起來就好。」

軋識一邊自言自語，一邊靈活地轉著握柄掛在左手大拇指上的「自殺志願」——

「呵呵呵——」

雙識露出了笑容。

只是他的笑容並沒有特殊含意——說起來，雙識並非是個遇到困境便會亢奮不已的戰鬥狂。他是零崎一賊中的和平主義者——當然，這是將範圍限於零崎一賊內的狀況。

但是，即使如此。

「呵呵——呵呵呵。」

他的臉上浮現出淡淡的笑容。

——好吧，不過「妹妹」啊。

赤神家的人成為——零崎一賊的人。

要是那種事成真的話，世界會被連根拔起——在支配這個世界的四大勢力之中，如果有哪兩方進行合作的話——所有一切就得從零開始。

世界崩毀。

或者可以稱之為——世界末日也說不定。

軋識雖然也常常思考許多事，可是對這類現象不怎麼熟悉的關係，所以不太了解這類事件的重要性——更何況是人識，連說都不必說了——然而，對於身為一賊的先鋒隊長，有許多機會介入世界上**發生的各種狀況**裡的雙識而言，**那**和**普通的事實**——不同。

世界。

直接與世界——連結在一起。

——那或許是比零崎一賊的鬼子，純粹而純血的零崎人識的存在更受重視、不得不隱藏起來的最優先事項也說不定。沒錯，就如同赤神財團將那個雙胞胎女繼承人當成不存在般的行動是相同的……

——先把那丟到一旁。

「妹妹，無論如何都想要——以我個人的心情來說的話，這次就算是達不到目的了，在某一天能相遇的話該有多好啊——好可愛、好可愛，如果我妹妹很傲嬌的話，那該有多好啊。」

除此之外，如果是個什麼事都願意積極行動、無私奉獻的妹妹，那就太棒了——就在雙識想到這裡的時候。

他——遭到狙擊了。

進入雀之竹取山大約十五分鐘左右。

連整座山的二分之一——都尚未抵達。

側腹附近——感受到衝擊。

順著衝擊的力道飛起——立刻撲向旁邊的竹林裡。竹子比起想像中的還要柔軟，雖然傷害有一半以上被緩和了——但是無法繼續維持站姿，雙識只好緩慢地順著重力，一屁股坐到地上。

此時第二發來了。

這次是瞄準臉部。

額頭受到了衝擊。

像是被鞭子擊中似的，使得頭部向後彈去——這次沒辦法轉移衝擊了，所有的傷害，結果全變成由頸部承受。這下糟了！在一瞬間下了判斷後，雙識往旁邊滾去，逃離了現場。這期間——身體的各個地方，全都受到尖銳且集中的衝擊。

像是被子彈打到一般。

——可是。

子彈打到了腹側、額頭等地方，怎麼可能像這樣沒事——不，**要不是沒事，怎麼還能像這樣繼續思考之類的**。而且——雖然說是子彈，攻擊卻完全沒有聲音……怎麼想，都不覺得有使用火藥……那麼，為什麼？是怎麼回事？發生了什麼事？**到底現在——是被什麼給打中了？**

疑問像是爬行般在他心頭蔓延開來，正當雙識打算停止思考，先離開這裡的時候，又有東西朝著額頭過來了——不過這次並非從正面，而是從側面擦過額頭，然後**一個東西**——彈跳之後隨即朝下方的地面筆直地刺落。

「……喀！」

不管怎樣——在拚命閃躲之中，雙識撿起了那東西。

然後，此時他總算站起身來，用大剪——

『自殺志願』（Mind Render）將眼前並排的竹子從一端砍倒，自行開出道路——徹底的逃走了。

「呵呵呵——呵呵！從剛才開始、總覺得、似乎、一直都在逃竄啊——」

一邊以自嘲的口吻說著。

雙識一邊確認著手中的**那東西**。

「……嘖。」

確認完，他立刻——啐了一聲。

看了便一目了然，**那個是**——

「……原來如此啊——真是夠奸詐，想了很久才想到的吧——！」

那個是——橡皮彈。

模仿子彈外型的——橡皮塊。

沒錯，就在他確認的時候也是，從背後一直射過來——

「可惡！還是女僕好多了！衛生褲只要拜託她自己脫掉不就好了！搞什麼啊，竟然連這麼簡單的事都沒想到，我真是太沒用了！自己都覺得丟臉！混帳，現在的狀況簡直就像是抽到了奇爛無比的下下籤啦！」

◆ ◆

…………

…………

…………

…………

在零崎雙識的背後——該這麼說嗎？

還是，應該說是正面呢？

右側？或者是左側呢？

上面嗎？下面嗎？

總而言之——

至少，**在零崎雙識四周的某處**——有某個人藏身在**某個方向**。

完全隱藏了氣息後——待在那裡。

不對——那男人原本就沒有什麼氣息。

不過畢竟因為有「線」的關係，對市井遊馬來說，他的所在處應該是可查知的——

可是如果，想要捕捉他的身影的話，那個時候，他也做好了當下就能隱身的準備。

隱身是他的拿手絕技。

因為他是——暗殺者。

所以，不想讓任何人看見他的身影。包括要殺的對象——包括任何人。

因為這個意念，他脫離常軌的徹底執行著。

「零崎一賊……與其單指他們，不如說所謂的『殺之名』老是倡導一堆理論，結果簡單來說的話，不就是那個嗎……？在任何物理性現象產生前就先感覺到『殺意』……並非由形而上、而是從形而下，把握住攻擊的意志……儘可能把握住……故，攻擊速度和攻擊的方向就被完全的限制住了……用槍枝的攻擊更是……一律不可行對吧……？」

他——喃喃地，小聲自語著。

那聲音——是誰也沒有聽過的聲音。

除了他直屬的主人以外——誰也不認識的聲音。

「手槍對職業玩家沒用……這種話，只要仔細研究過，就會知道那全是歪理、對吧……？結果……以那歪理來看，剛才……只要是用狙擊步槍的子彈的話，就會被閃過了……對吧……？我懂哦，那種歪理……以我自己身為職業玩家，和你同樣屬於『殺之名』的身分……所以我懂。」

這麼說著的他的兩手裡——正握著兩把手槍。大口徑的手槍……看到的人光是這樣就會覺得恐怖並抱有敬畏的念頭。他用雙手各拿一把357大左輪槍（註11）——

只不過——使用的子彈，並不是真正的彈藥。

11　357大左輪槍（Colt Python），1956年Colt公司所製造開發的點357口徑的大型左輪槍。

而是橡皮彈。

就單純的衝擊來說的話，那也沒有多厲害——所發揮的威力隨著擊中的地方不同，骨頭什麼的大概會折斷吧，但即使如此，還是比不上真正的鉛製彈——至少，沒辦法殺得了人，就是這種子彈。

沒辦法殺得了人。

沒辦法殺得了人。

沒辦法殺得了人。

貫穿力幾乎為零——從這邊的立場來說的話，就是**不管射中幾發子彈**；從那邊的立場來說，就是**不管被打中了幾發子彈**——都沒辦法殺得了人，而且當然也不會死……

也就是說——

「**沒有『殺意』的子彈**——對**這種**攻擊就沒辦法避開了，對吧……？就物理上而言，身體的反應速度是不可能快過子彈的，就是這麼一回事吧……？變成這麼一回事了，對吧……？所以在這種情況下，不需要像步槍那樣的子彈速度……也就是說，從山崖上滾下來的石頭是不可能閃開的吧……？想吐槽說有『小心落石』看板的人，現在八成在想『這可難說』吧？當然，這兩把手槍也是，很徹底的為了今天改造過了……會殘留味道的火藥一律不使用，槍聲也是，在最低限度下，留有幾乎聽不見的程度的聲音……嗯，就構造而言，比較接近瓦斯槍啦……」

然後，他將右手的大左輪槍暫時夾到腋下，從口袋裡取出了別的東西——

震撼彈。Stun Grenade。

以聲音與閃光，一口氣壓住周圍的投擲武器。

當然也沒有殺傷力。

「**即使全身的骨頭粉碎得如章魚——即使肌肉被攪得像一團爛泥巴——即使各個感官知覺全被奪走**——只要對方沒有『殺意』，就沒辦法對付……零崎一賊恐怕是最佳的例子。『殺之名』真的是太過習慣倚賴『殺意』戰鬥了……所以這就成為可以利用的漏洞。因為我是個暗殺者……所以我不會殺了你，讓整個零崎一賊都成為我的敵人……**我並沒有殺了你的打算**。所以，自殺志願先生——」

他的名字是——闇口濡衣。

隱藏於黑暗之中。

在暗處的闇部。

不帶殺意，而是帶著惡意的暗殺者。

「請你——不要恨我。」

雀之竹取山——第二戰。

零崎雙識對闇口濡衣——開戰。

◆　◆

「……嗯，要說是盲點的話的確是盲點呢……對和我們一樣的『外界』的世界的人們來說，『殺之名』的那些人最特異、最讓人恐懼的地方，就是他們對所謂的『殺意』完全精通的這點了——習慣感覺『殺意』、理所當然的運用『殺意』……既然如此，只要從一開始就沒有殺人的打算的話，就能封鎖住那個有利點了——嗎？唔，理論是很適當。可是……一般會做這種事情嗎？」

「盲點——是啊。的確，但即使話是這麼說，就我來看，只是姑息的手段而已。」

「姑息？這是卑鄙的意思？還是，無法忍受這個場面的意思呢？不管是哪一種，都不太像是萩原同學會有的意見耶。」

「是這樣嗎？是這樣也說不定。不管從哪方面來講，關於那個人要用什麼作法，並不是我給予指示的。關於那部分，說好了我不會表示意見的。」

子荻裝起糊塗。

遊馬則嗯一聲，總之先點了下頭。

彷彿是被迷了魂一樣。

「這個，我原本不想勉強問妳的……可是我實在很在意，所以讓我問一下吧。」

「哎呀——老師竟然打破了自己所決定的負責領域，真是難得呢。」

「這還是屬於領域內的發問哦——關於這點，我的判斷是很嚴格的，不用擔心。我依舊很清楚，不管是我的肉體也好、精神也好，全都放在和這場戰鬥完全不同的地方。」

「這樣啊。那麼是我太沒禮貌了。然後呢？妳的問題是什麼呢？」

「闇口濡衣——通稱『隱身濡衣』。這麼有名的人——妳是如何讓他加入妳的陣營的？」

市井遊馬——不管是這個名字，或是她的通稱Zigzag，在業界都相當出名，可是即使如此，她的知名度卻遠不及闇口濡衣。

而且還是大大地——處於下風。

「闇口」——「殺之名」中排名第二位。

暗殺者集團。

光是排名就勝過零崎。

繼續說下去的話，「闇口」是僅次於「零崎」的——可能的話盡量不想和他們扯上關係，被忌憚厭惡的團體……

不管是贏了也好、輸了也罷，都同樣會變成令人厭惡的回憶——這就是原因所在。

闇口濡衣，就算在那個「闇口」之中，肯定也是頂級的人才沒錯——除了自己的主人外不在任何人面前露面，徹底地抹去自己的存在，真正的、只為了殺人的存在——也被說是暗殺者的模範。

當然——那絕對不是讚美的詞彙。

「為了對付零崎而找來闇口眾的人，這真的很奢侈啊。」

「老師真討厭……又把事情想得很複雜了。其實只是以物易物的契約，我和濡衣先生的主人做了交易，暫時把他借過來而已——我可沒有做任何奇怪的事。這是很平凡的手法啊。」

「嘿……那麼，所謂的交易是？」

「嗯？什麼？」

「我是在問——借來闇口濡衣這件事，妳給了闇口濡衣的主人什麼好處——還是提出了什麼條件？」

「這是商業機密。」

「……」

「如果我說了的話，老師說不定會遇上危險——從我口中說出來是非常、非常危險的。」

這是不打算回答——的意思嗎？

真是個麻煩的學生。

詐欺之後是勾結——彷彿沒有節操似的。當然，從內涵上來看的話，光就麻煩的那部分，也不得不說是她值得信賴、圓滑機敏、有才能……

至少，作為伙伴能增加信心……

可是——遊馬很有把握的想著。

撇除敵我的意識形態來思考的話——不對，就算是以敵我的意識形態來思考也是一樣——從內涵上來看也是，倒過來看也是，不論怎麼看——都還是有問題存在。

先撇開把遊馬——澄百合學園的老師當作巡哨武器給拉到戰場這件事不談……萩原子荻以三寸不爛之舌……將赤神家雇用的戰士給拉了出來、隨心所欲使喚闇口濡衣——為什麼？這不只是偏出常軌，而是做得太過火了。嚴格說起來，光是以赤神家的千金小姐為餌與零崎一賊為敵，就已經相當誇張了才對——

——說不定很糟。

這個女孩未免也——太有才能了。力量——太過龐大。

這部分真的已經超出遊馬負責的範圍——絕不可能與她有關，而是別人的工作——在這種情況，就算從澄百合學園的**高層**，下令對萩原子荻**做些什麼處置**——搞不好也不是不可能。

——萩原子荻。

「哎，妳……妳聽說過『人類最強』的事嗎？」

「啊？」

對遊馬突然丟過來的問題——子荻歪了下頭。

「『人類最強』……嗎？沒有，很慚愧的我並不清楚……那是什麼呢？」

「啊啊，妳還沒有學過啊——也是啦。即使如此，我想說如果是妳，即使聽過我也不詫異，她還沒有那麼出名嗎？不過，反正進了高中之後上課大概也會教到，妳還是仔細記起來比較好。那是說不定某天有可能會和妳戰鬥的人。不對——搞不好，可能會是幫助妳的人也不一定——說不定啦。在妳真的想要拜託某人的時候。」

「啊……是這樣嗎？可是我不論何時都常在拜託大家、一直受到大家幫助，我是這麼想的啦。說到這裡，老師——」

不知她了解到遊馬的想法到什麼程度，或是完全沒有察覺；遊馬的意圖又傳達到了哪裡、**傳達了多少意思呢？**——只見子荻若無其事的轉回話題。

「愚神禮贊先生那邊戰鬥情況如何了？」

「嗯……啊啊……戰鬥開始之後，移動變隨意了的關係，『絲線』怎麼樣也追不上——但是，要說哪一方的話，現在似乎是明子小姐占了上風。粗略地，以得分制來看的話啦。從兩人的對話聽起來，果然在狹窄的地方『狼牙棒』很難隨心所欲地操控。」

「是嗎——那真是太好了。」

「這樣的話——剩下的就只有『他』了。妳所在意的——矮小的『他』。不過『他』身為零崎一賊，似乎還是沒沒無名的……」

「不論是哪一號人物，最初都是沒沒無名的。」

「妳這麼說也沒錯啦……可是老實說，我感覺不出他是會讓萩原同學在意的人才——哦。」

遊馬持續翻花繩的手——停了下來。然後她抬起頭望往子荻的方向。

「最後的兩個人，似乎也相遇了。」

「……是嗎？」

此時頭一次——子荻的表情，改變了。

目前為止的四個人——零崎軋識、千賀明子、零崎雙識、闇口濡衣——目前為止的四個人，以及提到關於「他」的時候都沒有、一次也都沒表現出來過的，是的，要怎麼說呢……不安？或者，期待？也不是——

微妙的表情。

真要說的話，大概是近似「不好意思」之類的，應該是那種情況吧——總之，是失去穩重的態度、出現曖昧的表情。

對於這次總算看到萩原子荻和年齡相符的反應，遊馬有鬆了一口氣的感覺……

「就算是妳，對可愛的學妹的動向，看起來也是很關心的呢。」

遊馬捉弄人似地說著。

「嗯……是啊。說不定是這樣。」

似乎是無法做出太大反駁的樣子。

子荻搖了搖頭後，說了。

「只有那個女孩——不知道為什麼，每次都會跳脫我的計畫。那女孩大概、肯定比我們，一直比我們都更接近零崎……畢竟她沒有什麼戰鬥方式，有的幾乎全都是殺人方法。」

◆　◆

零崎人識——在這個時候，沒有通稱。

特定的得意武器——沒有，全看他的心情而定。

心裡也沒特別在意什麼，就在此時。

西条玉藻——搖搖晃晃地出現了。

進入雀之竹取山——三十分鐘。

在整座山的十分之七左右處。

「……飄啊——飄……飄啊飄。」

她上半身穿著體操服。

下半身穿著黑色的燈籠褲——

還有，裂開了的短袖上衣。

從肚臍的地方開始，到胸部的下半部為止都裸露了出來。

縫在燈籠褲的長方形名牌上面的「西条」，是用粗奇異筆寫上去、以平假名拼成的。如果說，現在在這座山的另一面和軋識對戰中的假面女僕，她的那個無痕鐵面具是為了不讓零崎一賊知道她的身分的話——和那想法相反，西条玉藻的樣子也太過光明正大了。

「……**初次見面**。」

玉藻——首先，這麼說了。

「我是……魔法少女，西条玉藻美眉……」

「……！」

相對的，零崎人識他——

什麼初次見面、上個月我才見過妳吧？妳那種打扮再怎麼說都太扯、妳是打算怎樣，自稱魔法少女又是怎麼回事，哪有人自己叫自己美眉的啊？不知怎麼了，對於在遇見的短短幾秒之內已經有一堆事情可以讓他吐槽的西条玉藻，他完全沒有開口吐槽——

「那個笨蛋大哥！」

而是——開始狂罵零崎雙識。

他咬緊嘴唇，翻著白眼——用力的踏著地板。

「殺了他殺了

他殺了他殺了他殺了他殺了他殺了他殺了他殺了他殺了他殺了他殺了他——我要殺他個七十二次！那個變態，我要安排有史以來誰都沒做過的、難以置信的死狀給他！我要用會被收錄在明年版的『世界死刑大全集』那樣的驚人殺人法來殺死他！」

「……？」

玉藻露出一副不是很懂的表情。

人識沒空理她——繼續怒吼著。

「**總算——總算讓我又遇上這傢伙了……但為什麼我的右手卻是骨折的？好不容易可以繼續那天未完的戰鬥了——而且是處於不繼續下去也不行的情況，為什麼我卻是這副樣子！**現在這種狀況，這傢伙與我非得正面交戰的場面都已經被準備好了，到底是什麼原因才變成現在這樣——就像是寶藏擺在眼前，卻沒有方法挖掘似的……為什麼我非得碰上這麼愚蠢的事？是我平常的操行太差了嗎？不可能，我一向都很認真的！連垃圾分類都沒疏忽過，結果卻變成這樣！煩死了、煩死了，為什麼，這太沒天理了，沒天理到極點了——！可惡，我可是、我可是、我可是——」

上個月——

零崎人識和零崎軋識聯手襲擊位於某個地方都市裡的高級公寓——人識在那時候，和西条玉藻廝殺了一番。結果那場戰鬥由於「狙擊手」的干預，在莫名其妙的地方被打斷，這件事對人識而言，留下了戰不過癮的結局——

看來，他似乎是在說這件事情。

正說得——毫無條理的樣子。

「這種——在這種狀況下，不管是贏了也好、輸了也好，不都說不出是輸是贏嗎？」

「……？妳在……說什麼？」

「所——以——我——是——說——！」

對用呆呆的表情、不可思議的歪著頭，歪得誇張到像是早期恐怖片那樣子的玉藻，人識徹底遷怒的朝她吼著。

「我想和妳堂堂正正的、在最佳狀態下打啦！超想的啊！什麼無聊透頂的計畫、見機行事之類的，還有一堆無所謂的目的、無所謂的工作、無所謂的任務，什麼故事進行中負責的角色之類的，我只想把這些東西全都甩在腦後——」

「飄啊飄……」

不曉得到底是有聽懂還是沒聽懂——

玉藻搖搖晃晃地，搖著她的身體。

「可惡，全是那個大哥的錯——真的，都不考慮後果……那個變態、那個變態、那個變態！啊啊，夠了，早知道會這樣，回去就好了，早知道會體驗到像隻小狗等人來餵的沒用心情的話，就算是遲到也該去考試還比較積極——為什麼這麼悽慘，丟臉也有個程度吧。我每次都這樣，在最重要的時候，不管是在哪裡，結果都達不到目標——誰也遇不到——」

「喂——」

玉藻她——把雙手圈在嘴邊，悠閒的大聲地——像是要打斷人識的話般，發出了聲音。

「做了？」

「……啥？」

「你、呃。」

休息一下。

然後，繼續說下去。

「手、折斷——了，了、折斷。」

「吵死了！給我說清楚點！」

「那是——嗯。」

休息。

沒打算說清楚點的樣子。

「這樣的話。」

說著，玉藻她——用左手抓住自己的右手腕。然後讓右手肘呈直角角度，對人識展露著她的右前臂。

那是很細很細、彷彿棒子般的前臂。

「…………？你在幹麼？」

「所以。」

玉藻說著。

然後，「這麼做不就好了。」

啪。

她的左腳咻一聲，以很輕鬆但非常敏捷的速度揮動著，朝向天空——

左腳的膝蓋，就在手肘和手腕間剛好正中央的那一帶，玉藻讓它撞了上去——就那樣，像是疏忽大意般地，發出了小小的聲音。

雖然說以組成人體肢幹的部分而言，這樣就受傷也太脆弱了，但那確實是骨折的聲音沒錯。

她的左手放開了右手腕。

喀啦——右手垂了下來。

形狀——不再呈現直線了。

「妳——妳這個人。」

「這樣……條件就一樣了。」

玉藻——無聲地笑了起來。

然後——以左手拿出了刀子。

有著恐怖、凶惡設計的——厚重的刀刃。

「對吧？」

實際上——西条玉藻有什麼打算、有什麼意圖，那是故意做給人看的嗎？那行動是被控制的嗎？那樣的衝動行為是失控嗎？這些，誰也不知道。是不可能會知道，也無法說明的意義不明的行為。就算是玉藻本人，肯定也不知道吧。是她的話，肯定在折斷手臂的時候，就已經忘了折斷手臂的理由了——不對，與其說是忘記，不如說從最初就不存在什麼理由之類的，這個可能性最高。

「……**真是傑作啊**。」

但是，起碼零崎人識用**某種類似尊敬的態度**，接受了這個行為。

那可是——對這個少年而言，極為少數的特例。

「喂——名字，再說一次妳的名字。」

「……？」

「讓我記住妳的名字。」

「……嗯嗯。」

玉藻點了頭。

「西東天。」

「……和剛才說的，好像不一樣吧？」

「是不一樣。」

晃啊晃，玉藻搖了搖頭。

「我是、西条玉藻……可是，名字……」

休息。

「是、不能說的……因為我說……」

休息。

「……了的關係，要當……成祕密哦。」

拜託你，玉藻擺出了嫵媚的姿勢。

光是那個姿勢，就十分裝模作樣了。

雖然並不是因為那個姿勢才答應的，但，「嗯嗯——當然。」接著說。「怎麼可能告訴別人。」

人識露出打從心底高興的表情點了點頭——

然後放任全身沉浸在遇上勢均力敵的對手的亢奮之中——

「那麼要開始了——徹徹底底地！用盡全力、拚命的努力吧！來吧！讓我殺死、肢解、排列、對齊、示眾吧，西条玉藻——！」

人識他也——從學生制服的袖子中，取出了刀子。是擁有柴刀般的厚度的耐用刀刃。

瞬間——已經不需言語。

同樣使用左手的兩個人——迅速敏捷地彼此交錯。

雀之竹取山——第三戰。

零崎人識對西条玉藻——開戰。

◆　◆

零崎軋識與假面女僕。

零崎雙識與闇口濡衣。

零崎人識與西条玉藻。

以赤神伊梨亞為餌來設計的、萩原子荻的作戰計畫，在開始後三十分鐘的這個時間點上，全部幾乎都照預計進行著，真是太好了——就算是子荻本人最掛念的西条玉藻的那部分，也還在誤差範圍裡，是足以修正的程度。對她來說，說是和計畫相同也沒什麼大問題。配合對手而折斷一隻手的行為，就子荻所看過的西条玉藻來說還可以算是正面的行為。

萩原子荻。

軍師。

即使自己本身不具備合格的戰鬥能力，但不容否認的是，她以十三歲的年紀成為人人認同、應該說是無法不認同的，澄百合學園的首領、總代表——可是。

可是——在這個時候，她，才十三歲。

果然還是——經驗不足。

只有經驗不足這點是無法否認的。

搞不好她本人對這個所謂的「經驗不足」的詞彙，是和「萬一」一樣的厭惡也說不定——會強調她不希望用那樣的詞來形容自己的行動也說不定。如果是那樣的話，雖然很不願意，但也只好選用更狠一點的詞來說了。

也就是說——

萩原子荻，失策了。

『失策』。

是的，她在這個時候，一點都沒考慮過——在這世上，可笑到難以置信、只能說是**偶然**的意外，是清清楚楚存在的——這點，她完全沒納入考慮過。

如果是其他人的話，或許會稱呼那是命運。

如果是其他人的話，或許會認為那是命運。

但是——萩原子荻並不知情。

說起來，那也不是沒有道理的。忽略這一點而去責備她不夠小心的話，這種情況，就太嚴格了——從客觀角度來看，不論是誰，在這種情況時都會想替她說話吧。要說為什麼的話，是因為她在最低限度內——毫不保留地、以確實萬全的方式，盡量小心的做了自己所能做到的最大程度。

雀之竹取山——將整座山的所有區域，藉由市井遊馬的「線」的力量，幾乎可說是滴水不漏的。

她掌握著巡邏武器——曲絃師。所以，怎麼可能會有除了**零崎一賊的**三個人——**零崎軋識、零崎雙識、零崎人識以外的人，搞不好混進雀之竹取山了的這種可能性呢？**

思考到這裡，不論怎麼想都是不合理的。

不過，如果——這只是假設的情況。

打個比方。

在進入山之前，就注意到市井遊馬在四周布滿交横縱錯的「絲線」——然後連一根「絲線」都不碰觸到就能在山裡移動的人——

連零崎軋識、零崎雙識、零崎人識都彷彿感覺不到的極細的「絲線」，那生物都能像是被預知般的發現到；連假面女僕、闇口濡衣、西条玉藻即使知道也無法躲避的錯綜複雜的「絲線」，那人也能不弄斷一根地自由活動——

要是，那種虛構的生物存在的話。

要是，那樣想像之外的生物存在的話。

市井遊馬就不會知道。

萩原子荻也——不可能會知道。

但是**那生物**——確實**就在那裡**。

凶惡的臉浮現出邪惡的笑容。

被束縛衣封住行動的雙手，異端的模樣。

黑色長髮隨風飛揚——

那生物，確實**就在那裡**。

「嘎——」

那裡是距離同是單臂骨折的零崎人識和西条玉藻的戰鬥場所不遠之處——和兩個人的戰鬥之隔了許多的竹子，可以說是個很方便**「觀察」**的位置。

兩對刀子的刀刃——反射陽光。

燦爛奪目。

像是對那道光芒感到刺眼似地瞇起眼睛——

「喀哈哈哈哈哈哈哈哈哈哈哈！」

隨著狂笑聲響起——那生物開始行動了。

「食人魔」（Man Eater）。

那是在這之後的五年後，由幾度讓世界陷入危機、被稱為人類最惡的狐面男子，被評價為在戰鬥時連人類最強都會被超越的戰鬥狂……「殺之名」中排名第一名，殺戮奇術集團匂宮雜技團團員No.18、第十三期實驗的功罪之仔（By Product），匂宮出夢——當時十三歲的身影。

（前半戰終了）

2 竹取山決戰——後半戰——

◆　◆

「妳從剛才到現在，說得好像一副我做了什麼錯事一樣——那麼請妳告訴我吧！為什麼我不能殺人？」

「為什麼嗎？——」

「妳想說的是妳都沒殺過人嗎？」

「……」

「我**只是**——殺了我妹妹而已，但是妳殺的人一定不只一個吧？」

「的確——妳要這麼說我也無法反駁。但儘管如此，我還是敢這麼說：我殺人，與大小姐妳殺人，兩者之間有著截然不同的意義。」

「為什麼？都是殺了人啊。」

「正是——因為都是殺了人。」

「我不懂——妳那是自圓其說的歪理。還是說，對自己的妹妹下手這點讓妳耿耿於懷？一定是因為至今為止，妳所殺的人，都是跟妳毫無關係的陌生人吧——」

「那並非——毫無關係的陌生人。就目的性而言，他們都是礙事的傢伙。」

「礙事？」

「就是指——絆腳石。」

「絆腳石……」

「對於大小姐妳來說，妳的妹妹會妨礙到妳嗎？會成為妳的絆腳石嗎？若是的話，或許事情就說得通了——至少對我而言。然而——大小姐妳並不是為了那種原因吧？」

「沒錯……她對我來說，完全不構成妨礙，她也沒有那種程度的價值。因為那孩子——非常無能。」

「無能？」

「指的是沒有才能的無能。」

「…………」

「**她和我一樣**——所以她對我而言，不是妨礙、更不是絆腳石。」

「既然如此，妳殺了她就太奇怪了。」

「但是，我憎恨她、討厭她。我曾經愛過她、喜歡過她——但是，那些事已經無所謂了。」

「欸，妳……」

「無所謂——」

「殺了自己的家人這件事，有那麼奇怪嗎？」

雀之竹取山——在山頂附近。

市井遊馬和萩原子荻面對面坐著。

兩人在差不多的時間點用餐——話雖如此，當然也不可能真的生火煮飯，所以她們拿著常見的攜帶式口糧和500ml的保特瓶飲料——遊馬的保特瓶裡裝著麥茶、子荻裝的是牛奶——兩人面對面，細細地咀嚼著固體食物和液體飲料，攝取營養。而子荻似乎比遊馬需要更多糖分，她還準備了三塊砂糖當作飯後甜點。儘管遊馬明白那是合理的事，但對於子荻直接將砂糖放進口中的舉止，遊馬還是覺得有點噁心。

「……妳也差不多該告訴我了吧？萩原。」

「咦？」

子荻抬起頭，看向遊馬。

她長長的睫毛眨了眨。

「告訴妳……是要告訴妳什麼？我覺得大致上都已經跟老師說明了啊……我並沒有隱瞞任何事。從今以後，不管發生什麼事我也都順其自然了。」

「妳別裝傻了——」

遊馬用蕎麥茶漱了漱口之後，如此說道：

「的確，妳在這個時點，可以說隨心所欲地擺布著零崎一賊——以赤神家的大小姐為誘餌，讓他們一個個上鉤，使妳感覺游刃有餘。如果D•L•L•R症候群這個病名傳開來的話，依零崎一賊的特質來看，可以想見他們會自投羅網——但是……」

「但是——什麼呢？」

子荻笑瞇瞇地笑道。

與遊馬之間的交談，她似乎頗樂在其中。

「但是，即便如此——萩原，我卻想不透妳是基於什麼理由選擇**這種作法**。不，我並不是想說，就作戰而言這不適合或者不太對，我不是想說這件事，只是，**若問這是否是最好的方法**——就會覺得，似乎還有更多其他手段。」

「例如是、大舉迎擊——之類的嗎？我沒有說過嗎？當對手是零崎一賊時，以多敵少會導致反效果……雖然這不是濡衣的口頭禪，但只會招惹不必要的怨恨。」

「這我知道。而且，妳的目標是各個擊破，這我也能明白——因為若論那群人什麼最可怕，那當然是他們的團隊合作最可怕了。他們在『殺之名』之中，也是最為團結的集團吧？這不用多說了……可是——萩原，就算是這樣，應該沒有進行一**對一戰鬥的必要**吧？」

「……啊哈。」

「怎麼了。」

「老師，妳這是——干涉我吧？真是一點也不像老師。」

別干涉我。

遊馬有種受到對方命令的感覺。

但是遊馬——不會在此時退縮。

「我決定不再互相欺騙了，也不要再互相揣測對方的心思。這也是為了我自身的安全。若能繼續自欺欺人那也還好，但事情進展到這種地步，我實在不認為自己是戰力外的巡哨武器。」

「是嗎？反過來說，若我再稍微對老師說明白一點，那妳就會更加誠心誠意地幫助我嗎？」

「這個……那麼，妳願意對我說囉？」

「……」

她打開攜帶式口糧——

子荻將砂糖放在舌頭上。

舔了一會後，才吞了下去。

子荻從容不迫的……看來也像是突然改變態度的模樣，讓遊馬有些惱怒。雖然這種程度的事情她老早就明白，但她不禁再次覺得，唉，對於這名少女而言，即便是身為「老師」的自己，也不過是個與陌生人無異的道具而已——她又再次深深體悟到這件事。

藉由她自己。

再次體悟到——她無法拯救這名少女。

又一次。

「前陣子——」

終於、子荻開口了。

遊馬不明白她是故意間隔了一段時間，或者只是單純享受著砂糖甜味的餘韻。

「老師借了我一套漫畫對吧？收集七個有星星標記的圓珠之後，就能實現願望的漫畫……」

「啊，是『七龍珠』吧？」

「對，就是那個。那套漫畫真是有趣。讓我學到了不少東西。」

「不過……」

子荻繼續說道。

「有一件事——我非常地在意。妳知道那是什麼嗎？」

「……妳是指裡頭人物力量變強的速度太快嗎？還是指死掉的人太容易復活了？還是……呃，還是當妳再重看一次漫畫時，男主角的親哥哥看來很不起眼之類的事？」

「我並沒有特別在意他們的力量的劇烈變化。畢竟那是以週刊的形式連載，所以也是沒辦法的事吧……死者復活也是一樣，因為那有時候也算是讀者們的要求，既然那只是一種娛樂，也不能說是有問題。關於男主角的親哥哥不起眼這件事……我雖然覺得他很可憐，不過也就僅只於此。」

「……」

看來遊馬由衷地同情那個角色。

但儘管如此，她還是覺得沒有脈絡可循。

《七龍珠》的確是一部名作，但是子荻到底想要表達什麼啊？遊馬以懷疑的眼光望向子荻，但子荻毫不在意地繼續說道。

「我在意的是天下第一武道會。」
「天下第一武道會……？啊，是指和紅緞帶軍團同是『七龍珠』初期故事架構的格鬥大會？」
「沒錯。不過，不僅是『七龍珠』，我現在說的事，也可說是所有淘汰賽形式的對戰方法……例如最剛開始的天下第一武道會。是第二十一屆武道大會吧？男主角在決賽時對戰的對手——非常地強。這場比賽不管哪一邊贏，都不足為奇吧。對吧？」
「……嗯，我想是吧。」
畢竟這是一部單行本超過四十集的大作品，講到最初期的故事的話，遊馬也不太記得這些枝微末節的部分，不過經她這麼一說，遊馬還能想起那部分的故事情節。
「但是、如果——**如果他和男主角的對戰，不是在決賽而是第一回合戰**，那又會如何呢？如果一場幾乎旗鼓相當的比賽，是在第一回合舉行——這場比賽無論誰贏都不奇怪，那不管是哪一方贏，都會因為太過疲憊，而**不可能在第二回合戰時獲勝吧**？」
「這……應該是吧。」
「若依賽程的安排來看，飲茶先生(註12)也很有可能獲勝。沒錯吧？」
「……」
「不論在第二屆的天下第一武道會、還是第三屆的天下第一武道會，也是同樣的道理——如果在第一回合時，決賽時的對手就已經出現了呢？強者們在一開始就已經互

12 飲茶，也有人翻譯成樂平、亞姆。漫畫七龍珠裡的角色，雖然帥氣但幾乎每戰必敗的角色。

相擊潰了呢？如果在正式參賽之前，有人在預選階段時就已經被刷下來的話呢？……那麼，就無法否定飲茶先生獲得大會冠軍的可能性了。再說得更深入一點——**那種能獲得冠軍的分組**，只是安排成讓男主角剛好能一路贏上去而已。甚至可以說，真正最強的人、應該獲得冠軍的人、搞不好就變成了飲茶先生也說不定。」

「……」

雖然遊馬明白子荻的意思，卻完全無法理解她為何那麼想讓飲茶獲得冠軍。

難道她是飲茶的粉絲嗎……？

對於第一次看……對於追著連載看這套漫畫的遊馬而言，那實在是完全無法想像的事……她甚至回想不起飲茶有任何帥氣的畫面。雖然子荻的品味還不至於說很糟，但會遊馬忍不住開始擔心，這孩子將來搞不好會出乎意料地因錯看男人而跌一跤。

雖然這只是自己的多管閒事而已。

「如果提到現實生活中的淘汰賽制，最有代表性的就是高中棒球了，在大會上為了防止這種情形發生，才會導入種子球隊的制度——」

「……嗯？等一下、萩原。我剛才想起來——的確，在天下第一武道會舉辦的時候，先不論最剛開始的第一回，第二回和第三回……啊啊、即使不論塞魯篇的塞魯遊戲，魔人普烏篇之後也還有，所以包括那個，第二回以後是……」

「沒錯。」

子荻點頭。

彷彿正中下懷似的。

「**第二回合之後，就有人按照自己的企圖改變分組**——藉由登場人物中某位超能者的力量。」

「……」

「特別是，雖然我是隨便指名啦，如果我們只舉出第二次天下第一武道會的結果來看的話——那個超能力者負責格鬥分組的部分……或者說是造就出預想的比賽結果，我想，那是一般人無法忽視的程度吧。」

「……也就是說？」

遊馬大概能夠看出結論，而為了確認——她提出質問。

「**為了毀滅零崎一賊，有必要以一對一的方式各個擊破**……就是這麼回事，這樣能和剛才的話題連接起來嗎？」

「也就是堂堂正正、不擇手段的正面偷襲——」

子荻說道。

「首先一定要破除幻想才行——那種認為零崎一賊是窮凶極惡，讓人忌憚的礙眼幻想……換句話說，零崎一賊煞費苦心地貫徹至今、堅守到底的那條不成文規定——我們必須瓦解它。他們那種深信不疑的幻想……已經幾乎到他們的骨子裡去了。」

為了家族——

為了家族而發揮超越自身實力的力量。

膽敢傷害家族的人，無論是誰都絕不饒恕。

「只要破除零崎一賊的幻想，他們就只不過是孤獨的殺人鬼……對、只是『殺人鬼』。既不是暗殺者（assassin）、也不是守護者（Guardian）、更不是狂戰士（Berserkr）——如果只是一般的戰鬥，他們應該不會是我們的敵手。」

「……妳還真是誇下了海口呢。」

「因為這是工作。」

子荻毫無畏懼之色。

「我只是忠實地盡好自己的本分而已。」

「難得妳都說到這種地步了……妳能不能直接說清楚講明白呢？萩原。妳、到底、在計劃著什麼？」

「無所謂。」

然後萩原子荻，張嘴同時吃下第二顆和第三顆方糖，讓它們在嘴巴裡來回滾動後，頓了好一段時間之後——這次她確實是故意地想要製造氛圍。她接著說道：

「**在正式比賽到來之前——讓零崎一賊的主要人物，經歷決定性的敗北！**就是這次的主題。」

「……反過來說，就是妳還不打算在這一回合讓一切成為定局……是嗎？」

「沒錯。哎呀，如果真變成那樣、就變成那樣，我是沒什麼差啦……老師妳似乎也隱約察覺到這件事了吧？沒錯。這次的目的，單純就只是**區分等級**。如果最後能得出**零崎一賊的主要人物比我們還要弱小**……的既定事實，有這樣的成果就已經足夠了。」

「既定事實……」

並不是事實——

而是絕對的既定事實。

因為措辭的不同，意思就會天差地別。

「**在第一回合落敗的人，絕不可能在第二回合取得勝利**——其實原本是無法如此斷言的，但這就是淘汰賽的恐怖之處。只要獲勝的人，就表示他比其他任何人都還要強。**只有到最後還屹立不搖的，才能稱之為最強**——」

「……最後就代表最強嗎？」

「哎呀，大概是那樣吧。」

「不過現實裡是否會像淘汰賽一樣順利——我倒是有點懷疑。」

「哎呀。像老師妳這種累積了豐富人生經歷的人，應該十分清楚吧？也就是說，這個世界絕對不是公平的連盟作戰，只是採取淘汰制的戰法而已。」

「……」

「況且我原來就沒有想要脫離公正裁判（judge）這個角色。」

「……軍師妳是在說些什麼啊？」

子荻只是單純地想擊潰零崎一賊，如果她這麼想的話，那未免也太過天真了——果然如她所料，子荻胸懷某種驚天動地的計謀。

即將到來的正式比賽。

也就是說——現在所進行的是預賽嗎？

當然——若問子荻這個問題，她也絕對不會回答「沒錯」，一定會含糊其詞地帶過。但是，被篩選的人、被分等級的人，不只是那一邊——零崎一賊的陣營，這一邊——遊馬她們也是一樣的吧？

軍師・萩原子荻的軍隊，絕對不是只有遊馬等人。在正式比賽當中，應該還會有早已被選為種子選手的軍隊——究竟是哪些人呢？也就是說，子荻早已備好超越市井遊馬或闇口濡衣的人才囉？

——還有，話說回來，遊馬依然不清楚的是——

為何萩原子荻要與零崎一賊為敵？——不，這件事就算問子荻也不會有答案，因為那是隱藏在子荻背後的某種意志。

隱藏於萩原子荻的**背後**。

——問題是在**那裡**嗎？

雖然遊馬很了解**她**的事情——在雇主與被聘的老師之間的關係，她**雖然很了解**——

這名少女。

我的手段果然、還是比不上妳嗎……？

妳究竟是否擁有徹底發揮那股龐大力量的聰明才智呢？

遊馬想著眼前少女的將來——想著她以後的未來，心情不禁變得有些感傷，就在此時——

那個現象發生了。

發生了——不，是她感覺到了。

當然子荻沒有察覺。

察覺到的，當然就只有遊馬——只有讓「絲線」直接纏繞在十指上，並形成zigzag向外延伸的曲絃師市井遊馬——

那是環繞住雀之竹取山的極細之「絲線」。

她感覺到——某人正在某個地點，以極快的速度，一絲不留地將「絲線」全部切斷——

◆　◆

以時間上來說，跟那個現象有點前後時間差——相對於現象發生的地點而言，他們正好位在山的另一側。

雀之竹取山的北面，第三回合。

零崎軋識——深切地體悟到己方的不利。

與他對峙的是假面女僕。

她站在離軋識有一段距離的地方，拳頭對著他，雙腳前後分開擺出備戰姿勢。看來十分沉著，呼吸也毫不紊亂。

相對地零崎軋識則是——氣喘吁吁。

他單膝跪地，以得意武器狼牙棒「愚神禮贊」抵在地面上，勉強地瞪視著對方以達嚇阻目的。

他那頂猶如註冊商標的草帽，已經不見蹤影。

不知道在戰鬥時飛到哪去了。

「……真是個沉默寡言的女人啊。」

為了虛張聲勢——總之，他先輕佻地開口。

雖然這都只是在拖延時間。

「妳不知道嗎？人家說『沉默之心為怠惰者』——這句話、實在是、再怎麼、就算互鬥的時候說也——」

「……」

還是——沒有反應。

面對一個戴著面具的女僕，她那種超出想像的毫無反應，就算是殺人鬼零崎軋識，也感到很不舒坦。不過，如果是零崎雙識，一定會說出不舒坦的感覺正是快感這種不知所云的話，反而還很開心也說不定——即便與他是同一類人的軋識，也相當無法理解他的感受。

——或許應該交給阿願才對。

軋識並非如此篤定認為——但是開始這樣想了。

如他所料，他的對手、假面女僕是位拳法高手，這對於軋識而言應該是有利的才對——然而現在卻成了這副德行。

原因很明顯。

並非他實力不足——雖然對手並不弱，但如果這裡是平地，要殺了她並非不可能。

沒錯——如果這裡是平地的話。

然而，**這裡卻是竹林**。

「……」

四周有無數的竹子環繞——

這限制了軋識的行動範圍。

因為他無法隨心所欲地揮舞「愚神禮贊」。

只要他一揮——在擊中假面女僕之前，就會先彈向竹子，而無法打到假面女僕的身體。或者該說，如果是普通的樹林的話，他就能任由力道將樹幹全部打斷——也是有這個方法，然而竹子這種植物的特性讓他辦不到。

竹子——是**有彈性**的。

軋識的攻擊所產生的衝擊，會被輕易彈開。

再加上，竹子完美的圓形裡是中空的，並且有著垂直的纖維，「愚神禮贊」上的釘子刺入後，很難拔出來——卯足全力亂打沒有用。在他這樣攻擊的時候，反而會遭到對方的反擊。如果是像零崎雙識使用的「自殺志願」那類的利刃，還可以輕而易舉地砍斷竹子。即便「愚神禮贊」擁有再罕見的破壞力，面對這種不利的情況，它只是一把鈍器。

這麼一來，**橫掃**形式的攻擊等同於全部遭到封鎖——假面女僕也明白，所以暫時待在原地不動——因此，軋識能使出的攻擊就只有縱向的揮棒。

也就是說，要從上往下劈呢？

或者是由下往上揮？

要用哪一種？

但是不管哪一種，與橫向攻擊相比之下都有極易閃躲的弱點——實際上軋識從開始戰鬥到現在，完全沒擊中過敵人——而敵人已經擊中軋識十四拳左右。

幸運的是——

幸運的是，假面女僕的拳頭並不算有力——她的拳頭力道頗輕，只是吃個幾拳還不至於造成致命傷。從兩人的體重差距來看，這是理所當然的，當然拳頭輕，也就表示她的身體同樣輕盈，所以他的笨重凶器就難以打中她。是優點同時也是缺點啊！

但是就算她拳頭再怎麼輕，只要能持續擊中，落居下風的便是自己。

環繞著四周的竹林，對於現在的軋識而言就像牢籠一樣——彷彿是座鐵柵欄。由於行動被極端限制住，他開始覺得在這種情況下戰鬥不合理。在知道戰鬥場所是竹林時，或許該預先察覺到才對——這個競技場對自己太不利了。在這種地方，零崎軋識連七成的戰鬥力也發揮不了——

當然。

這便是萩原子荻選擇這個場所——雀之竹取山為戰鬥場地的計謀，因此零崎軋識才會陷入徹底被限制住的情況中——現在的他還沒發覺這項事實。同時，比起零崎雙識、零崎人識、或者是其他零崎一賊的成員，萩原子荻最優先考慮的便是削弱零崎軋識的戰鬥能力——而這件事，他這時候也仍然無從得知。

總之——就是思考。

軋識瞪視著假面女僕，試圖讓動搖的心沉靜下來。焦躁只會正中對方的下懷。

不要慌。

不要急。

調整呼吸吧。

雖說自己沒擊中過她，但是只要擊中一次，就能確定是自己獲勝了——

就那麼一擊。

一擊就好。

沒有必要打出致命的第二擊——真正的一擊必殺。

而「愚神禮贊」擁有那股力量。

自己也有。

所以——首先不再要胡亂揮舞「愚神禮贊」。他現在的這份疲憊感，除了部分是由於假面女僕的拳頭所造成的，多半是自己老是揮空笨重的「愚神禮贊」的代價。

——揮棒落空真是出乎意料地疲憊。

所以——他再多裝模作樣一會吧。

作為最後王牌，「愚神禮贊」先收起來再說。

雖然感覺像是站上了對方的勢力範圍一樣，令人很不是滋味，但這麼一來也沒辦法，拋下得意武器採取近身戰——以拳頭一決勝負，也並非不可。

若只是換成單純的肉搏戰，他也有十分的勝算——到時，這片竹林一定會成為軋識的助力吧。在狹窄的地方也有狹窄的地方的戰鬥方式。

問題在於——

要說這個想法有什麼問題的話，便是假面女僕會如何反擊——不，等一下，話說回來，她現在又是怎麼看待自己的狀況呢？

軋識的確處於不利的狀況中。

但是。

單純地將這情形反過來看，難道就能單純地以為假面女僕處於比較有利的優勢之中嗎？她無法使出關鍵性的必殺攻擊，只要受到自己的一擊就一定會敗北，這種情況究竟算是？

雙方——都處於不利的狀態嗎？

當軋識終於想到這一點的時候——

「根本毫無進展。」

——假面女僕這麼說道。

由於透過面具，她的聲音含糊不清無法聽清楚——但總之這是第一次，假面女僕開口對軋識說話。

「這樣驚險萬分地彼此攻擊互相閃躲——根本沒有意義。難道你不這麼覺得嗎？零崎軋識先生。」

「……」

女僕叫了他的名字。

嗯，既然對方這麼「周到地」等著他到來，就算她知道他的名字，也沒什麼好驚訝的——但是這麼一來，雙識所暗示的那個假設，對軋識來說開始越來越有真實感了。

伴隨著某種危機感——

「為了守護家族——為了守護家族而發揮力量。我對於汙穢殺人鬼的思想一點興趣也沒有，不過——**也只有針對這一點，我有同感**。所以……」

忽然——

假面女僕朝他的方向踏出一步。

「一拳——**我可以讓你揍我一拳。**」

說完——假面女僕將鐵面具的額部朝向軋識，身體呈現向前傾的姿勢。沒錯，正如她所說的——這一切彷彿正表示著：**瞄準這裡揍我一拳吧**——

「……？」

對軋識而言——他不明白對方這個舉動的含意。

她這是挑釁？還是邀請？

軋識不明白——她的意思。

完全摸不著頭緒。

她是覺得有戴著鐵面具，所以就算頭部挨了一拳也沒關係？這怎麼可能？只要腦袋裡有思考神經的人就知道。當然，「愚神禮贊」無法粉碎鋼鐵，但若只是要破壞裹在裡頭的內容物的話，單單揮下「愚神禮贊」還是有可能辦得到——他至今已有好幾次經驗。因為只要結合了重量、破壞力和衝擊力，就能產生這種結果。如果只是普通的鐵面具，根本無法抵禦「愚神禮贊」——才對。

一擊必殺。

因為——不需要第二擊。

由於他不使刀，正是名副其實的殺人不用刀。

只有「愚神禮贊」，不需要一切多餘的姿勢——完全不必採取攻防交錯的打鬥方式。零崎軋識擁有這樣的自信。因為他擁有自信——所以，正因為他擁有這樣的自信，對於軋識而言，不管這個假面女僕的舉動是挑釁、邀請還是其他，都不可原諒。

竟然這樣對我說。

說什麼揍她一拳——也沒關係？

「妳這是——認真的嗎？妳到底在想什麼啊？」

「像你這種類型的戰士，與其傷害你的肉體，不如破壞你的精神比較快速——以我的經驗上來說是如此。你擁有絕對的自信對吧？像個殉教者一樣，信仰自己的得意武器能像神一樣一擊必殺終結獵物吧？**那麼，我要徹底摧毀你的自信。**」

「……」

藉由摧毀對方的必殺技，展現兩人之間懸殊的實力差距——她是在運用這種戰術嗎？的確，對於軋識、或者是對『自殺志願』執著得近乎病態的零崎雙識而言，她的策略非常有效——但是有個前提，就是她**必須擁有能破對方必殺技的能力**。然而這時候，有沒有能力已經無關緊要了——因為只需要盡全力揮出一擊就能達成。

不需任何技術。

只是持久度的問題。

她那纖細、嬌小又單薄的身體，不可能耐得住「愚神禮贊」的威力——這麼一來，她果然不是要打擊他的內心——

——邀請、嗎？

不是挑釁——而是邀請？

她會閃過軋識揮出的那一擊——

然後反擊？

若是如此，那她也被逼得快走投無路了。

假面女僕拳頭力道輕，即使出拳反擊，對軋識也不構成威脅。因此軋識認為，對方既然會花費心機耍這種小手段，就表示她已經走投無路了。

其實被逼到更加走投無路的人，應該是軋識，然而耐不住膠着戰況的，卻是那個先出聲說話的假面女僕。假面女僕之前一直都沉默不語，現在卻出聲叫喚他，或許這可以視為是她內心焦躁的表現吧。

但是！

包含面具在內——如此沉默寡言的對手，全身籠罩著來路不明的黑暗氣息，而且還散發出一種令人不快的感覺——也有可能是因為雙識掃興地說過很無聊之後的緣故——只要能和她以語言溝通，軋識感覺自己也能看穿她的內心。

不再、覺得不快。

所以，只要能徹底擋下她的反擊。

在心理上會受創的人——是她。

要小手段正是小人物的證明。

然後極小的失敗——會造成極大的影響。

——反而、會是他得救了嗎？

那麼——這時也只能配合她。

如果對方能率先打破目前陷入僵局狀態，那正好如他所願——在故事情節裡常聽到「先動的人就輸了」，而現在的情況正是如此——

「……真有趣——妳的提議我接受了。」

軋識以狼牙棒為杖，直起身子。

然後——蘊含殺意、擺出架勢。

「雖然妳說過要破壞我的精神——不過我會先擊碎妳的肉體。妳那本來就挺矮的身材，可能會再縮短個三十公分吧——不過，反正到頭來妳都會死，其實也無所謂啦。」

「我想問一件事。」

假面女僕照著她的策略，完全呈現出準備挨打的姿勢（看來是這樣），但不知為何卻無視於軋識說的話——反倒是提出了問題。

「你的——你們的目的是什麼？」

「……？妳不可能不知道吧？我們是來迎接……那傢伙或許是我們家族的新成員。不，如果是考慮到那傢伙之後的處境，應該說是來救她吧——」

「……」

「如妳所說——我們零崎一賊，為了家族什麼事都幹得出來。即便明知是陷阱也會往下跳，而且不辭辛勞、毫不猶豫——」

「……這樣啊，」

假面女僕——靜靜地點頭。

「我知道了。」

「妳知道了什麼？」

「我沒必要回答你。」

假面女僕又向前——踏出腳步。

「**我要守護我的家族**——僅此而已。」

「……？」

對於她說的話，零崎軋識並非抱有疑問，而是感覺到有點**不對勁**——他內心深處似乎想起了某件事，但是他卻為了揮開那股莫名的感覺、彷彿想用盡力氣地甩開——

揚起「愚神禮贊」。

揮落「愚神禮贊」。

就算假面女僕是自己伸出頭來——周圍為竹林的這個地理條件仍是沒有改變，所以，他揮下的軌道只限於縱向。為了更加確實地滿足一擊必殺這個條件，他沒有選擇由下往上揮，而認為由上往下劈成兩半的揮棒方式比較妥當。

速度與威力——都沒話說。

「愚神禮贊」──零崎軋識第二個名字的由來。

這一擊──

假面女僕完全接了下來。

「……什麼？」

她不閃也不躲──也沒有防禦。

沒有防守也沒有攔下他。

沒有轉開身體。

極為單純地──接下那一擊。

毫無任何──小動作。

她確實無誤地如她所說──承受了他的攻擊。

然後──然後，僅此而已。

對於零崎軋識的「愚神禮贊」所揮出的爆發性衝擊──假面女僕徹底地接下了。

當然也沒有像軋識說過的，身高減少三十公分或者遭到粉碎成灰──她維持著原有的接招姿勢，只有雙腳微微陷進柔軟的地面──連她那纖細的頸項也沒撼動半分。

感覺就像是──打在鉛塊上。

雙手發麻。

全身如電流通過似地——顫動。

這明明不可能。

不管怎麼想都不可能，但是在那麼一瞬間——就只是那麼一瞬間，零崎軋識感受到一股反彈，甚至讓他懷疑自己的愛用武器狼牙棒「愚神禮贊」斷了。

斷了。

他幾乎以為自己的精神快要崩潰了——就算只有那麼一瞬間，但那本來是不可能會發生在軋識身上的情形——

對方並沒有耍小手段。

既不是挑釁也不是邀請。

而且沒有反擊——

「……啊、啊啊。」

其實，抗拒僵局狀態——率先動作的人、禁不住率先出手的人，並不是假面女僕、而是自己……儘管糊里糊塗，但對方卻清楚地——極為明確地、顯示出兩人之間的實力差距——軋識擁有絕對自信的「愚神禮贊」一擊必殺，**被她接了下來**——

客觀來看的話，這件事或許並不足以令軋識如此動搖——因為若一擊無法成功，再揮出第二擊就可以。接著對她使出連擊的話，這樣也無妨。

就算假面女僕擁有超乎常人的忍耐度，也不可能有承受「愚神禮贊」兩次連續攻擊的能耐——沒錯，只是因為對方戴著鐵面具，所以無法看見她的神情，她的臉龐此刻或許正因為劇烈的痛苦和暈眩而變形扭曲——

但是。

雖然明白這個道理。

零崎軋識——卻什麼也做不到。

「愚神禮贊」——軋識最自傲的武器，掉落在地。

從手中滑下，掉落在地面上。

由於「愚神禮贊」自身的重量，它沒有滾向一旁，而是深陷地面。軋識並非對假面女僕懷有恐懼——但不得不後退一步。

軋識並不是對她心懷恐懼。

不可能有那種事。

像看穿了他似的——

這次是假面女僕開始採取行動。

趁勝追擊。

對於心碎的他——趁勝追擊。

「看來你的一擊必殺沒有發揮任何作用。」

然後——

假面女僕的語調與方才無異，接著說：

「那麼接下來——就換你見識我的一擊必殺吧。」

◆　◆

大約在同一時間——

同樣位於雀之竹取山的北側。

零崎一賊的特攻隊長——零崎雙識。

「混帳！居然從看不見的地方，淨耍小動作陰險地攻擊我、真讓人火大！我要把滿腔沸騰的怒火，乘以數萬倍之後，回報給你的五臟六腑！……不對，我不是這種角色。」

他不斷奔跑著。

跑到一個離最初遭到攻擊的地點有相當距離的場所——並不覺得自己是往山頂跑，反而覺得離目的地越來越遠……似乎沒完沒了地在繞遠路。

——有人在誘導他。

以攻擊誘導他。

敵人——雖然至今只是消極地對他發來單調的攻擊，但仍舊是敵人——看來比起打倒雙識，敵人最優先考慮的是讓他無法靠近山頂。在那種關鍵性的岔路上，通往山頂的道路都會遭到阻礙。

「說是岔路，不過都是些看來不像道路的小徑——不，我應該已經離得滿近的了，可還是想不起來……真是越來越驚悚刺激了！……不對，我也不是這麼熱血的逗趣角色……情況似乎不是很好。」

咇鏘！

他右手拿著「自殺志願」，遷怒似地將附近的竹子砍成兩半——閃過那些一一倒下的竹子，他又舉起「自殺志願」向更裡頭砍去。

咇鏘！

咇鏘、咇鏘、咇鏘！

在他振手疾砍的時候——隔了許久再度出現的子彈。

子彈微微錯開他的臉龐，在頭部側邊爆炸。他的雙腳因此而有瞬間的不穩——但零崎雙識馬上穩住身子，繼續逃跑。

「逃跑——當然，一味逃跑的話，戰況就毫無進展——」

與最初的攻擊相較之下，敵人的攻擊已減緩許多——就像剛才只射來一發橡膠子彈，沒有繼續下一波攻擊。敵人恐怕是在害怕吧？害怕讓雙識察覺自己的行蹤。

隱身。

隱形。

在叢生的竹林之中——黑暗之中。

即便相當執著在攻擊之中，但對於自己的藏身位置——當然，那個必定沒有離雙識太遠——可以說是近乎有些異常地，防止雙識察覺到自己的位置。

——可以看出他的性格呢。

雙識在心中低喃。

——單純推測的話，這種類型的多半是「咒之名」的人吧？或者也有可能是「殺之名」，但戰鬥方法卻是「闇口」的方式……

不管是哪個組織——就算都不是也無妨，反正想像著對手是誰並沒有太大意義，但總而言之，敵人定然是個高手。從他攻擊方式的細部，可以嗅到那種氣息——也就是「強者的氣息」。

零崎雙識有著眾所公認的執著，極端憧憬著**世界最強**，所以對那種氣息很敏感——對於單純就人類強度範疇的強，相當敏感。

因此——

「他以這種狡詐的方式攻擊我，真是棘手啊——就不能乾脆一點、令人心情愉快地戰鬥嗎？呼呵呵。」

接下來，橡膠子彈直接射向他的正面，好不容易成功閃躲過——可是他原本是朝著山頂奔跑，但由於閃躲了那一顆子彈，他前進的方向又再次改變，這也正中敵人下懷吧——但零崎雙識反而加速奔跑。

總之，有必要先和敵人保持距離。

搞不好他現在就是正對著敵人的所在地前進——

——陷入膠着狀態嗎？

讓他詫異的是——自己居然被牽著鼻子走。

零崎一賊之中，有不少人不擅長應付這種緊繃的情勢、老是在殺人而不習慣戰鬥，所以出乎意料地經不起逆境的考驗吧？雙識心想，零崎軋識和零崎人識現在恐怕也在山中的某處苦戰。

「嗯……是那個方向嗎？這個角色的位置，我覺得我已經能掌握訣竅囉。」

他輕聲自言自語。

「嗚呵呵。先不說這個——畢竟要先把敵人打成稀巴爛才行。這個偷偷摸摸的傢伙不可能會是主要敵人，所以他的背後是——」

這種「狙擊」。

遠距離攻擊。

很明顯的，這種攻擊——是以他從軋識那邊聽來的，那個高級的高層公寓中所發生的戰鬥形式為範本——如此一來。

也就是說——「狙擊手」。

零崎一賊的敵人——

「嗚呵呵！變得越來越有趣了！……嗯——我是一個會講這種俏皮臺詞的角色嗎……？我想我應該要是個更加帥氣、會在國中小女生之間大受歡迎的角色……嘿——嘿——！我才不想戰鬥喲！要我殺人的話，更是恕難從命！絕對不是這樣的吧……這種蹩腳角色受歡迎的時代，也差不多該結束了吧？」

雙識嗚呵呵地笑了。

正當他笑著的時候——

感覺到了。

搞不好，或許比市井遊馬還要更早——比起以自己的手指完全掌握雀之竹取山全區的市井遊馬，零崎雙識或許更早，而且更加確實地感受到了。

那個——「某人」的到來。

某人——到達了某個地方。

在這座山中的某處，有一件驚天動地的事情，驚天動地地發生了。

「……哪一邊？是阿贊那邊嗎……還是人識那邊？我不覺得那個戴面具的女僕擁有這等程度的爆發力……不、可是——」

他不知道，那地方是在近、還是在遠。

但是——

那個……很強。

就如同——最強那樣的強。

宛如排除任何弱點，聚集所有力量般的強，找不出破綻——完美無缺的強悍。

那種強悍——就在山裡的某處。

他感受到了。

「……那是什麼？那是什麼啊？喂喂、這世上會有那種人存在嗎……？」

不同於殺意。

不同於惡意。

這是——**純粹**的戰意。

剎那間，他還以為是不是那個狙擊自己的敵人，終於打算要認真和他戰鬥了，但是無論怎麼想，都並非如此——

那個戰意和那種陰險完全不同。

在某處——發生了某件事情。

「……好痛！」

右腳的阿基里斯腱附近隱隱作痛。

似乎是來自背後的橡膠子彈。

這麼一來——就可以很清楚地知道，戰意的主人並非是目前敵人。雙識如此思索著，並決定暫時離開原地。

極其自然地——

他現在仍深刻地感受到戰意。

「嗚呵呵……哎呀呀。看來不是做這種事的時候了。雖然和你再玩一會也無所謂，但是這麼一來，**我就會被你壓著打了**。讓我壓一壓你那旺盛的精力吧。」

零崎雙識眼神變得嚴峻——

他先將『自殺志願』收進自己的西裝裡。

「真是的，我不知道你是『咒之名』還是『闇口』、或者是這兩者之外的人，但想來想去，膽敢對我做出這種事，也真不要命——挑戰我自殺志願，竟敢選擇遠距戰而不是肉搏戰，真是愚蠢。」

他呼呵呵地低聲笑道。

「連這種小事都不知道嗎？——只要是稍微瞭解我的人，不管是敵是友都很清楚的事實哦！……說得明白點，就是我不使用『自殺志願』的時候，反而才是壓倒性地強——！」

◆　◆

市井遊馬和零崎雙識——兩人之中究竟是誰先察覺到**那個**的來襲，很可惜的並沒有絕對的判斷基準——

但最早感覺到的人，卻已十分確定。

並非遊馬、也非雙識——而是西条玉藻。

在市井遊馬透過「線」得知之前。

在那股巨大的戰意傳至零崎雙識身上之前。

西条玉藻——就已經遭受了**對方的攻擊**。

她並不知道自己是怎麼感覺到的。

但在感覺到的瞬間，她隨即失去了意識。

西条玉藻——**慘遭**匂宮出夢的**踩躪**。

面對眼前那副景象，一時間無法辨別發生了什麼事。繼遊馬、雙識之後、第四個較晚察覺到有人來襲的是——零崎人識。

眼前的景象。

臥倒在地遭到踩扁的西条玉藻——

和雙腳蹲在她背上的，匂宮出夢。

長長的黑髮。

以眼鏡鉤起瀏海。

束縛衣牢牢地限制住雙手——

最後。

那張如惡魔般的笑臉。

「喀哈——喀哈哈哈哈哈哈哈哈！」

終於，惡魔——站起身來。

站在西条玉藻的背上。

「喲、小哥哥——要不要和我玩啊——？」

「……妳這傢伙。」

人識——對於這個突然面臨的情況，應該是一時之間不知該如何應對吧，或者是說這個情況已經遠超出他能理解的範圍，所以看不出有什麼特別的情緒波動——但能聽出他正以平板的語氣，向那個身穿束縛衣的惡魔——質問。

「妳是誰啊……？」

「我？當然是森林裡的妖精啊！你看不見嗎？我的背上長了翅膀。喀哈哈哈哈！我替你實現三個願望吧？喀哈哈哈哈哈、喀哈哈哈哈哈！」

「……」

「匂宮出夢！獨自一人的光之美少女（註13）、出夢君是也！殺戮奇術集團匂宮雜技團的下一任王牌——不過我還只是個菜鳥，小哥哥應該不知道吧？喀哈哈哈哈！」

「妳說、匂宮……？」

就身分定位而言，雖然零崎人識目前處於尷尬的立場——但他無庸置疑地是零崎一賊的成員，名列「殺之名」之下的組織。

所以。

他不可能不知道排名第一的「匂宮」。

---

13 日本東映製作，朝日電視播放的系列卡通，目前共有六部。主角都，可以變身打擊罪惡。

不可能沒聽說過——

「匂宮」的可怕之處、以及懸殊的實力差距。

極端地說，就算不再加上其分家，匂宮雜技團本身的存在，也確實擁有能夠與其他所有「殺之名」、「咒之名」匹敵的巨大戰鬥能力，是威嚇性十足的實力派集團——

「匂宮……像妳這種的，是那個集團的成員？」

「啊——、啊——啊、啊——！正是如此！乒乓乒乓乒乓！你答得真漂亮！那麼這位小哥哥你是零崎一賊中的『某個人』吧？我知道哦——『殺人鬼』！如果殺了你們其中一個人，所有人就會來追殺我吧？**所有成員都會來被我殺吧？**太帥了——、真是太棒了！喀哈哈哈！」

匂宮出夢——尖聲大笑。

宛如那是賦予自己的任務一般。

彷彿迴響於整座山一般——哄然大笑。

「咻——、嗒啦嗒啦嗒啦嗒啦嗒啦嗒啦、嘡！」

出夢暫停出聲。

以銳利的眼神看向人識。

「和我玩吧、小哥哥。」

「……總是這樣。」

他沒有回答她。

完全無視於出夢說的話。

零崎人識——低著頭說話。

像是自言自語那般。

「真的、總是這樣……無論何時總是這樣。當我快要達成目標的時候……就快要到什麼的時候，總會有別人插隊搶走……如果對方懂得珍惜搶走的東西，那就算了，但那傢伙居然無動於衷地糟蹋了我認為好不容易遇見的重要人物……我明明早就知道了、但我總是不自主地有所期待……我知道的、我知道，真的，我知道……可是……只是期待、又有什麼錯……那不是很稀鬆平常的事嗎？」

「啊？你說了什麼嗎？小哥哥。你聽得見我的說的話嗎——？喏、我的聲音像是鈴鐺一般清脆哦——喀哈哈！」

「總之、哦。」

面對情緒亢奮不已的出夢，人識——態度反而相當冷淡，指向出夢腳下踩著的體操服少女。

「從那裡下來吧——勝負已分了吧。」

「啊啊？」

出夢歪過頭。

「**你在說什麼啊——現在才剛開始吧。**」

她這麼說道——抬起了腳、

瞬間腳尖朝天——

一直線地落下再回到原來的地方。

強而有力、毫不減速、反而加快速度，像是要踏穿玉藻的軀體。

「咳呼！」

失去意識的玉藻——身體出現反應呻吟了一聲。

同時也嘔出血來。

即便如此——她依然沒有恢復意識。

出夢「喀哈哈」地笑著。

「樂趣、現在才要開始。」

「……」

「因為還沒死——不算結束。」

「我說過了，叫妳**讓開**。」

人識——提穩刀子，面向出夢。

「**那傢伙是我的遊戲對手**——終於相遇的，我的遊戲對手。搞不好我是為了見到那傢伙才出生的。**或許會產生某種結果也說不定**。聽好了，**那傢伙不是妳的**，匂宮。妳突然中途殺出來，我不允許妳擅自亂來——」

「不允許？你不允許那又怎樣呢——喀哈哈！哈哈、嗚哇哦！」

不等出夢說到最後，人識朝出夢擲出他提穩的刀子——出夢以些微之差躲過、但卻仍是一副從容的模樣，雙腳腳底也沒有移開玉藻的背部，只稍微移動上半身，便輕易地閃過了那把刀子。

刀子一直線地、漂亮地刺進距離後方相當遠的一棵竹幹上——竹子晃動一陣之後就不再晃動。

嘻——由於欣喜與快樂。

出夢的臉扭曲變形。

「好危險好危險——真開心真開心、喀哈哈！什麼嘛什麼嘛、你的鬥志已經完全燃燒了嘛、小哥哥。」

「那傢伙不是妳可以踐踏的人——妳搞什麼鬼？突然出現，還擺出一副自己是主角般的態度。妳是誰啊，還一身詭異情色打扮——春心蕩漾了嗎？妳這女人。」

「這個女人、啊——不過我現在是『男生』哦。哦、但不是那個『亂馬二分之一！』的亂馬喲，喀哈哈哈哈！」

「啊？妳在鬼扯些什麼啊。妳腦袋結冰了嗎？就算再怎麼熱也沒必要那樣吧。」

「反正小哥哥你不知道也無所謂哦——因為你會死在這裡。」

「死？妳別痴人說夢了。為什麼我會死啊，妳才是——」

「當然——是因為和我玩的關係啊。」

出夢理所當然地說道。

一邊踐踏著玉藻的背部。

像在挑釁般——一邊踐踏著。

「你會和我玩吧？我的殺戮時間一天只有一小時，要玩的話就快點吧——如果你贏了我，我就替你做許多下流的服務哦、喀哈哈！但話說回來不是由我，而是由『妹妹』來提供服務吧。喀哈！」

「……唉，哎呀哎呀。」

人識誇張地將手指抵在額上，搖了搖頭。

這個動作是模仿哥哥零崎雙識。

「知道了知道了——但是在那之前，我想問妳一件事，匂宮家的人。」

「啊啊？怎麼，問題嗎？是問題吧？好啊、儘管問——嗚哇！」

這次，她雙腳離開了玉藻的背部。

另外一把。

原本由骨折的右手所使用的、平常時帶在身上的另一把刀——在出夢被人識的話吸引注意力的時候，人識從背後用左手擲出那把刀刃。

出夢側身一轉——當然，由於束縛衣讓她雙手動彈不得，自然無法以手掌著地——她向左一躍，直接橫著身體，腳垂直往竹林中最粗的竹幹上一踏。受到衝擊而彎向一旁的竹子，猛力地彈開出夢嬌小的身軀，結果她身子一轉落在玉藻右邊的地面上。

趁那段時間，人識迅速地以剛擲出刀刃的左手，探向已經昏厥的玉藻，抓起她的蓬鬆短褲用力拉近自己，又將她移至自己身後，在出夢面前隱藏起她的身形。

被閃過的刀子，究竟飛去了哪裡？由於沒有任何人看見，也不知道它去了哪裡。但至少確定是與方才的那把刀子相同，已經消失在無法回收的區域裡了。

「什麼嘛——那種爆弱的小女孩，有那麼重要嗎？零崎小哥哥，像那樣保護一個小不點女孩，你的粉絲可是不會增加的哦！喀哈哈哈哈！反而是我這種殘殺小女孩的人，才是現代潮流與趨勢哦！喀哈哈哈哈！」

出夢尖聲大笑，對人識說道。

「比起和那種無名小卒玩，跟我玩一定更快樂的。小哥哥。好——為了增加一點樂趣，就這麼做吧。就算我贏了小哥哥，我也不會殺了你。相反地，我會殺了那邊那個小不點女孩。把她折磨至死、像消滅微生物一樣殺了她！喀哈哈！來吧來吧來吧來吧——糟糕了哦——為了公主殿下，騎士得拚命點才行！不過，雖然是公主殿下，那傢伙還真弱！喀哈哈哈哈哈！」

「……妳，別再說話了。」

零崎人識——

出夢情緒愈加高亢時、他聲音反而更加低沉的說道。

「妳叫這傢伙無名小卒？根據我的觀點，妳這傢伙才是小卒太妹。妳說越多話，就越顯現出妳自己的弱小。」

「啊？『弱』？你說我？你說根本沒有任何弱點的我弱？很敢說嘛！太棒了、小哥哥！太帥了、真是迷人！太俊俏了！啊，真是的，真是太美好了——！你說的話真是太優秀了！哈、本來只覺得能打發時間，怎麼、出人意表地變得很有趣嘛——喀哈哈哈！而且這座山中，**還有好多不一樣的人物**——傷腦筋，這麼一來，一個小時根本不夠用啊！不過，時間稍微超過一點也沒關係啦——就這麼決定囉！因為、寬以待己，就是我的魅力、我的優點！真好真好、我真豪邁啊、我又再次愛上我自己啦！喀哈哈哈哈哈哈！」

笑著——持續笑著。

突然匂宮變得一臉嚴肅——

「先從小哥哥開始。」

如此說道。

「差不多該開始囉。神也等候很久了。」

「……妳為什麼會在這裡？」

零崎人識再度無視出夢說了些什麼，直接開口質問她。看來他剛才說過有件事想問出夢，並不是說說而已。

「照大哥和老大說的，這座山裡現在設下了類似『陷阱』之類……的東西，對方似乎配置了許多人馬——玉藻是其中之一，妳卻無動於衷地蹂躪她，從這一點來看，妳，應該**不屬於敵方的人馬吧？那妳……為什麼會出現在這裡？**」

「……你說呢？什麼敵方、友方的都沒關係，我可能是個敵我不分，殺個片甲不留的壞小孩哦——？待在秋田縣的時候，我先看到誰就殺誰！秋田縣真好啊！那裡的女高中生特別可愛呢！超羨慕秋田縣的男高中生的、咻——！」

「……妳光是在那裡囉嗦，講一堆無關緊要的事……重要的事卻一個字也不不提。表面上話很多，內心卻很沉默……雖然這麼解釋有點牽強，但這麼一想、嗯，妳有些地方滿像大哥的。」

好。

差不多開始想殺她了。

零崎人識低語。

「啊啊——不過，**因為我並不是妳**，我先說一件重要的事吧！就讓我先說吧。**從現在開始和妳戰鬥的人不是我——我始終都是代替玉藻，和妳戰鬥。**」

「……啊？」

出夢的臉上，寫著「你在說什麼啊」似的，露出了掃興的神情。

「什麼啊，你是想替她報仇嗎？搞什麼？你是因為我踩了那個少女時沒有倒數，就直接說『先從小哥哥開始』這件事而懷恨在心嗎？喂喂、你這也太陰險了吧！什麼報仇嘛，對於職業玩家來說，這是該感到可恥的行為吧！這樣一點也不像零崎一賊！快住手吧、那種恬不知恥的——」

「不好意思，我是特製的——別的成員不一樣。」

他往後方瞥了一眼——

確認倒在地上的玉藻身影。

然後——

「還有因為現在的我不是我，是這傢伙——不是零崎人識，而是西条玉藻，所以面對一個雙手遭到捆綁的對手，我不能做出以單手向妳挑戰的這種無恥行為。」

這麼說的同時。

零崎人識——弄斷了自己的左手。

他毫不留情，就近對準一株長在附近的竹子上面、沒有彈性、堅硬的竹節部分——背著身將左前臂用力砸了上去。

竹子微微地晃動了下——僅此而已。

僅此而已。

它沒有受到衝擊。

衝擊幾乎都反彈回人識的手臂上。

他咬緊牙根——忍受那股劇痛。

甚至沒有呻吟一聲。

人識面向出夢——

「當然……我也不會用刀。和妳一樣赤手空拳。這麼一來——**條件就不相上下了。**」

這麼說道。

搖搖晃晃地說。

他並未說出自己的口頭禪。

匂宮出夢不知之前的事情經過，只覺得他的舉動莫名其妙，自始至終一直只在一旁觀看——

不過出夢卻看穿了人識的心思。

「好啊。」

她說。

「我很喜歡你呢，零崎人識。」

「是嗎、是嗎？——匂宮出夢。可是，我對妳可是一點興趣也沒有耶。」

「喀哈哈。」

「啊哈哈。」

殺手。

殺人鬼。

殺手與殺人鬼這次唐突的熱血邂逅，為日後連結起難以切斷的因緣——也為往後種下了難以抹滅的禍根，最後甚至讓整個世界陷入了危機——

然而，現在他們只是單純地在戰鬥。

彷彿**先下手為強**似的——

彼此朝著向對方飛奔而去。

因此，規則有點變化——

雀之竹取山——第四回合。

零崎人識對匂宮出夢——開戰。

然後這一回合的開始，是所有正在雀之竹取山展開的戰鬥——結束的契機。

◆　◆

「這樣子啊。那麼，對話就到此結束了。」

「結束了嗎？」

「是的。大小姐，結束了。」

「那接下來我該怎麼做才好？」

「這——這件事與我無關。不過、是啊、隨便您高興怎麼做如何？」

「……」

「想殺人的話就殺、不想殺的話就不要殺。幸運地，您現在正處於被允許那麼做的處境中。」

「被允許？」

「意思是說，大小姐您待在一個殺了人也不會被處罰的環境裡——絕大部分的人都被排除在這個圈子以外。總之是個非常狹小的圈子。甚至連那些訓練有素，用以殺人的戰士們，幾乎都無法進入這個圈子裡。」

「這樣子啊。」

「是的。」

「那麼，我還真幸運呢。」

「您覺得很幸運啊？不過——」

「不過？」

「不——沒事。我差點就要說出僭越本分的意見了。這不像我的風格。啊啊、對了——既然您問我接下來該怎麼做才好，我只能提供方向給您作為參考，如果您是因為奧黛特小姐太過無能才殺了她，那麼，之後將有才能的人聚集在您身邊如何？」

「有才能的、人？」

「這麼一來，或許您就可以不用殺人了。」

「……」

「話說回來——這並不是出自道德或善意的建議，只是單純提供一個可以讓您自制的意見而已。因為大小姐您是可以肆無忌憚的為所欲為。不過，大小姐，請您回想一下——殺了奧黛特小姐時的那種感觸。殺人時的那種觸感。」

「殺人的——感觸？觸感？」

「坦白說，很噁心對吧？」

「……很、噁心。」

「是一種您不想回想起來的感觸吧？既然您是以雙手殺了她，手上就會留下當時的觸感吧？我想是的。請您安心吧，大小姐。如果您沒遺忘那種心情、那種噁心的感覺——大小姐在這之後，一定不會再殺任何人。而且——說實在話……」

「說實在話？」

「說實在的，**我對於大小姐您是否真的殺了奧黛特小姐**——是站在存疑的立場呢。」

「……」

「如同大小姐您說過的，想殺人的那種心情、還有人已經死亡的事實，兩者之間僅是如此而已，原本就沒有任何關聯性。」

「妳。」

「是的？」

「妳從沒想要殺了誰嗎？」

「我想，我應該已經回答過那個問題了？」

「不一樣——問題的本質不同。重點不在於妳有沒有殺過人——當然也不是殺人是不是無所謂的問題，而是妳是否曾經想過——要殺了誰。」

「……」

「請妳回答。」

「……嗯，是啊。雖然我已經對大小姐您說過了許多事……但老實說——在我還是幼兒時期、還不成熟的那時候，做過一些狠殘酷的事。例如自己曾經主動攻擊過對方，姑且不論那是不是殺意，但我是透過自身的意志發動攻擊。不論是蜻蛉或蝗蟲、蟋蟀或甲蟲、我曾經抓起那類的昆蟲後，扭下了牠們的腳、壓爛牠們的肚子、或者削掉牠們半邊的頭。我也曾經捉過漂亮的蝴蝶，將把們黏到蜘蛛網上，也曾經在小小的蟲籠中放進兩隻螳螂，開心地看著牠們互相殘殺。」

「與其說是殘虐……倒不如說是殘忍吧。」

「是的，非常殘忍的行為──不過，我現在已經不會想那麼做了。您覺得是為什麼呢？」

「不不。」

「不知道──因為覺得牠們很可憐嗎？」

「是因為摸昆蟲真的噁心透頂。」

雀之竹取山──山頂附近。

已經不見萩原子荻的蹤影。

只有市井遊馬還在這裡──而遊馬也從昨晚一直持續、一整晚沒睡地持續、解開她雙手上的繩索。這也就是代表著，現在這座雀之竹取山，正從「zigzag」──市井遊馬手指所交織的「絲線」掌控之下解放出來──

一個人。

獨自。

市井遊馬——等待著。

等待著爬到這座山頂的人。

等待贏得最後勝利的人。

沉默地、也不自言自語地——等待。

「……」

……

這時——手機來電了。

由於她關掉了鈴聲，所以手機在口袋中僅以最小振幅的嗡嗡震動——遊馬面不改色地使用穿出衣袖的「絲線」，用大拇指與小指纏起口袋裡的手機——然後以接「電話」姿勢，將左手的大姆指湊在耳邊，小指放在嘴角旁。

「喂？」

打電話過來的，果然是她意料中的人。

澄百合學園的一名幹部。

但是單以幹部等級來說，對方的**力量太過強大**——是一個**與子荻一樣**擁有過剩力量的人物打來的電話。

「嗯、沒問題——馬上快結束了。是的，嗯、是、對對、嗯。完全不用擔心。跟預定一樣、跟想像中的一樣完美，沒有任何犯規的行為，也沒有一丁點失誤。一切順心、一切如意。如果妳不多管閒事的話，照這個情形，應該能一帆風順吧——」

其實，在遊馬周遭發生的淨是些讓人操心的事，不但打亂了預定的行程，而大出意料之外，違規行為不斷，失誤隨處可見，一切不順心也不如意，種種悽慘景象——但儘管如此，遊馬依舊睜眼說瞎話，一副好像對方多管閒事就會萬事休矣似的。

「是的，關於大小姐也沒有任何問……嗯？不是那方面？嗯嗯，沒問題——那孩子真的沒問題。嗯？我說『真的』，那是用來誇獎的話啊——我剛才說過，一切都進行得很順利了吧。而且她還一副泰然自若的樣子呢——該說真不愧是妳的女兒嗎？」

遊馬說出不存在於心裡的恭維。

彷彿開始抹黑體內原本潔淨的部分似的。

其實說的是真是假都無所謂。

「那孩子口風很緊，一點消息也不透露給我——妳又是如何呢？也差不多該告訴我了吧？妳們與零崎一賊為敵，究竟是打算做什麼——我想她的才智的確是很少見，但是，凡事總怕有個萬一吧——」

萬一。

這世界上最惡劣的一句話。

萬全。

那孩子曾說過她喜歡這個單字——但是，真的有人能做好萬全的準備嗎？若人太過完美，頂多只能稱作十全十美吧。遊馬如此想著，腦海中浮現出一位性格惡劣的友人，雖然有些抗拒感，但那人仍然算是自己的朋友。

「……是嗎？連妳也不肯告訴我啊。好吧，反正我本來就是軍隊嘛——我不是在鬧彆扭哦，只是因為對我來說，我必須事先確認自己的立場。因為很浪費電，所以我要掛電話了。還有，請妳至少也擔心會遭竊聽一下嘛。下次請妳不要怕麻煩，直接使用無線電吧。那麼再見囉，諾亞。」

大姆指和小指握成拳頭。

什麼事也辦不到、嗎？

只能夠——等待嗎？

沒辦法。

那孩子本來就不希望有人伸出援手吧——更何況這援手還是由她原本只看作是軍隊與道具的遊馬所伸出的，她一定連作夢也沒想到這件事。她不會一笑置之，反而會露出錯愕的神情。

——儘管如此。

我——明明是個老師。

卻只能等待嗎？

卻只能服從嗎？

但……這是干涉行為。

這是脫離自己應該負責的領域。

這違反了我遊馬的原則。

自己只是個巡哨武器。

戰力外的戰力。

公共事業、整修道路。

只不過是讓這世界合乎邏輯——

沒錯，就如同那孩子說過的——

「…………啊啊、真是的。」

遊馬煩躁地呻吟一聲。

這不是無意義的自言自語——而是她的手機又有人打來。由於她剛剛半強硬地結束通話，所以對方又重新打來了吧——真是令人火大。明明叫她使用無線電的……！她以粗魯的舉動，將方才切斷過一次的「線」，再度將手指和電話連接起來——

「喂！……哎啊。」

這次——是預料之外的人。

「不、不是啦！妳別誤會！我不是在挑釁不是在挑釁、我的態度真的完完全全不是想挑戰妳啦！我也沒有露出本性啦！最喜歡最喜歡最喜歡妳了！所以我根本沒有想要和妳戰鬥！朋友、朋友！妳好好想一想，我們是經過多年相處、心靈相通的好朋友！妳別太高興、這樣絕對會變成一場空歡喜的！妳別太興奮、別裝出那種那麼開心的聲音！不要唱歌！啊、啊真是夠了，妳這女人，就只會在這種時候打電話過來耶！不、不！不、不！真的、不不，我不會跳舞所以放過我吧！妳饒了我吧！」

總之遊馬心慌意亂地急忙辯解。

因為那是個她不得不如此做的對象——那個對象擁有一項麻煩的特質，那就是只要一個不小心，對方就會馬上找機會和遊馬的「曲絃絲」一決勝負。但明明用不著那麼做，勝負結果從一開始就很清楚了。

「啊、嗯……嗯，我在工作。不、沒問題，沒問題的，已經差不多要結束了——啊哈哈、說到我的工作、每次都是事前準備和收拾殘局啦。」

關於誤解的解釋遊馬先告一段落，回復冷靜後，馬上以平和的口氣開始說話——與方才想到的性格惡劣的熟人不同，這是一個毫無抗拒，可以稱為朋友的人。

……可惜的是，也不能算是毫無抗拒，那可能是由於內疚而如此稱呼對方的。

「嗯？幫忙？是無所謂啦——有什麼我能幫忙的嗎？啊哈哈、因為和妳工作很累啊——不過，好啊。現在剛好心情有點悶，正好可以解悶吧。那麼，是什麼工作？……美國？嗯——跑得還滿遠的嘛。不過對妳來說，應該不算是很遠吧。嗯、我的存款還剩很多、沒問題沒問題的。嗯、那麼這次的工作結束後，我再和妳聯絡。之前的聯絡方式還在嗎？啊、是嗎？那麼、嗯，這點小事我會查出來的。」

這時遊馬像是突然想到什麼似的、

躊躇了半晌之後、

朝電話那一方開口詢問——

「欸、如果是妳會怎麼做？如果妳看到一個女孩，她既固執又打算獨自一人做所有的事、彷彿看見一切般卻什麼也看不見、不相信任何人，只想孤軍奮戰、對這個世界完全不抱任何期望、傲慢又可悲、總之就讓人火大——」

對於這個問題。

看來對方幾乎是迅速即答——遊馬「嗯」了一聲點了點頭。

「也是。我想如果是妳，一定會這麼說的——小潤。」

然後。

遊馬握住拳頭。

緊緊地握住。

而後——她以與方才截然不同、彷彿不再有任何疑惑般的表情，「嗯」地再度點了次頭，好似她已經明確地找到自己應該做的某件工作——露出微笑。

「是啊……託付給別人是不行的——將命運交給上天是不行的……這麼一來，首先就是這個工作嗎？——嗯，不管是誰最後贏得勝利，對於那孩子而言，結果是早已預定好的吧——」

◆　◆

應該將那副景象想作是理所當然呢？或者是不該如此想呢？總而言之——零崎軋識

和假面女僕之間的戰鬥，是最先開戰、也是最早分出勝負的一場戰鬥。

勝負已分。

結果。

而結果——若看見零崎軋識臉部朝天地橫躺在地上，還有微微彎著身子、保持著揮出拳頭的動作而固定不動的假面女僕時——不論是誰，都一目瞭然吧。

「……」

假面女僕——沉默不語。

由於戴著鐵面具，看不見她的表情。

零崎軋識——正瞪大著眼睛。

表情，維持在齜牙裂嘴的狀態——

然後、心臟停止了跳動。

「……」

不知她保持那個姿勢究竟多久了——假面女僕終於由揮拳的姿態，緩慢地開始收起拳頭——靠近軋識直到腳尖停在他身邊。

假面女僕豎起耳朵。

什麼也聽不到。

不管是心臟的跳動。
或者是呼吸聲。
「……」
沒必要——殺了他。
正確來說的話，是女僕並未被命令殺了他。雖說在生死格鬥（Dead or Alive）裡是不問生死的——不過，她只被命令**確實地**打贏零崎軋識。
她並不知道細節。
但是那個軍師……對於那個軍師而言，讓零崎軋識——**愚神禮贊在初期階段中輸給己方陣營這項事實**，似乎是絕對必要的。
所以。
假面女僕**只要贏了他**——那就好了。
「……」
一擊必殺。
雖說是假面女僕的一擊必殺，其實也並不是什麼需要特殊技巧的必殺技——那招和零崎軋識的「愚神禮贊」相同。若要說差異點的話，便是對於零崎軋識而言，他的凶器就是狼牙棒，而對假面女僕來說卻只是運用兩隻拳頭。
那，也就是真正的必殺技。

『**竭盡全力地——打飛敵人。**』

教導假面女僕這件事的拳士，對於這項招式曾經咆哮的對她說過他的『必殺・問答無用拳』——並不是指打在對方的任何地方都可以。人體中存在著——所謂「要殺人的話就是這裡」的致命點，再更淺顯易懂點說明的話，也就是「**應該狙擊的致命點**」。說是必然也是必然，在生物的軀體中，存在著多數一擊斃命的罩門。

就像岩石中的裂縫、植物裡的纖維質一般。

生物都有所謂的弱點。

「……」

一般來說，若是想在人體上找出致命罩門的話——最老套的方式就是狙擊頭部吧。就像零崎軋識以「愚神禮贊」由上往下攻擊假面女僕的頭一樣——若使用鈍器便攻擊頭部、若是使用利刃就攻擊心臟，來造成死傷，這是合理的假設。既然人類的拳頭無法構成銳利的刀鋒，攻擊的目標大概就是臉部吧？或者是頭頂？還是後腦勺？

不。

若是假面女僕，不會攻擊那種地方。

人類的頭部——以頸部和軀體連接起來的這個部分，由外觀來看可以明顯看出它很不穩定，而所謂的不穩定，就是它很有可能會閃過自己難得擊出的衝擊。如果想在頭部施展出一擊必殺的話，只能讓對方的頭部朝自己的拳頭湊上來——因為在面對面打鬥的狀況，她無法如同「愚神禮贊」那般，把目標像三明治一樣夾在中間，從上方往地面攻擊。如果兩人沒有明顯身高差距的話那就另當別論，但這個場合，相對較矮的人是假面女僕。

那麼，該怎麼做？

「……」

這種時刻，假面女僕瞄準的是心臟。

本來該是交由利刃狙擊的地方。

但是，本來的話？

本來的話？

不可能有那種事——心臟很明顯是致命點。若「竭盡全力毆打」的話——就算是一個拳法外行人，也足以令一名人類斃命——的一個究極致命處。

甚至沒有必要破壞他的心臟——

因為只要停止跳動，那就夠了。

她猛力舉起拳頭——

猛力擊出拳頭。

刺向對手的胸窩。

這樣就好了。

完全不需要精密的技巧。

不能遺忘的前提是，作為第一條件，比起踢擊，刺擊更適於一擊必殺——據說腳比手臂的力量大上了數倍以上，所以有些人會盲目地深信，踢技比拳擊還要更具威力，然而，在實際戰鬥上卻不能一概而論——因為踢技在攻擊的瞬間必然會成為單腳站立，那在進行踢擊的瞬間，身體重心就可能因而不穩。

這時，穩定的突擊。

如利刃般的突擊。

「……」

但是——

但也只是理想。

心臟是一個致命點、並非是「平面」，而是一個「點」——既然明白了目標只有一點，那麼就算是個外行人，要躲開這種一擊必殺也是輕而易舉——不管是何種生物，都會本能地知道心臟是具有致命性的器官。

即便只是因為恐懼而縮起身子——一擊必殺的攻擊也會失敗。

人類不是岩石也不是植物。

人類會動。

對於物體會移動的「點」，要能順利貫穿不是那麼容易。

那麼，該怎麼做？

「……」

只要讓他避無可避就可以了。

為此——首先，要讓軋識出手攻擊她。

沒錯。

那不是挑釁也不是邀請，只是照字面上的意思而已——對於假面女僕而言僅止於此，而對零崎軋識而言，那是凌駕於以往的挑釁和邀請。

假面女僕沒有躲開。

沒有躲開「愚神禮贊」那一擊。

沒有躲開「愚神禮贊」的一擊必殺。

這麼一來，就算是零崎軋識——他也會變得無法逃開假面女僕的那一擊、她的一擊必殺——

他不能閃不能躲——也不能防禦。

沒有防守也沒有辦法攔下她。

沒有辦法轉開身體。

只能夠——接下。

「……」

這是不讓對方選擇──騙子的戰鬥方式。

當然……這並不是身為拳士的假面女僕的做法──這是那個軍師在昨晚的階段時，傳達給假面女僕知道的策略的其中之一。她傳予她的策略並不只有這一個，加上其他大約共有三十個，都是先預設愚神禮贊做為對手時的應對策略──而當中最不卑鄙也最不無恥的，就是這個計策。

即便如此──

由假面女僕來看，比起策略那更像是奸計。

相較之下的話。

為了確實獲勝的策略。

因為需要零崎軋識敗北這項事實。

選擇雀之竹取山為戰場也是──

「……」

會贏是當然的。

能殺他是應該的。

女僕突然湊出戴著鐵面具的臉，叫軋識攻擊頭部看看，被這麼一說，無論是誰都能預測到她會有所反擊──因此，**不會盡全力攻擊**。

就算威力和速度都無話可說──

但並非全力。

那麼，只要用這個內側裝有「能吸收衝擊的膠狀物質」的特製鐵面具，來接下攻擊的話——對於女僕而言，擋下他的一擊並非不可能。而為了承受住對手的攻擊，假面女僕也具有讓身體堅硬如鋼的體術，那是身為拳士的必要技能。

但是，假設。

如果零崎軋識當時沒死心眼地攻擊鐵面具、而是狙擊肩膀之類的部位……那麼戰況又會有所改變。

戰況明明會變得完全不同的。

「……」

戰鬥之後，她明白了。

零崎軋識這個男人，與印象中使用狼牙棒那種蠻橫又粗俗的凶器截然不同，感覺他相當聰明。雖然動不動就表現出的粗魯言行，讓人覺得是個單純笨蛋——但自始至終那都只是一種偽裝的姿態，而相反地，他是相當深思熟慮的一個人。

深思熟慮。

所以——他應該注意到了。

他早應該已經注意到，自己落入了陷阱之中。

落入圈套、遭到欺騙。

但儘管如此——他還是躲不開。

心裡清楚得很、但是他卻無法避開。

他不容許自己避開假面女僕擊出的一擊必殺。
「……」
當然。
就連他的個性也在軍師的計算之內吧。
這個策略，應該是完全看穿了零崎軋識的人格，因此認定他破碎的心只會有一個選項。與武士道或騎士精神相比，他確實給人相當笨拙的感覺——但是這男人、零崎軋識，仍然貫徹了自己的道路。
不，事實上。
如果這一戰的對手是來到雀之竹取山的其他的殺人鬼，事情的進展會完全不同吧——如果是零崎人識，毫無問題地必定能避開假面女僕的一擊必殺，而且一開始就不會接受她那種提議。或者，如果對手是零崎雙識，對方一定會欣然接受提議，然後不僅沒有躲開，反而還會若無其事地加以反擊吧。那並不是說他們很不正常，若是在相同情形之下，大多數人會駁回提議、閃開、然後反擊——大概是這三種選項。
然而。
「……」
咕噥一聲。
假面女僕不知低聲嘟噥了什麼。
聲音的音量太小，以致於沒有任何人聽得見。

包括她自己也沒聽清楚自己究竟說了些什麼。

但下一句說出口的話，卻非常簡單明瞭。

「我是個拳士。」

說完──假面女僕**踩上**零崎軋識仰躺在地的身體。她踩著軋識，像是再次施重似的──將整個人的體重加諸於腳上。

腳。

踩著心臟。

更加用力地踏著。

不斷踩踏著。

「──這樣就可以了嗎？」

然後──移開腳。

豎起耳朵。

於是聽見。

心臟的跳動──還有呼吸聲。

她聳肩。

看來按摩似乎是成功了──如果失敗，她不打算多做無謂的掙扎，會直接放棄吧……但這個名叫零崎軋識的男人似乎命不該絕。

嗯，也好。

既然一開始就說過不問生死，自己的這番行動，對於那個軍師來說，就算不在她計算之內，不過也僅是在誤差範圍內吧。

她並不是慈悲為懷。

只是覺得違背良心。

「有時想一想──或許我在這裡斷送性命會比較好吧。那個軍師似乎今後又會搞出更莫名奇妙的名堂來──……那麼日後若還有機會，再一決勝負吧。」

下次一定要堂堂正正的。

彼此之間──絕不留情。

假面女僕第一次像個侍女一樣，深深地一鞠躬後說道，然後轉過身背對雖然已經復活但仍未清醒的零崎軋識，邁開了腳下的步伐。

並非前往山頂。

她不會前往山頂。

那是下山的方向。

自己的任務──剛剛就已經結束。

「……不過，就算是為了大小姐什麼都可以做，但只有那個軍師，真的是不想再次和她扯上關係──」

就是這樣。

雀之竹取山第一回合、零崎軋識對假面女僕。

假面女僕、一勝——

殺人鬼・零崎軋識——愚神禮贊這次的敗北，真正發揮萩原子荻預期效果，已經是兩年以後的事了。

◆　◆

…………

……………

……………………

…………………………

闇口濡衣。

隱身的隱形。

在暗殺者集團（assassin guild）、「殺之名」排名第二、也是在「闇口」之中最具象徵性的，反過來說，是意義上最符合「闇口」風格的刺客——也可以說是「闇口」象徵人物的一名暗殺者——但是只有這次，濡衣並未接獲要求刺殺零崎雙識的命令。

反而還對他說『不必過於勉強』。

用不著她說，只要不是直接為自己的主人辦事，濡衣可是不打算勉強自己或浪費心力——軍師，那個軍師，特地這樣向他吩咐，應該是別有用心。

也就是說這次的工作，似乎蘊含著其他陰謀。

雖然那位軍師絕對不會讓他察覺——但調查零崎雙識、「第二十人地獄」、自殺志願這名殺人鬼是個怎樣的一號人物——是闇口濡衣的職責所在。

無論勝敗都無妨，只要有結果就好——她如此說道。

是這麼一回事嗎？

這與下達給假面女僕的『無論生死，只要絕對地勝過零崎軋識』的指令相比，似乎有點相像卻又截然不同——反過來說，這一回比起零崎雙識，重心主要放在零崎軋識身上。對付零崎雙識，**如果進行得不順利**，就留待下次再解決——大概是這麼回事吧。

但是。

究竟做這些有什麼意義呢？

闇口濡衣開始思忖起來。

從剛才開始那個男人就一直在四處逃跑。他似乎完全沒有打算要尋找濡衣身在何處、或者是從何處攻擊——當然，就算他要找也不可能找得到——總之，他看來絲毫沒有要戰鬥的意思。

「反正殺人鬼……就是這麼一回事吧……不是『殺手』也非『暗殺者』……反正殺人

鬼……只會殺了比自己還弱小的人吧……不過就我而言，無論哪邊都無所謂啦。」

和我沒有關係。

和我的主人無關。

闇口濡衣小聲地嘟噥著，並在竹林之中迅速移動。雖說是在移動，卻一點聲響也沒有——既無留下足跡也無腳步聲，他通過後和通過前的景色沒有兩樣，就連一片枯葉也沒有更動位置。

濡衣移動時，不僅鳥獸、連昆蟲都無法察覺。

他疾速奔跑，周遭的空氣卻文風不動。

完美的尾隨。

無瑕的追蹤。

很可惜，今天的他沒有什麼幹勁，對工作也不感興趣，所以無法使出全力。如果在精神狀況良好的時候，他這個隱藏氣息的專家，有自信能夠逼近對手的正面一公尺之內，並且神不知鬼不覺地將利刃刺進對手的咽喉，直到鮮血噴濺出來之前，都不被對方發覺。

這便是闇口濡衣。

他的真面目只讓主人看見過——就連那位主人，看見濡衣真面目的次數也不多。濡衣並不希望自己的存在造成主人的煩惱。

自己是虛無。

自己是闇黑。

闇口濡衣有這種自覺。

「相對的……那個男人、零崎雙識。說真的，因為聽說他是殺人鬼集團零崎一賊的第一接班人，我還對他有所期待……只有那點程度嗎？……好像就只是莫名奇妙一直在說角色怎樣之類的自言自語……也沒有必要一定得殺了他……不過這麼麻煩的工作又是透過主人傳達給我的……先在這裡殺了他嗎……不，不可以想到『殺』這件事吧……在恰當的地方，讓他一蹶不振嗎……」

順帶一提——這看來雖像是理所當然，但和假面女僕所採取的策略並不一樣，這個『不殺的殺意』並不是軍師‧萩原子荻所傳授的主意，而是闇口濡衣原本的戰鬥方式。不用殺他、用不著勉強自己與他戰鬥、而且也沒必要一定得分出勝負，萩原子荻下達這樣的指示——對濡衣來說，儘管那是透過主人傳達的「命令」——那是逼不得已才選的手段，將自己的安全性提昇到最高。

「『殺意』……嗯，依這意義來說，所謂的零崎一賊便是『殺意』的聚集呢……是叫作D‧L‧R症候群嗎？不，這是多管閒事嗎？真是可怕可怕……居然能若無其事地殺人……我著實無法想像呢……光是想到有那種團體存在，就令人鬱悶……那麼、接下來。剛好空下一段恰當的距離。」

柯爾特左輪手槍。

以兩手架起——正要瞄準目標時。

「……呃呀？」

零崎雙識——從視線之中消失了。

明明到剛才為止，他都還在那裡。

「咦……我明明沒有移開過視線啊……也沒眨眼睛……哼嗯……原來如此，比我想的還厲害嘛……」

手槍在手掌間旋轉——並以兩手反手握住。他以小指而非大姆指扣住扳機、大姆指支撐住握柄。

他面不改色。

不，其實是看不到的。

因為沒有任何人能捕捉到他的身影。

「不過……就算躲起來，也毫無意義哦……自殺志願先生。」

所謂的追蹤術，並非是指絕對不會跟丟敵人身形——**而是指即使跟丟了，仍能夠持續追蹤目標**，這便是闇口流的追蹤術、還有追捕術、追殺術。

暗殺術。

有著人類體型這樣的巨大物體能夠不留下任何痕跡的移動，這本來就不是件輕而易舉的事。不過若是對於精通此術的濡衣而言，就另當別論……

「他應該是會往山頂去……不、但是，從他沒出息地到處逃竄的樣子來看，他也有可能想捲起尾巴，試圖從這個戰場中脫逃吧……」

濡衣以從容不迫的態度，追尋著零崎雙識的**蹤跡**。

絕對從容的態度。

沒錯。

他忘記了。

與其說是忘記——該說是沒有意識到。

因為他處於追蹤對方的立場——所以沒有意識到。

這裡叫作戰場——

他沒有意識到，這就**代表著彼此互相殘殺**。

就算濡衣再怎麼沒有殺意。

他卻沒有意識到，對手是個殺人鬼——

對『殺意的聚集』——零崎一賊而言。

那是挽回不了的大意。

「……？」

儘管如此，身經百戰的闇口濡衣，並沒有難看的發出慘叫、也沒有陷入恐慌，但還是——因為驚愕而停止移動。

不，是不得不停。

右腳——

右腳踝被捕獸夾夾住了。

鋸齒狀的鐵齒從左右兩邊——牢牢地咬住、攫住闇口濡衣本不可能遭到捕捉的足踝。

皮膚綻開。

刺進肉裡。

深達骨髓。

鮮血濺出。

「……這……這是……怎麼一回事?」

為什麼這種東西會?

他先估計遭受到的損傷,為了取得平衡,將另一邊的左腳向後退——

就在他向後退的時候。

又一個捕獸夾。

同樣地——挾住腳踝。

「……!」

因為這道衝擊——他回想起來。

對了。

那個軍師曾經說過。

這座雀之竹取山中已預先在四處設置了各式各樣大大小小的陷阱——針對這回入侵至雀之竹取山的零崎一賊，作為**偽裝**而設置的陷阱——

「但是……那應該都只是在山腳地帶而已……而且，像這種偽裝的陷阱，怎麼可能夾到我……！」

這時——察覺到了。

零崎雙識。

那個男人。

那個殺人鬼。

怎麼會沒有馬上明白呢，這種東西——一定是他設下的吧。那個殺人鬼……他一定不僅僅是避開這些為了偽裝而配置的陷阱，還偷偷地回收——為了**再次利用**。

然後。

這次並非偽裝——而是真正的設了陷阱。

「想……想對我闇口濡衣進行陷阱戰嗎？……零崎雙識！竟敢這麼瞧不起人——」

他先將柯爾特左輪手槍收起來，以雙手竭盡全力地硬是將緊閉的捕獸夾扳開。先是左腳、然後右腳也重獲自由。沒事、傷口並沒有很深——如果傷到阿基里斯腱的話就糟了，幸好他是往前後踏出，而不是往左右踩出腳步。

零崎雙識……！

沒想到他裝作一副不停逃竄的模樣，卻只是在牽制他……利用剛才這段時間，他究竟移動到哪裡去了呢？如果是走遠了那還好，但相反地也有可能正在接近自己……

攻守交替了……？

不、怎麼會、不可能。

「……怎麼辦……該如何是好……？」

像在詢問自己一般，濡衣喃喃自語。

既然對方反擊了，判定前方為危險地帶，而先行撤退也是一個辦法——他不敢說自己已經完整搜集到關於零崎雙識的情報，但此時濡衣也完全沒必要勉強自己追上去。

不、可是……

即便如此，這個時候……尚未結束。

一思及此。

濡衣的視線驟然變暗——感覺上並不像是烏雲罩日般緩緩籠罩，而是以一種更明顯的速度湧來。闇口濡衣在一瞬間察覺之後，不待確認上方就當場一躍向前方滾去——

恐怕在高聳入天的竹子上頭，也架設了獵捕肉食動物時所使用的鐵製粗網吧——看來是被某個機關引發（大概是和捕獸夾之間有著某種連動關係吧），然後落了下來。千鈞一髮之際閃過了，若被捕獸夾引去注意力、再慢一點察覺到頭部上方傳來的氣息和空氣流動的話，就非常危險了——

當他這麼想時，前方出現二段式的陷阱。

躍起後身子滾動的前方，是一個凹洞。

連小孩子的惡作劇都說不上的，太過原始的陷阱——但單純以一個二段式陷阱的第二段來說，實在非常有效。

「……咕！」

他迅速向兩邊撐開四肢——防止落下。

凹洞不算很深。

可能是他本來就沒有太多閒工夫挖洞，所以利用了原本就有的自然凹洞吧——但是深淺並非問題所在。

在洞穴的底部，插置著尖銳的竹子。

竹管被斜向切開，像竹槍那般。

「竟一邊逃走……在之前以那個愚蠢的剪刀切斷竹子，就是為了這個埋伏嗎……？」

接二連三的——陷阱層出不窮。

怎麼回事……這究竟怎麼回事？

零崎雙識應該是一名殺人鬼。

這麼一來他簡直就像是個陷阱專家嘛。

並非事先準備的縝密安排，而是順手使用戰場裡現有的東西，並做出了這樣的陷阱……一開始為了偽裝所設置的陷阱中，並沒有炸藥之類的機關，這時該說是不幸中的大幸嗎……

「我不再迷惘了……現在就明確地下決定……在這裡撤退吧。」

濡衣謹慎地從洞穴中爬出來，一邊這麼說著。

「『對零崎雙識不能大意』——這已經成為貴重的資料了吧……那麼我也完成了我的任務……這之後不管是勝或敗、是生是死都與我無關，總之我已經脫離任務了——不然我可會遭人怨恨。」

被那種人怨恨的話，他可是避之唯恐不及的。

爬出來的方向——向後退。

和零崎雙識的痕跡反方向。

那是逃離零崎雙識的方向。

「這一回就先將勝利讓給你吧、自殺志願先生——」

倒退。

但，那是不切實際的吧。

是不切實際的行為、不切實際的決定吧。

為什麼這麼焦躁呢。

一點也不像以隱身聞名的闇口濡衣。

從迄今的戰鬥中，闇口濡衣的**戰鬥性格**已經被零崎雙識看穿——只要稍微陷入危機、就算並非真正的危機，只要是類似於危機的東西一映入眼簾，闇口濡衣便會輕易地撤退。而這一件事對零崎雙識來說，可以說是最早納入考量範圍的應對條件之一。

那麼。

雙識會斷了他的退路，也是理所當然。

「……**啊**。」

竹子——許多竹子倒在地面上。

被切倒在地上。

零崎雙識搞的鬼。

他一邊逃竄，一邊隨手將身邊的竹子逐一切斷——但那是為了在洞穴中架設竹槍的伏筆——不過。

不僅是如此。

倒在地面上的竹子間，只有一株。

沒有被砍倒的竹子。

根還——與地面連接。

它被硬是**壓彎**——**盡其最大限度地壓彎**倒下，**混進**慘遭切斷的竹子當中。有一株還活著的竹子就在那裡。

要隱藏樹木就藏到森林裡。

然後。

為了逃走他的左腳踏出了第一步——由於捕獸夾所造成的傷口，闇口濡衣的左腳被一種異樣的觸感所包覆，和正常的感覺有著些許的不同——在他踏出的左腳所踩踏的那個地點。

被土壤所覆蓋著。

卻有個編成輪狀的鎖鏈。

「鎖……鎖鏈？」

為什麼——有鎖鏈？

之前裝設的陷阱中有鎖鏈嗎……？

當然，闇口濡衣不會知道。

他絕不可能會知道，那是零崎雙識為了將他心愛的弟弟帶來這座雀之竹取山時，所使用的堅固至極的鎖鏈。

這時——竹子彈了起來。

因為它是活著的竹子。

依照當初被壓彎地程度——彈回原樣。

「……！」

作為萩原子荻對付零崎軋識的計策，這片為了削減他的戰鬥能力而量身訂做的竹林戰場——反而成為讓她被反將一軍的陷阱之地，這是她萬萬預想不到的。

那正如同、放長線釣大魚——

◆　◆

「嗯……嗚呵呵，看來那傢伙已經落入我真正的陷阱裡了呢。該說是真正的呢、還是主要的呢。」

零崎雙識站在離那個地點相當遠的地方，聽見竹子彈起的聲音。那個陷阱正是若沒人上鉤的話，便不會有所變動的類型，這麼一來，雙識終於從他那陰險的攻擊中得到解放——當然，如果敵人只有他一個的話。

「真是粗心真是粗心……經驗多就是不一樣、經歷豐富就是不一樣，和我零崎雙識相比誰都一樣。嗚呼、嗚呼呼。陷阱這種無聊的東西，早在記住酒精的味道之前就熟到不行了。這樣一座山真像是個玩具箱。」

這是。

這便是百分之百的零崎雙識。

不使用「自殺志願」的——零崎雙識。

還有一個，只有「第二十人地獄」——只有他被這麼稱呼時，是還沒被稱作自殺志願以前的零崎雙識。

「那麼、嗯……該怎麼做呢。」

他解開隱藏住的氣息。

因為他非常討厭動用到心神，別說是一般時候了，他連在戰鬥中也很少隱藏氣息，儘管還做不到闇口濡衣那樣的程度，但在躲避敵人追蹤時，適度地隱藏氣息，零崎雙識倒還能做到。

但因為很耗心神——所以不做。

也不想做。

那種是虛無或闇黑。

「對對、我就是那樣的角色——想起來了。零崎雙識在迷糊中的勝利姿態最帥了。」

嗚呵呵地笑道。

那個笑容真正——的確是零崎雙識。

不可能是他以外的任何人。

「嗯……好像有點和什麼東西混在一起了——『強者的氣息』現在還沒消失呢。不過，和誰開始戰鬥了呢？……是人識吧。先去那邊嗎……不，在那之前，至少先確認一下這個敵人的身影吧。測驗的結果不用說，很顯然地就是『不及格』——」

零崎雙識全然不知道，這句話的意思就代表他接下來要去會見那個據說只有主人才看過真面目、雖然還活著卻已成為傳說的暗殺者、隱形的濡衣本尊。雙識開始往他的方向前進。幸好，那和前往山頂的路線一致——就算要趕到人識那邊支援他，但反正他也在山的另一邊，一定得經過山頂才行，雙識心想這反而還是最短路徑。

「反正戰鬥都開始了，現在才去已經為時已晚了……實在忍不住著急了起來，不過就算著急，可能也是毫無意義呢……嗚呵呵。嗯、這搞不好正是讓人識脫下他假面具的機會呢……不過我身為一賊的長兄，還是得儘可能做些事才行——」

為了製造之後說給軋識和人識聽的惡作劇笑話，雙識邊特地引動自己設的陷阱，邊像漢賽爾與葛麗特一般，反方向地循著他之前為了讓敵人得以追蹤時特地留下的痕跡走——

一株粗大的竹子上下顛倒地垂吊著。

看到了一個女國中生。

「討、討厭啦——」

由於被倒吊著，那個女國中生拚命地壓下她那理所當然整個往下翻開的裙子——

◆　◆

很可惜地，這個清純的女國中生，並不是那個散發出可怕殺意的暗殺者——闇口濡衣的本尊。

她是誰呢。

吊在那裡的，是萩原子荻。

「……是到這裡吧。」

不久之前。

山頂附近。

雀之竹取山——聽見市井遊馬在南側布下的「絲線」，遭到他人以驚人的速度被切斷這項消息——

萩原子荻如此說道。

「看來有個預定外的登場人物、而且是相當不合規定的登場人物混進來了呢——所以交易就取消了。」

「對不起……抱歉。」

遊馬——對於她那太過冷淡的態度，不由得忘記對方的立場不過是個學生，發自內心地脫口道歉。

「怎麼會、怎麼可能……被入侵到如此內部的地方，竟然沒有注意到……不可能，我的『絲線』——」

「那不是老師的責任喔，請妳不要介意。或許我這麼說相當失禮，但是我已經完全掌握住老師的能力了——因此，老師沒有任何失敗。單純只是出現了一個超越妳的對手而已。」

「……」

超越她的對手。

「是誰呢……零崎一賊裡的其他人嗎？」

「應該不是吧——當然，也不是我瞞著老師所準備的伏兵。由於可能妳會懷疑我，所以我先特地開口否認——」

「妳沒有頭緒嗎？**如果是妳的話**——」

「大概是……等等。」

子荻想說什麼，又停下來。

「這已經和老師沒有關係了。」

「妳說沒有關係……」

「既然那個人超越了老師的『絲線』，而能夠入侵到內部干涉我們的話——這之後的事情進展，老師就已經不能再參加了——如果妳以戰士參加的話那另當別論，不過身為巡哨武器的市井遊馬已經毫無利用價值了。」

「……！」

以滿不在乎的神情，說出尖銳而傷人的話語——但一切正如萩原子荻所說，竟然在對方行動之前，她都無法發現到對方的存在——做為雷達探測器已位居二流以下。

進不了正式比賽。

在預選就落選。

但這是——極為衝擊的事實。

代表毫無用處。

在戰場上根本毫無用處。

這——

比身為道具還要感到更加屈辱。

或許是明白到遊馬的心情吧，子荻像是要改變氣氛般，適時地以爽朗又明亮的聲音「嗯！」了一聲

「嗯，能夠通過最低限度的習題，所以就算是及格吧——老師。先不管南邊，北邊的『絲線』還留著吧？明子和愚神禮贊的決鬥怎麼樣了？」

「咦……？啊、啊啊。嗯——」

她慌忙地探測著。

她注意力都集中在南邊的「絲線」上，所以都疏忽了另外一邊——真是恥上加恥。閉上眼睛，集中精神。

「……正面對面擺開架勢。大概正如妳的策略——那個場面看起來，似乎正是明子朝零崎軋識的心臟揮出一擊必殺的拳頭的模樣。」

「嗯，很好。」

子荻一臉笑意。

在計算錯誤的這個情勢中。

「這麼一來，有點在意自殺志願……太得意忘形了。那邊的情況怎麼樣？老師。」

「那邊——啊。這下……可能不太妙。」

「可能不太妙？怎麼一回事？」

遊馬將她透過「絲線」感知到的事實，據實地說出——零崎雙識在對付闇口濡衣時，似乎以他在雀之竹取山山腳下回收到的各種陷阱，又重新設置了高明許多的陷阱。

「哎呀、是嗎……果然不可能嗎？不過，其實也是在預定內，派一個人就夠了……不過，連排名在前的濡衣都辦不到……到底怎麼一回事呢。」

雖然子荻看來有些遺憾，但那似乎也是在預料之內，沒有什麼太大的反應，只是平淡地繼續思索。

「……是啊。這麼一來，就要請濡衣退出了嗎……那欠我一次。」

「妳打算怎麼做？」

「老師。我對老師有一個最後的請求。」

子荻說道，強調最後的那個字眼。

「並不是請妳做雷達探測器的工作，老師，能夠請妳一直待在這裡，等待贏得勝利爬上這裡的人嗎？我想會是南邊的某個人吧。」

「南邊的、誰？」

這麼說來——西条玉藻。

子荻掛心的零崎。

還有——身分不明的違反規定的第三者。

「第三者大概不會爬上山來吧，所以我想會是玉藻或『他』兩人其中一個——如果到太陽下山時都沒人來，那就先撤退吧。**帶著那個帳篷和裡頭的所有東西。**」

「妳不擔心——玉藻美眉嗎？」

「我很擔心喲，畢竟是可愛的學妹嘛。」

子荻迅速回道。

「只不過，已經完成了較優先的工作，所以這邊就決定交給老師。就拜託妳了。」

對於萩原子荻冷淡的態度。

其中完全感覺不出來方才觸及玉藻的話題時，她所顯露出來那符合年紀的舉止。

就像是——

那也是演技一樣。

「……妳要怎麼做？」

對此，她什麼也無法說——

既然什麼也做不到，就什麼也無法說——

市井遊馬只是如此詢問。

萩原子荻將手指抵在眉間。

「嗯——」地低吟。

「可以的話，我想在稍後一點才直接接觸……不過呢、就先進入那個戰況中吧。」

然後子荻低頭看著自己的身體。

「是啊……這身運動服裝扮感覺好像太過隨便了呢……雖然是標準打扮，但不妨就穿著澄百合學園國中部制服來萌一下吧。」

◆　◆

也就是說——事情經過就是如此。

萩原子荻代替了闇口濡衣，落入零崎雙識所設下的陷阱中，頭下腳上地吊著。

順帶一提，闇口濡衣也是不小心觸碰到了陷阱的機關，但他在千鈞一髮之際躲開。若子荻沒有聯絡他的話，可能現在還在持續戰鬥吧——他已經和假面女僕一樣，下山了。

隱藏起氣息。

宛如一開始就不存在一樣。

當然，子荻沒有看見他的面貌也沒有聽見他的聲音——完全就是向闇口濡衣借來的戰力，子荻並沒有要再深入瞭解的意思。

因為他也是——在預賽落選。

「…………………」

「討、討厭啦——請、請救救我！」

子荻發出悽慘的悲鳴。

而零崎雙識不知是否有聽見子荻的呼喚，並沒有任何回應，視線緊盯著子荻裸露的大腿，目不轉睛地凝視著。

「……那、那個——如、如果可以的話、如果有空的話，希、希望、你能救我下來。」

子荻一副走投無路的樣子，不用說那當然是假裝的，但她並沒有特殊的強悍軀體，可以長時間忍耐被倒吊起來的嚴酷狀態。想早點從這種狀態中獲得解放，確實是她的真心話。

「……」

不過雙識——依然保持沉默。

糟了。

難不成被視破了……？

不過她這身澄百合學園的制服，不可能會引起他的警戒心——外表看來只是間大小姐學校，和「殺之名」等等之類的血腥事物完全無緣，所以他看見吊在那裡的子荻，應該不可能發現到子荻是敵人、而且還是幕後黑手。

應該、是不可能……

但這個零崎雙識——

連那個闇口濡衣都先下手為強搞定了——

「啊啊！對了、要救妳才行！」

終於。

好像現在才注意到一樣，雙識大聲嚷道。

「妳的名字是？」
「咦、呃……」
子荻完全沒有想到在獲救之前，會保持在這種狀態下被問名字，所以有點困惑。
「荻原、子荻。」
在這裡沒有必要使用假名。
因為在聞名的貴族女校・澄百合學園中，有一名叫荻原子荻的學生註冊入學這件事，是鐵一般的事實。
「是子荻美眉嗎？真是好名字呢！」
……雙識不知為何看來非常開心。
他是在開心什麼，就子荻來看也完全不明白。
在說這些之前，頭部，充血了……
吊在半空中，真的、再這樣下去……
「那、那個……」
「嘿咻、嗚呵呵呵、是啊！話說回來子荻美眉、先讓我問一件事就好，妳覺得緊身褲這種東西怎麼樣？」
「咦？啊啊、因為夏天時會很悶熱，所以我不怎麼喜歡……呃，為什麼你會在這種時候問那種問題？」

「這當然是重要的伏筆啊！具有非常重大的意義！『這種時候的那個問題就是為了現在』，妳總有一天會明白這句話的！來吧！那麼，子荻美眉，抓住我的手吧！」

雙識說完伸出雙手。

不，就算他伸出雙手……如果要抓住他的手，當然，子荻就不得不放開她壓住裙子的雙手……而且在這種單腳被鎖鏈吊起來的情況下，抓住下面的人的手這件事，到底有什麼意義啊？

「快點！在為時已晚之前！快點從那件怎樣都好的裙子上把手移開！」

「那、那個……可、可以的話，先別管我的手，您可以想辦法解決一下鎖鏈嗎……」

「嗯？是嗎？可是我覺得應該要先牽牽小手的。不過，既然子荻美眉妳都這麼說了，那也沒辦法了吧……」

雙識明顯一臉不滿，依依不捨般地嘟噥起來，然後將手伸進西裝內側。拿出了愛用的大剪刀——

「自殺志願」。

——那就是「自殺志願」。

她當然是第一次親眼見到……

看來十分缺乏實用性，但的確一把很有威迫感的猙獰凶器，讓人光看就覺得這把武器大概飲下了不少鮮血。如果是精神正常的人，一點也不會想要觸摸。

「嘿！」

雙識輕輕地單腳躍起，伸長握住大剪刀的右臂，對準將子荻倒吊起來的鎖鏈——以「自殺志願」**啪喳地**剪成兩斷。鐵製鎖鏈的硬度在「自殺志願」的刀刃面前似乎毫無招架之力。當然雙識擁有的精湛技術也是主要原因——

由於鎖鏈被切斷，子荻理所當然地掉落下來。

並且小心不被察覺、若無其事地採取防護。

只是要讓對方看來她像是丟臉地、無計可施地、順從重力掉下來。由於下方是柔軟的地面，所以只要小心注意不要扭傷就沒問題。

「……沒看見。」

雙識低喃一聲。

是沒看見什麼呢？子荻反射性地拉好裙襬。

「真是非常感謝您……那、那個，如果可以的話請教您的大名是？」

「我是零崎雙識。」

「咦？啊、是——」

沒想到他會毫不抗拒地對一般人（看來是這樣的子荻）報上零崎的姓氏，真意外……不，這麼說來，她曾經聽說零崎雙識是**後天性的殺人鬼集團**、零崎一賊中唯一一個沒有**零崎以外的名字**的殺人鬼……那時她只覺得「那種事怎麼可能」，而覺得半信半疑。

「妳那是澄百合學園的制服吧?」雙識說道。

看來他知道。

「對吧?領口與袖口的設計,是一大特徵,在其他女校當中,很少看見這種款式,所以我立刻就認出來了。」

「是嗎——是的,正是如此。」

就她而言,省了說明的時間真是幫了大忙——澄百合學園本身很有名,但並沒有連制服設計都廣為人知……嗯,關於這件事,其實只要出示學生手冊就好了,所以也不算會花很多時間……不、等一下,但是為什麼那個看來明顯年長、至少相差超過二十歲以上的零崎雙識,對於女校的制服會知道地那麼詳細呢?這個,說不定他只是碰巧知道而已……

「那、那個……零崎先生。您救了我,我這麼說可能不太恰當……但能請您收起那個剪刀嗎?」

人家有尖端恐懼症。

她補上了這一句,讓自己看來極度嬌弱。

畢竟對方是殺人鬼,不知道會在怎樣的契機下萌現殺意、她可不希望對方一時興起殺了自己——她這麼想著而發表聲明。

「嗯?啊啊、這個嗎?啊啊、抱歉、抱歉、我身為一名紳士,竟然在女孩子面前拿出刀刃,這真是太失態了。」

雙識點了點頭，「嗚呵呵」笑了笑，然後——

「嗯——這麼危險的東西、嘿咻！」

將他愛用的大剪刀、也是他自身綽號由來的「自殺志願」往竹林的另一頭丟去。

「自殺志願」像回力鏢一樣不斷翻轉，不過當然不會再回到這邊，而是消失在竹林深處。

「妳看！這麼一來就完全不用擔心了、子荻美眉！安心了吧、太好了呢！」

「……」

這男人是個笨蛋嗎？

說明白點，這樣的情況真是再好不過，雖然他無法察覺，但子荻知道自己的表情有些抽搐。

「來！快抓住我的手吧！」

這次雙識面對落地後就蹲坐在地的子荻，伸出他的手。他既然朝自己伸出了手，這一次就無法拒絕。於是子荻握住他的手。

零崎雙識露出極為幸福的笑臉。

嘿嘿——這種表情。

「變……變態……」

「嗯？妳剛剛說了什麼？」

「啊、那個……呃、我是說變成這樣、事情變成這樣真糟呢……」

不由得說出真心話後，子荻被拉起身來，連忙如此解釋。

「啊啊、是啊、真是災難呢。是誰啊、做出這麼過分的惡作劇陷阱。」

就是你。

「一定是我弟弟，人識他就是愛玩這種無聊的惡作劇吶。這次我一定會好好地懲罰他，但請妳看在我的面子上原諒他吧，子荻美眉。」

「是、是……」

看來「他」，之前在觀察時見過的那個臉頰刺青的少年，名字叫做零崎人識，子荻機靈地將這項新情報輸入腦海之中，一邊思索著該怎麼應付眼前這個自己已經站起來了、卻還遲遲不肯放開手的雙識。

為了達成目的，果然情況還是比預期更好為妙，但是為什麼呢？這似乎不是她所期望的……感覺。

「不過子荻美眉有什麼事嗎？居然一個人跑來這種深山之中，就算沒有我弟的惡作劇也是很危險的哦！還好妳遇見的是像我這種光明磊落的紳士，不過一個花樣少女，這麼做還是太過於粗心大意了哦。還是妳是和誰一起來，結果走散了呢？」

「這個嘛——」

看來總算能切入正題。

對於澄百合學園的學生在這種深山裡，他不可能不起疑——以偽裝來說雖然很完美，或許不會被認定為敵人，但是就整體情況而言，還是令人起疑。

她早就準備好足以應付他人懷疑的理由——不僅是應付，若一切順利，甚至也能和**之後的一切**串聯起來，是個絕對完美的策略。

跌倒的話不光只是會站起來。

不管是在什麼情況之下，都會盡力讓事情好轉。

讓世界以自己為中心轉動——

這便是軍師——萩原子荻。

「零崎先生，您知道拜薩爾機構嗎？在離這座山不遠的城鎮上，有它的支部——」

拜薩爾機構對「殺之名」來說，是個關係不深的組織，但他應該知道這個名字吧——特別對於現在的零崎一賊來說，是個擁有特別意義的組織。那是因為萩原子荻作為「狙擊手」時參加了與零崎軋識的戰鬥，在那時**所利用的**……並犧牲掉的組織……講得簡單易懂一點，是拜薩爾機構的敵對組織——

「……」

不過。當子荻一提及拜薩爾機構時，雙識又開始左顧右盼了起來，並且莫名地開始在意起天空來。

好像在聽、又似乎漠不關心。

……難不成他沒有興趣？

完全不熱中。

態度和剛才至今截然不同……

甚至也不隨聲附和……

「……呃。」

變更路線。

子荻改變想法。從至今的傾向來看……

雖然她不太想這麼做，但只能放手一搏……

「我病弱的媽媽就住在那個支部隔壁，因為她說無論如何都想要吃到香菇，所以我才偷偷溜進來採香菇的！」

「哇——、真是太了不起了！」

如她所料，零崎雙識的反應很強烈。

但又覺得好像失去了什麼。

某種沒有形體的東西，但非常重要。

但她不得不繼續說下去。

因為那個大人還哇哇地喊叫著。

以那麼無憂無慮的笑臉。

他的確已經完全提起興致了。

雖然有些遺憾，但方向是對的。

這麼一來，就當拿起毒酒。

「太完美了！來吧、再多告訴我一點事情、讓我再更開心一點吧、子荻美眉！」

「我也知道我做了壞事，但一想到是為了媽媽我就無法忍耐！會遇到這種事一定也是天譴吧！不過能夠得救，真的是非常謝謝您！」

「不不！別在意、根本不用放在心上哦、子荻美眉！不管其他人說什麼我都會承認妳的勇敢！妳無庸置疑地『合格』了、滿分一百分、子荻美眉！」

「哎呀！您真是太溫柔了、零崎先生！」

「叫我零崎先生真是太客氣了！子荻美眉和我感情不是很好嗎？就不用客氣了！隨便妳愛怎麼叫我就怎麼叫吧！」

「……、那、那、我叫您大哥哥可以嗎？」

「妳儘管叫吧、叫得大聲一點！」

「大哥哥！」

「太小聲了、再叫一次！」

「大哥哥——！」

…………

…………

現在的狀態，與其說是飲下毒酒，更像是深陷泥沼吧……

於是這兩個人，軍師・萩原子荻與殺人鬼・零崎雙識，之後就在雀之竹取山裡轉來轉去，到處尋找美味的香菇。雙識似乎完全忘記了他方才感覺到的「強者的氣息」，不僅如此，就連軋識和人識、還有當初來到這個雀之竹取山的目的也完全遺忘，直到日落、就算日落以後，也一直勤奮地尋找著香菇。萩原子荻按照計劃、按照策略，成功地與零崎雙識——自殺志願，零崎一賊的最重要人物進行接觸，而且還成功地完成計劃以外的取悅殺人鬼這項豐功偉業……聽說這之後的一個禮拜，她陷入打從出生以來從未感受過的強烈自我嫌惡。

那麼，雖然最後變得有些亂七八糟。

儘管變成這樣，但還是說一聲。

雀之竹取山——第二回合、零崎雙識對闇口濡衣。

零崎雙識、威嚴獲勝！

◆　◆

然後，剩下的最後一場戰鬥——

雀之竹取山最終戰。

殺人鬼與殺手。

零崎人識和匂宮出夢之戰。

由此開始，兩人之間剪不斷、理還亂的因緣，最初就是由此次的決鬥開始——據說，之後則是意外乾脆、波瀾不驚地，且在一瞬間分出勝負。

乾脆地。

毫無意思。

只發生在一瞬間的戰事。

導致了往後三年內七次的相互殘殺，這場人識與出夢第零回的戰鬥——已經分出勝負。

左拳。

零崎人識的左直拳，

直接命中了——匂宮出夢的鼻梁。

在戰鬥開始後的下一秒。

在兩人身影交錯、互相重疊的那一剎那，出夢恐怕是要立時使出華麗的飛踢吧，雙腳已經騰在半空中，而人識將**骨折的左手**朝她的臉部甩去——加上全身的重量，讓她吃下這重重的一擊。

使出渾身力量砸上去。

也由於出夢的雙腳正離開地面躍至半空中，便直接挨下那一擊而向後翻飛、嬌小的身軀在空中迅速地旋轉兩圈——又以迅雷之勢用背部撞擊地面。

雙腳併攏起來後一跳——

呼咚地又一起落下。

「……你、你這混帳。」

匂宮出夢不打算站起來。

臉上明顯露出她不明白發生了什麼事、或者無法理解的混亂與疑惑。鼻梁雖然沒有被打斷，但慘遭毆打的鼻子，正源源不絕地噴出鼻血。

她不打算站起來。

和雙手被束縛住這件事並沒有關係。

只要她想，馬上就能站起來。

「你、你的手，不是骨折了？」

「啊？」

人識晃著他那原本該有問題的左手，舉至出夢能看見的位置，炫耀似地揮了揮——

「妳白痴嗎？那種事情，當然只是裝作骨折的樣子啊。只是用手臂去撞竹子這種程度，不可能會導致骨折吧，妳以為人是為了什麼攝取鈣質啊，我只是覺得有點麻麻的而已。那點麻痺還正好能夠刺激一下肉體神經呢。真是的，妳完全誤會了吧，我重要的左手，就算是一隻，怎麼可能為了妳這傢伙刻意折斷啊。」

哦、左手本來就只有一隻嘛——又說道。

零崎人識啊哈哈地笑著。

「是我贏了。」

「……」

「真是傑作啊——匂宮出夢。」

「嘎、哈、哈。」

出夢的嘴角揚起一抹冷笑。

那個笑容卻近乎苦笑。

像是——無法隱藏住自己的震驚。

居然落到這種下場……不管是腳底以外的部位碰觸到地面，還有再之前的，正面遭到對手毆打這兩件事——她的樣子彷彿在說——這都是第一次。

零崎人識無視於出夢的模樣，毫不留戀地轉身背對倒在地上的出夢，然後走近同樣倒在地上的西条玉藻。

才想說他打算做什麼——人識勉強地使用受傷的右手，將玉藻的身體揹到背上。他揹起玉藻。人識也不是身材魁梧的人——應該說，是身材瘦小的人，但論起年紀或是其他方面，玉藻又都比他更加嬌小許多，所以這畫面構圖並不算太奇怪。

但如果是認識零崎人識……或者是認識汀目俊希的人來看，都覺得這是一副不敢置信的光景——若是那些深知他性格的人來看的話。因為人識異常抗拒那種親密行為，無論是主動或是被動。

「拜拜啦，匂宮。啊啊、還有，如果妳想要遊戲對手的話，我介紹我大哥給妳吧。先不論個性光看外表的話，感覺上妳應該是我那白痴大哥喜歡的類型吧。所以無論今後發生什麼事，絕對不要再對我出手了。若是大哥不行的話，我再介紹其他的人給妳，總之，就是別再對我出手。」

「喀哈哈——」

出夢的臉龐滿是鮮血，但仍不斷笑著。

臉上完全看不見遭人暗算後的屈辱。

爽朗、但又殘虐的笑聲。

「喀哈哈哈哈哈！」

「我……可以走了吧？」

「哈哈哈……喀哈哈！」

「……」

「喂——零崎人識。我說過我很喜歡你，這句話是不會收回的喔。」

「哦……啊？」

「下次就讓我們以雙手來應戰吧——喀哈哈哈哈！變得很危險刺激嘛、變得很開心嘛！讓人很期待地獄般的終極戰鬥嘛、零崎人識！」

「妳有在聽別人說話嗎？……」

零崎人識又說「啊、啊，算了！隨便妳！」之後，背著西条玉藻緩慢地開始步行前進。朝著北方前進——也就是，朝向山頂。

至今，唯一一人。

只有一人以山頂為目標。

「咯哈哈哈哈——咯哈哈、咯哈、咯哈哈哈哈哈哈哈、咯哈哈哈哈哈哈哈哈哈哈哈哈哈哈！咯哈哈哈哈哈哈哈哈哈哈哈哈哈哈哈哈哈哈哈哈哈哈！」

那就是「食人魔」（Man Eater）。

直到零崎人識遠離之前，笑聲仍持續迴盪在竹林間。

匂宮出夢縱聲大笑——

好不容易終於聽不見了……

說不定她出乎意料地，仍然繼續笑著也不一定。

只是他聽不見。

或許、她還一直笑著。

「啊——啊……又被奇怪的人物纏上了……我該怎麼辦啊？為什麼我總是受一些奇怪的傢伙歡迎啊……也只能認為這是某人帶來的不良影響。」

跟蹤狂只要大哥一個就夠嗆的了。

人識仰賴著直覺和太陽的方向，朝著雀之竹取山的山頂，走上變得有些陡峭的斜坡，心裡頭忿忿不平地咕噥著——在他將匂宮雜技團本家成員的殺手稱為怪人，並且將之與和零崎一賊的突擊隊長、殺人鬼的大哥並列，都當作跟蹤狂時，一隻手臂從背後環住他的頸項。

「……飄啊——飄。」

「……哦哦。妳什麼時候醒來的。」

背後的人，理所當然，是西条玉藻。

背後和她緊密地貼在一起。

然後——西条玉藻環繞住零崎人識頸項的那隻手，當然是沒有骨折的左手。

「就這樣……稍微用力……就結束了。頸骨就，啪啦一聲。」

「……啊——啊。我知道了、我知道了。今天就算我輸了吧。」

「嘿嘿嘿。」

玉藻笑著。

一臉非常開心的樣子。

「贏了——」

「……真是的，今天到最後都這麼倒楣啊……這麼一來，不接受試煉可能還比較好呢。準備的部分，跟考試範圍完全不同嘛，這樣。大概在補考時，可以拿到好成績吧。」

「欸。」

「怎麼了。」

「為什麼說了謊……能告訴我嗎？」

「啊？怎麼，妳也可以正常地說話啊？而且還若無其事地用平輩的語調。我可能比妳還大上四、五歲喲？還有，什麼謊話啊。我又沒有說什麼謊。」

「因為……你左手不是骨折了嗎？」

「……」

左手。

打了匂宮出夢的左手——

儘管他對出夢說了那一番話。

但其實他的左手真的骨折了。

和右手一樣，下臂橈骨閉鎖性骨折。

況且還用這樣的手用力毆打人類的臉部，自然連尺骨也骨折了。順帶一提，由於他打的臉是屬於超出人類規格的匂宮出夢的臉，所以他從末端指骨至掌骨全部都遭殃。

就連現在——他只是讓玉藻的身體壓在背上，不管是他的右手還左手，幾乎都無法支撐住她。他只能讓上半身往前傾以取得平衡，用相當勉強地的姿態背著她。

「你不回答的話，可能脖子就會啪啦一聲哦。」

「威脅我啊……啊——喏，在可以說出口的事情之中，也有實話和謊話吧？」

「五——、四——、三——……下一個是什麼來著……跳過去好了、一……」

「知道了知道了。停止倒數吧。那個該怎麼說呢、這也不算是說謊吧。嗯……是啊。硬逼我說的話，就是為了維持自尊心。」

「自尊心？」

「沒錯，自尊心。」
「自尊心……是你的自尊心？」
「不是啦——是那傢伙的。」
人識理所當然似地說出這麼短短一句話——西条玉藻就只是回了聲「是嗎」便陷入沉默。零崎人識完全不明白她對於這個答案有何感想——西条玉藻的心理，可是連萩原子荻都無法理解的。
但是。
不知是否是因為那個答案的緣故。西条玉藻似乎決定保持沉默。
這是只有出夢和玉藻知道的事實。
其實西条玉藻的心臟，在承受匂宮出夢擊出的第一擊時——與匂宮出夢登場的同時，就已經因為受到衝擊而停止跳動，對零崎人識而言，他看來只覺得出夢在踐踏著玉藻已呈現無法戰鬥狀態的軀體，但是藉由第二次的踢擊，雖然還不至於讓玉藻恢復意識，但讓她一度停止跳動的心臟，再度開始鼓動起來——
這真是奇怪。
如同假面女僕對零崎軋識所做的事一樣。
「……飄啊——飄……飄啊飄。」
但是，玉藻決定保持沉默。
儘管不知道是否是為了那個答案。

但大概是為了守護某人的某樣東西。

雀之竹取山第四回合，零崎人識對匂宮出夢。

零崎人識獲勝。

順序顛倒了的第三回合，零崎人識對西条玉藻。

西条玉藻獲勝。

接著，因這兩場競賽分出了勝負，雀之竹取山進行的所有戰鬥，事實上已全部結束。

◆　◆

笑聲停了一會後——

匂宮出夢搖了搖頭，甩掉已經凝固的鼻血，直起了上半身。

「……哼。」

然後低哼一聲。

以斜眼偷窺般——往零崎人識和西条玉藻消失的方向瞪了一眼。即使是現在，出夢只要追趕上去就能輕易捕獲他們，但當然，她不會這麼做。

沒有必要那麼做。

因為今後——還有很多機會。

「原來如此……所謂的零崎一賊，似乎相當有趣。不過，該怎麼做呢……不、算了。如果我老是在玩的話，有人會生氣的吧。作為一名匂宮雜技團的成員，總之現在就先老實地完成任務。總之，現在暫時先這樣。」

出夢輕盈地交疊膝蓋後直起身子，然後大步往人識跟玉藻相反方向的竹林走去。

「『斷片集』——接下來，就剩下該怎麼向『斷片集』那夥人報告的問題了……不過，那是理澄負責的範圍，不是我該知道的事。雖然我想先隱瞞有關那傢伙的事……不過，不管怎麼做，之後情況似乎會變得相當棘手——話說回來。」

她突然環顧四周——

確認著所有曾經存在過的大量「絲線」，都已經消失了。出夢所切斷的「絲線」，好像也已遭到回收——是想不留下任何證據嗎？

「哼、『控線使』——手腕好像不是很高明呢。從絲線包覆整座山這一點來看，大概由二十人或三十人動作完成的吧。喀哈哈、如果那當中，至少有個厲害的曲絃師之類那就有意思了，但還是不可能有吧？——只是假裝讓人這麼以為吧？反正還不夠格當我的遊戲對手——」

嗯，有機會的話，下次就殺了吧。

她做夢也沒有想到，這句話竟然對自己未來的命運，含有非常譏諷的意義——

匂宮出夢，退場。

總而言之，現在暫時退場。

◆　◆

「……哎呀。」

雀之竹取山——山頂附近。

市井遊馬察覺到有一股氣息，正在接近她所處的位置——既然已經到如此近的距離，就已不再需要「絲線」，沒有那種東西也能明白。

來自南邊。

登上山頂的人當然是——臉頰刺青的少年。

還有，西条玉藻。

「……嗯。原來如此啊——」

兩個人……爬上來嗎？

兩個人抵達這裡嗎？

儘管是臉頰刺青的少年背著西条玉藻的情況，但兩個人就是兩個人。

這在遊馬的預料之外。

而且——大概也在子荻的預料之外。

雖然子荻並沒有明確斷言，但從她言語之中可以得知，她應該是預估只有一個人能到達這裡。

但卻是——兩個人。

臉頰刺青的少年。

已藉由「絲線」所了解的體形——遊馬自己非常清楚，他並不是回避了遊馬「絲線」的第三者，而是零崎一賊的「他」。

原來如此，看來「他」的確對於萩原子荻來說，是超出規定的——遊馬想起子荻昨晚說過的話，進而理解其含意。

的確如此。

不過，西条玉藻看來似乎正陷入沉睡……

「喲。」

好像毫無警戒般，臉頰刺青的少年幾近冒冒失失地就要走近遊馬身邊，並開口說道。

「妳是赤神伊梨亞嗎？」

「怎麼可能。大小姐才十幾歲哦，我看來有那麼年輕嗎？就算是拍馬屁，未免也太超過了點。」

「嗯——妳看來很年輕啊。」

臉頰刺青的少年說著，點了點頭。

遊馬已經趁著這兩三句對話的時候，在周遭一帶布滿了「絲線」——和至今密布在雀之竹取山上的無害的「絲線」不同，這次是以攻擊人體為目標的「絲線」。這是為了當少年對遊馬採取攻擊行動時，她能立即反應。

她只是不想和零崎一賊為敵——單論戰鬥能力的話，市井遊馬完全擁有超越「殺之名」那些異常人類的實力。

但是——

然而，先不論零崎一賊應有的殺意，這個臉頰刺青的少年身上，似乎完全沒有戰意。

「那妳、是什麼……敵人嗎？」

「不——我只是個偵察員。並沒有打算對零崎一賊出手。」

「啊是嗎？不過從剛才開始，我看妳好像就一直偷偷觀察我，這個全身都讓人想掐死她的少女，大概是妳的朋友吧？」

臉頰刺青的少年一邊這麼說，一邊將玉藻從自己背上放下來。這時她驚訝地發現到，這個少年左手也骨折了。以「線」偵測的時候她是知道他右手似乎骨折了……那是在戰鬥時受傷的嗎？

「嗯、說是朋友，也算是朋友吧。」

「那之後就交給妳了。啊——真是的，居然在別人的背上呼呼大睡——全都是黏答答的口水了啦。不過如果我是變態的話會很開心的。她真是棘手的傢伙。」

「……你不殺了她嗎？你是零崎吧？」

「啊？」

臉頰刺青的少年並非在裝糊塗——但是他沒有肯定也沒有否定，只是聳了聳肩。

「我對那種事其實怎樣都無所謂啦——那麼，那個赤神伊梨亞在哪？在那個帳篷裡嗎？不好意思，如果在的話讓我和她說說話吧——為此我還沒辦法參加學校考試呢！」

「**她不在哦**。」

遊馬回答少年的問題。

臉頰刺青的少年聞言，一臉目瞪口呆地「啊？」了一聲、或者說他的表情就像是突然被潑了冷水一樣。

「現在那個帳篷裡，放的是一個巨大的無線電——你知道什麼是無線電嗎？好像是因為要防止被竊聽，確保通話安全，所以一定得用那麼龐大的器材才行——」

「無、無線電？那是什麼？」

「你不知道嗎？」

「啊、應該是說，我當然知道無線電——那、先再會啦。」

「嗯。**所以，大小姐已經不在這裡了**——大小姐被送至更加安全的場所去了。不、就算作為偽裝，還是得有點意義才行，她前天似乎的確在這裡待過，但我沒見到她……好像在確定情報傳到你們那邊之後，就搭直升機離開了。」

的確。

是說過送至日本海中的某座島嶼。

遠洋中的孤島。

遊馬不知道詳細的地點。

「啊——……老大聽見一定很震驚。」

臉頰刺青的少年失望地垂下肩膀。

不過，他看起來並不會太沮喪。

子荻將遊馬留在此處，就是預設零崎一賊獲勝並登上山頂時，好讓遊馬來告知他們此事——但對於最重視家族愛的零崎一賊來說，這個臉頰刺青的少年的態度卻是意外地平靜。

「有什麼事，要說說看嗎？」

並不是因為這個緣故——但遊馬勸誘著臉頰刺青的少年。

「無線電連線的另外一頭，就是那位大小姐所在的地方。」

她閒暇時曾看見子荻在和赤神伊梨亞交談。

該說是閒暇時看見、還是趁機看見呢？

由於不是在偷聽，故無法確認，但說是進行偵查，感覺又不太一樣……

「不、算了。」

傳來這樣的回答。

「咦……沒關係嗎？」

「嗯，也沒必要說話啊。」

臉頰刺青的少年說道。

「因為啊——妳們很厲害嘛。」

「……什、什麼？」

「為了大小姐，每個人都那麼拚命。只是為了守護那個大小姐，就擺出這麼盛大的陣仗來迎接我們。雖然大哥啦、老大啦，都曾經說過這是『陷阱』，**但如果只是無聊的小陷阱，大哥和老大兩人不會都還沒抵達這裡的。**」

「……」

「**來到山頂上的零崎只有我一個人時，就會變成那種結果。**」

「什……什麼樣的結果啊。」

「已經擁有家族的傢伙，是不會成為我們家族的人吧？我們是因為不屬於任何的家族，才會聚集在一起啊。」

他斬釘截鐵地說道。

或許這個觀點已經離題了。

闇口濡衣和西条玉藻，他們並沒有保護家族的意志。就連遊馬，也是採取相同的立場。

但是，至少那個阻止了零崎軋識的假面女僕……她的確是為了赤神伊梨亞而戰。

而且，仔細想想——

想想萩原子荻的出身。

赤神家的直系血族、赤神伊梨亞和軍師・萩原子荻之間，絕對不會毫無關係——

儘管是以她作為誘餌。

但是，那只是假誘餌——藉由使用假誘餌，**才有辦法把事情安排至這種境界**，從結果來看，赤神伊梨亞已經被轉移到零崎一賊們無法追及的地方，而且人非常安全，毫髮無傷——！

雖然這個見解太過隨便。

「**反正，我本來就沒把那群人當作是自己的家人。**」

「……咦？」

「啊哈哈、真是傑作。那麼，我要回去了。啊——啊——、害我白白骨折、混帳、這個狀況真的和那句『賠了夫人又折兵』的白痴臺詞相當吻合嘛。真是太蠢了。啊啊、那麼，等那傢伙醒來後妳幫我跟她說一聲。說我下次絕對不會輸給她了。」

才說了一些讓人沒辦法置之不理的話，臉頰刺青的少年卻馬上轉過身，然後筆直地朝向前方走去。雀之竹取山北邊的方向……這次從他剛爬上來的方向直線走下去——大概是打算和軋識、雙識會合吧。

但還不知道能不能會合……

「……這座山的另一邊，有塊區域充斥著某人巧妙設置的各種陷阱，你自己小心一點吧。」

「咦？為什麼妳要告訴我？」

「額外優惠。」

「啊是嗎？我是零崎人識。」

「──是啊，就稱呼我為Zigzag吧。」

聽見少年報上名來，市井遊馬也說出自己的名字。

已經很久沒報上那個別名了。

「啊哈哈──好像是鋼彈裡會出現的名字呢（註14）。」

「經常聽人這麼說。」

「而且，很像快要迷路的名字。」

「是嗎？我倒是第一次聽到這種評語。」

「啊哈哈。嗯。那麼再會啦，Zigzag。玉藻是一定會和她再見面的，和妳也一定會再相遇吧。」

說完──他剛轉過來的頭再度面向前方。

停下的腳步向前邁進。

就這樣，臉頰刺青的少年──

零崎人識的身影馬上就消失無蹤。

自市井遊馬的視線中消失，再也感覺不到。

只有一分鐘的接觸。

和零崎一賊，生平第一次的直接接觸。

14　這裡是指初代鋼彈中，吉翁軍的機種薩克（zaku）。zigzag後半段發音和zaku很接近。

但是——

「……呼。」

遊馬緩緩地回收起「絲線」。

與其說是慎重，該說像是有些惋惜。

然後輕輕笑了。

並再次——

露出一抹許久未出現的笑容。

「那麼……我也該盡自己本分了……」

第一回合——勝者假面女僕、敗者零崎軋識。

第二回合——勝者零崎雙識、敗者闇口濡衣。

第三回合——勝者西条玉藻、敗者零崎人識。

第四回合——勝者零崎人識、敗者匂宮出夢。

總冠軍——西条玉藻。

雀之竹取山決戰——就此落幕

◆　◆

關於每一位登場人物之後的情形，先就此打住，任憑各位讀者盡情地自行想像……所以接下來的故事並不是後記，而是一段多餘的記事，至少用來對本故事的主角零崎軋識表達最低的敬意、或者作為雀之竹取山決戰淺顯易懂的表徵。

數日後。

先不論精神方面，但肉體上已經大致康復的零崎軋識，這日來到他愛慕的少女住處造訪——並不是想讓少女安慰自己、鼓勵自己或者治癒自己，只是單純因為他這陣子幾乎都集中在零崎一賊的活動上，然後想到自己最近完全沒幫上她的忙，僅此而已。

理由只是如此。

不，即使沒有理由也無所謂。

真要說的話，就是想轉換心情。

而且若不偶爾露個臉的話，在她的記憶區塊中，自己很可能在不知不覺之間就被歸類為『不必要的東西』。

那對軋識而言是難以忍受的恐懼。

寬大的居處——高級公寓大樓。

跟上個月軋識與人識一同襲擊的那棟公寓比起來，沒有那麼多樓層，但也只是輸在樓層多寡而已。

其他部分全都更為高檔。

電梯由於被一名伙伴給分解殆盡，完全無法使用，所以要到她住家的話得爬樓梯才行。因此若想見到住在最上層的她，首先最需要的就是體力。

玄關的門沒有上鎖。

根本不需要那種低階的安全系統。

對她而言，完全不用。

「暴君，妳起床了嗎？」

極端自閉的她，不可能會出門，所以只需要問她究竟是在這個寬敞空間裡的哪個地方。以前還曾經出動所有伙伴，千辛萬苦地尋找慘遭坍塌行李活埋的她。

附帶一提，軋識現在的打扮和前往雀之竹取山時完全不一樣。沒戴草帽、沒穿背心、沒穿鬆垮垮的褲子、腳上也不是涼鞋。

當然也沒提著裝有狼牙棒的皮筒。

軋識一身嚴謹的西裝裝扮，連領帶都打得相當工整。鞋子還是Ferragamo的最高級皮鞋。儘管和零崎雙識站在一起時，兩人的打扮十分相似，但他看起來還是比較像個正常人類。

說話的口吻也變得不一樣了。

並非說哪一個才是真正的他，但如果真要說哪一個像他的話，只能說草帽造型具有雕塑角色的效果吧。

「暴君。」

「我在這邊。」

傳來聲音。

澄澈得猶如晴空萬里的聲音。

軋識像被引導般，走向那邊。

「好久不見，暴君。雖然沒什麼特別重要的事，但稍微想讓暴君妳看一下我的臉，就過來了。」

「哼嗯，是嗎？辛苦了。」

軋識走到的房間中——少女正以九十吋大螢幕看著黑白電影。是軋識沒看過的影片。他只是興致缺缺地想著，演員是外國人，所以是外國片吧。少女大概也不是因為有興趣才看的吧。

少女全身一絲不掛、只套著一件黑色風衣，這是她平常一貫的打扮。她彷彿是獨立在時間概念之外，處於永恆的靜止之中。軋識如此想著。

「今天沒有其他人在呢——大家在做什麼呢？呃、已經大約三個月沒和暴君直接會面了吧？」

「正好八十二天又十三小時二十三秒。雖然剛剛好這點很厲害，但就算有超過兩個月，距離三個月還有點不足吧，小軋。」

說完——少女回過頭來。
面對她妖豔的笑容，軋識一陣緊張。
少女不介意地走近他。
然後。
「小軋，可以彎低一點嗎？」
她這樣說。
他照著做。
那一瞬間——被少女揍了一拳。
嬌嫩的粉拳打上他的右頰。
「……」
「看了那部電影，突然浮現以前一些令我厭惡的感覺，所以就心煩意亂地揍了你。你有意見嗎？」
「……不，沒有。」
「是嗎？真的？有什麼想說的就說，沒有關係哦。因為我們是朋友嘛。」
「是的，什麼也沒有。」
「是嗎？那，你可以說聲感謝您揍了我嗎？」
「感謝您揍了我。」
「沒關係，不用放在心上。」

少女心滿意足地點了點頭。

然後她就這樣走過軋識身旁。

赤腳發出啪嗒啪嗒的聲響。

看來她是打算走出房間。

「暴君，妳要去哪裡？」

「看到小軋的臉後，才發現我已經七十八小時沒有睡覺了，所以我決定要先去睡一會。如果叫醒我的話，就殺了你哦。」

「我了解了。」

「嗯，回答得好。啊、啊！對了，交代你一項工作。我看到了一間名字很討厭的企業，在我睡覺的時候去捉弄一下他們吧。做得好的話，就讓你含住我右腳大姆指六十秒，當作獎勵。」

「是的，我會全力以赴。」

軋識如此回答。

然後，想說在她睡著之前問吧。

對了。

才想起今天是為了問這問題而來的。

「欸！暴君。」

「怎麼了？」

「暴君有家人嗎？」
「沒有。」
馬上回答。
冷漠地馬上回答。
「那又怎樣？」
「不……」
軋識不由得苦笑。
那又怎樣、嗎？
經她這麼一說，的確。
「沒有麼啦，暴君。」

雖然他不需要安慰、鼓勵和治癒。
但暫時就先待在這裡吧——
零崎軋識如此想著。

TWO STRIKE.

零崎軋識的人間敲打

3 承包人傳說

◆　◆

這個時候。

零崎人識身穿立領學生服，呈大字型仰躺在某地方都市的小型機場跑道上。雖然這是個如果現在有飛機準備起飛，很有可能被輾平的位置，但目前是深夜，這座機場本日的航班已經全部結束，打烊休息了。人識倒在關門休息的機場跑道上，胸部上下起伏，呼吸帶動著肩膀。那表情有如無止盡地持續全速奔跑過後的疲憊，連一根小指都無法移動似的。

在人識的周圍，不規則地散落著數十支刀子——刺入地面的、沒刺入的、被折斷的、沒被折斷的、碎裂的、沒碎裂的，形態五花八門——而在更過去的一端，有一道彷彿正在俯視著他的身影，除了人識之外，還有另一人在深夜的跑道上。

呼吸沒有絲毫紊亂——精神飽滿地，笑著。

穿著皮褲，加上同樣材質的皮外套。

黑色長髮——用眼鏡將瀏海撥起。

是勾宮出夢。

「——一個小時了。」出夢她——笑瞇瞇地，說著。「竟然能在我追殺之下逃亡整整一小時，你果然不是泛泛之輩啊，零崎人識——利用刀子為彈幕，讓自己毫髮無傷嗎？好厲害——好厲害——好厲害——好厲害——你贏了個大賭注呢。不過呢，話雖如此感覺這次還是我贏了吧？很——好很好很好，這樣再加上，雀之竹取山的那一戰，算是一勝一敗平手。喀哈哈哈哈！」

「……」

大笑的出夢和——倒在地上，一臉無奈的人識。

他還沒喘過氣來，

「真是傑作……」人識說道。臉頰上的刺青無力地扭曲著。「什麼一勝一敗啊……這非常明顯吧。妳實力超出我那麼多……比試這種東西打從一開始就不成立。」

「嗄哈哈，或許如你所說吧——但是零崎，這次的情況也可以解釋為，你為了讓我這麼想而故意放水啊。你從一開始就沒幹勁的樣子，而且再怎麼說，這一小時裡，你也只是不斷逃走而已不是嗎？」

「遇到妳這種超出規格的對手，除了逃走以外還能怎麼辦啊——哪還有放水的餘地。我從大哥那聽說了。妳不僅是下一任王牌，還是匂宮雜技團的最終兵器不是嗎……我區區一個殺人鬼，哪有可能打得過妳。」

人識滿身是汗的苦笑著。

「要我求饒或是下跪都可以……不要再纏著我了。我會為之前毆打妳那件事道歉的。為了那種小事生氣，證明我還不成熟。對不起。」

「要是道歉可以解決問題的話就不需要殺手啦。你需要負起責任——讓我認真起來的責任，可不是下跪就可以解決的。無論如何，你都必須成為我的對手。」

「別擅自決定，喂！」

「目前來說，你的確比我弱很多——但是卻能逃過我出色的殺戮奇術，真有你的。不過，輸給你這種傢伙的歷史，可不能留在我輝煌的履歷上。所以，你得成長到跟我有不相上下的實力才行，零崎人識，今後我會更嚴格地訓練你。」

「……」

真討厭啊，人識小聲說著。

「難道說，妳太閒了嗎？」

「要說閒也是很閒啦。因為我是被隱藏起來的祕密武器，不能經常在公開場合露面。『妹妹』也是如此，不過我更加的……所以囉零崎，就陪可憐的我一起打發時間嘛！」

「這樣的話，妳要不要去找大哥還是老大啊？還是找曲識哥也可以……他們比我強很多啊！」

「啊——零崎一賊的名人那邊啊，但要是如此，『斷片集』的那群人大概會囉唆個沒完——……你說的大哥和老大，是指自殺志願（Mind render）和愚神禮贊（Seamless bias）吧？之前他們也在這座山上吧？他們真有那麼強嗎？」

「啊啊，很強——比我更強。」人識用平淡的口吻說。「特別是——老大，我根本不想對他出手。」

「……是哦？」

瞬間——出夢似乎被人識所言引起興趣，但馬上就「啊哈哈」地，像將它拋在腦後

般地笑著，

「我可不會上當哦。」她說。「我只對你有興趣啊，零崎。就算沒有『斷片集』，其他的傢伙隨便怎樣都好。我已經完全被你激怒了。不過，總之今天就先到此為止吧。已經過了一小時，我也該回去了。雖然沒受傷，總而言之，好好休養身體吧。這次的規則是兩手ＯＫ，什麼都可以使用，下次就來個有什麼限制的比試吧。在沸騰岩漿上的鋼筋戰鬥你覺得如何？嘎哈哈！」

「這樣啊，再怎麼樣都有下次啊……」

「啊啊。總之就是我和你持續分出勝負，最後是我殺了你，這是我心中的理想結局。」

「真是任性的傢伙……尤其是結局，真是傑作。」

就算如此，知道匂宮終於要回去這個事實，似乎讓人識安心不少。從他手撫胸膛這動作，明顯看的出來。比起因為不會被殺而安心，不如說是令人鬱悶的跟蹤狂終於要消失這件事令人鬆了一口氣。

「哦！對了，回去之前，我好歹也要拿一下這次勝利的獎賞才是。」

語畢，出夢靈活地跳著避過腳邊的刀刃，朝人識倒下的地方靠近，彎腰靠向明明沒被綁住卻動彈不得的人識，接著抱住人識的頭，毫無預警且毫不猶豫地，將自己的唇瓣貼上對方的唇瓣。

「……」

人識雖然想要掙扎，卻是徒勞無功。

就連掙扎也沒辦法。

別說是使盡全力，基本上體力就有差別了。

舌頭探入了口腔裡。匂宮出夢不但手臂長，甚至連舌頭也很長。即使人識奮力用牙齒抵禦，但卻被舌頭靈巧鑽入而變得毫無防備——似乎連舌頭強度都超出規格的樣子。在無計可施之下，只好用自己的舌頭抵抗，結果卻反而讓兩人舌頭彼此交纏。

「噗哈。」

經過將近五分鐘漫長的接吻之後，出夢站了起身。

「感謝招待。」

啊哈哈哈，她愉快地笑著。

「我忘記說了，零崎，每當我贏了的時候你就得讓我啾喔。相反的，要是你贏了，我就讓你啾——那麼就這樣，回家路上要小心哦。要是你就這樣睡到早上，可是會被飛機輪胎送上西天的。我真期待下次的比試啊，你可別被其他傢伙殺掉囉。啊！不過要是真有萬一，就叫我一聲吧，不論在哪我都會飛奔過去的。殺掉你的人一定是我，大概是這樣吧？咯哈哈，再見——」

丟下不用說也十分明顯，彷彿明天也會再見般，一派輕鬆的招呼——名列「殺之名」第一，匂宮雜技團團員No.18，第十三期實驗的功罪之仔，匂宮出夢，就這樣離去了。

不過。

不管是道別的臺詞，還是離去的背影，全都沒進入零崎人識的意識之中。他維持著大字型的姿勢……全身顫抖不已。

「殺、殺了妳……我絕對要殺了妳……」

身為國三生的零崎人識，正如他的外表，是一個愛招蜂引蝶的花花公子，當然不可能沒接過吻，不過被吻的經驗，這倒是頭一遭。

也就是說。

到目前為止，一直是匂宮出夢單方面挑起零崎人識的戰意與因緣，從此刻起也，零崎人識也反過來對匂宮出夢產生戰意與因緣。

「就連大哥也沒這樣對我……我絕對絕對絕對不放過妳……匂宮出夢……下次再讓我遇到，一定要激烈地啾回來……」

◆　　◆

另一方面——

零崎軋識正位於機場所在都市西方約數百公里，另一個地方都市某個大型辦公區的斑馬線上等著紅綠燈。假裝完全沒注意到紅綠燈是按鈕式的，茫然地、一臉少根筋地佇立在街頭。

但，姑且不管他有沒有少根筋，此時的軋識，用零崎一賊，「愚神禮贊」的零崎軋識來形容或許會有若干語病。至少，乍看之下，應該沒有人可以斷定他就是愚神禮贊吧。因為在那裡的零崎軋識，跟廣為人知的零崎軋識平日模樣與穿扮有著天壤之別。

全身被名牌西裝包覆著。

連領帶都打得一絲不苟。

既沒戴草帽，也沒穿背心，當然也沒有皺巴巴鬆垮垮的褲子，更別說墨鏡了——就連自己別名由來的狼牙棒也沒拿。

沒錯。

這不是零崎軋識——

這是他另一個身分。

式岸軋騎的外表。

「呼……」軋識深深地嘆了口氣——看著紅綠燈的另一側——看著馬路對面的，漆黑的大樓。

辦公大樓區。

這附近是政府的規劃區，因此知名度很高，而當中又以此辦公區為最佳模範。有相當多的大企業本部集中於此，至於私人住宅包含公寓在內，可說是一戶也沒有。除了企業以外的建築物，最多也只有便利商店、家庭餐廳、加油站之類的商家零星散布在各處而已。白天的人群流動量和晚上的流動量有極大的差異，而現在正是深夜。人行道上幾乎沒有半個人，就連馬路上，也是人車稀少。這與按鈕式紅綠燈無關，可說根本沒有等紅綠燈的必要。

軋識身處之地，林立著許多高聳的大樓——而位在軋識面前的漆黑大樓卻又更加高峻。從窗戶的數量看來，整棟大樓似乎有四十樓高。以構造來說應該也有地下室……

這是某個企業所屬的大樓。

某圈子裡有名的科技企業。

但，那圈子是——裏世界。

「接下來，該怎麼辦呢？」

零崎軋識，面對眼前難解的問題，憂鬱地自言自語——

事情是昨天才發生的——二十七歲的零崎軋識，被不符年齡迷戀上的十四歲少女「暴君」當成人體椅子時的事。全身一絲不掛只穿著大衣的「暴君」，一副興致缺缺的樣子，只是機械式地敲著鍵盤，邊眺望著螢幕上的文字列，接著忽然「啊啊，對了，小軋——」像是一瞬間突然想到似的，向軋識搭話。貫徹椅子職責的軋識，雖然被突如其來的搭話嚇了一跳，但馬上忠實地回應著：「有什麼事呢，暴君？」

「那個呀，有事情想拜託小軋。」

「請說。」

「前一陣子，有拜託小日想辦法弄到手，結果放棄的資料。之所以會放棄，是因為那個資料，在網路上沒有任何連結，也就是說離線保存——」

「原來如此。」

「暴君」與其八名夥伴，簡單來說就是網路駭客。只要經由網路，沒有他們無法入侵的地方。毫無意義、沒有目的、漫不在乎地破壞電子世界的他們，卻諷刺地被稱為自由的象徵。沒有一個組織擁有決定性的對抗手段，身分不明的無敵九人組——正是他們。

但是——他們能所向無敵，也僅限於網路所及之處而已。一但離開網路，別說無敵，他們根本是手無縛雞之力。正因如此，在他們崛起之後，真正重要的資料必定要離線保存，這已經是種「常識」，並且在各個企業之中流傳並受到遵守——

「在這個時代，要完全脫離網路，幾乎是不可能的——人類是無法輕易捨棄自己已經發展的技術的。不過，話說回來，大部分技術也都是我們計畫性地賦予的。所以，只要有針頭大小的縫隙，對我們來說就十分足夠了。但是，那份資料，對做出來的人們來說已經沒有必要性……正確來說，現在是被視為燙手山芋而將它放置一旁的感覺。處於拿著也不是，丟掉也不是，但要交給別人也不是——的狀態。既然不願意交給別人的話，那我想交給我這個怪物總可以吧，雖然小日也很努力，不過，小日的專長畢竟不在那方面啊。再說，那時候小軋你也不在。」

「那麼——妳放棄了嗎？」

「算是吧。但是——我又想要了說，這個。」

「暴君」說。

說的也是，軋識馬上理解了。她和放棄這個字應該是完全無緣的——正因如此才會是「暴君」。

「據說那個企業最近面臨危機。由於那個企業是透過強硬手法嶄露頭角的，因此也樹敵不少。其中當然也包含我們囉。大概，近期之內就會遭到殲滅。」

「原來如此……所以？」

「所以說，鷸蚌相爭，漁翁得利——？」

「暴君」這麼說著，輕巧地從軋識膝上一躍而下——接著回過身來，對著軋識露出微笑。

「小軋。在八人之中，我對你的評價最高唷。我相信小軋一定是最能幫我的人。」

「……」

「因為小軋，你做得到包含我在內的八人都做不到的事呀。我是打從心底信賴你的哦。要是沒有小軋，我簡直就活不下去了。」

「暴君」說。

「所以——你會去做吧？」

他們能所向無敵，也僅限於網路所及之處而已——所以一旦失去網路他們等於束手無策——

但是。

那是指除了，唯一一人『街（Bad kind）』式岸軋騎以外。

「那是當然。」

軋識毫不遲疑。沒有任何迷惘的理由。就連那份資料的內容都沒必要過問。

面對命令——唯有服從。

真讓我高興啊，『暴君』說。

「那麼，就拜託你盡快出發吧。要是失敗的話，我可是會殺了你唷。對了小軋，等你回來，這次當我的床鋪吧。雖然小鎖的手臂讓我躺得很舒服，但是那個人老是喋喋不休，說起話來個沒完沒了，讓我很難安然入睡——」

然後，過了一天。

結束了事前探勘之後，零崎軋識到了現場——但是，即使這樣，事到如今該怎麼辦呢，他如此思考著。

一片漆黑的大樓。

科技企業的本部。

但那也只是徒有其名，事實上這棟建築的最上層聽說有個銅牆鐵壁般的保險庫，用來保存及保護「暴君」想要的資料——據說儲存在硬碟裡面。以職員的名義在大廈裡的四百人，全部都是專業的警衛。也就是說不惜對外假稱此地為本部，目的便是保護那顆硬碟。真正的本部，應該在其他地方活動。

「四百人啊……要是能夠侵入內部，這些人數倒也沒什麼大不了……不過那份資料需要保護得這麼周嚴嗎？」

不。

「暴君」說那是燙手山芋。

將其放置一旁——這樣。

那麼，就不該只是對外謊稱本地為本部，而應該是說那份資料的存在，取代了本部才對。若擁有與自身不相配的力量，被力量超越也是有可能的——軋識在每個世界，都見過相同的情況。

沒錯，在每個世界都是。

「……也就是說，放了炸彈囉。」

站在對方的立場，應該也有考慮到最糟糕的情況。就算離線隔絕也不能安心才是——對他們而言眼前的敵人，並不是只有「暴君」一行人而已。敵人不在少數——關於對方現在面臨危機這點，根據軋識的調查，實際上確有其事。講明白一點，不論何時、何種狀況下被毀滅都毫不奇怪。就算是此時此刻，也沒有不可思議之處吧。終究要被毀滅的話，就讓「暴君」毀滅吧，軋識心想。那是何等的幸福啊。

只是——做到這種地步的人們。

恐怕，就算自己倒下，也會死命保護問題所在的那份資料吧。不，不對，並不是——保護，而是拒絕交給別人——才對。

所以——使用炸彈。

這棟黑色大樓應該裝設了炸彈——有著能讓大樓本身確實地崩毀，讓目標硬碟分毫不差地被壓潰等級的炸彈。若是像軋識這種程度的專家，光從外表就看的出來。

若事態發展到最壞的結果，就以自爆來應對。

這，就是那種類型的大樓。

「不被察覺地侵入……不被察覺地奪取硬碟……之後成為空殼的大樓要爆破還是怎樣都與我無關，還有其他選擇嗎……雖然收尾會稍微華麗點，可是這樣也沒法辦法……雖然最近都沒有搞爆炸，但說是暴君的喜好也沒錯……」

如此一來，問題就在於侵入路線了。

管理十分嚴格，乍看之下，大廳雖然連管理員都沒有，但卻設置了為數眾多的監視器。這棟本部由於不可能有訪客，因此只要踏進一步，馬上就會被捉住、拘禁，接著處裡掉吧。無論任何藉口都沒用，多說無益。再加上，現在是深夜——大廳想當然地——上了鎖。內側拉上窗簾，外側降下了格子狀的鐵捲門。

即使想從後門或停車場侵入，也不會比較容易。這棟大樓，與其說是保險庫，不如說是固若金湯的要塞才對。是為了堅守而設計的大樓。即使這樣，這棟大樓最初應該是要作為本部使用的，因此不難察覺為了配合資料保存，而不斷改建的痕跡。

力量深刻地——凌駕於存在之上。

雖然是深夜，四十層樓的窗戶依然透出些許燈光，實際上裡面根本沒有需要處裡的工作，因此那些燈光應該只是掩人耳目的假象——

在裡面的人，全部都是警衛。

四百人。

「嗯——找不到突破點。」

這裡面潛伏的四百人。

總之已經決定，將他們全都殺盡——但要是被發現是零崎一賊的手法可就糟了。隸屬「暴君」一行人的活動，對一賊的殺人鬼們可是保密的。且並非祕密這麼可愛的東西，要是曝光的話後果不堪設想——不僅是軋識，恐怕還包括了「暴君」。

一旦離開網路根本束手無策——就是如此。

「阿願和阿趣還好說話……其他人是絕對不會輕易放過的吧……嗚……」

一不留神，不小心用了身為零崎軋識的說話方式，他慌張地摀住嘴。雖然沒有任何人聽見，但隨便一個差錯也是很有可能會成為致命關鍵。

狼牙棒——愚神禮贊沒有帶來。

那是像名片一樣的東西。

不能帶著那東西悠閒的走在路上。

但是，就算這麼說——並不等於他要使用狼牙棒之外的武器。即使以式岸軋騎的身分行動，也不代表要隱藏零崎一賊的信念。當然槍支例外——軋識完全沒打算使用愚神禮贊以外的武器。

也就是說，空手。

赤手空拳——挑戰這棟大樓。

「不使用愚神禮贊，與說話語氣變回正常倒是還好，還真是越來越……可是赤手空拳嗎？……赤手空拳啊！」

這句臺詞——讓軋識不得不回憶起。

前一陣子，讓他嘗到關鍵性敗北的對手。

假面女僕。

那是場一對一的戰鬥，找不到任何藉口，沒有辯解的餘地，不管橫看豎看，他都輸得一塌糊塗——

「呿……啊——討厭討厭。有夠娘們的……」

從腦中，將深刻烙印的回憶一掃而空。在身為零崎軋識的時候，已經想得夠多了。現在，此時此刻——這些不是身為式岸軋騎的現在，所該思考的事情。

自己的身體。

一切，都是為了「暴君」而存在。

「……」

對你的評價最高，是最能幫上我的人。

軋識當然知道，「暴君」說出的那些臺詞，完全是謊言，是一時興起隨口說出的話。「暴君」對其他七個人，也說過相同的話。就連那八人之中最讓人厭惡的傢伙，「害惡細菌（green green green）」，「暴君」也曾對他說過「或許小鎖是我命中注定的人也不一定呢」，這種見風轉舵的臺詞。當然——八人全部心照不宣地了解。對「暴君」來說重要的人，並不在於己方的八人之中。

即使這樣——謊話也好，戲言也罷，怎樣無所謂。

只要她說出口了——軋識就會行動。

零崎軋識，就是如此臣服於「暴君」之下。

完全拜倒在她石榴裙下。

「不過……考量到現實面，還是等到明天早上，配合警衛的換班時間，變裝之後偷偷侵入會比較好吧……只要能潛入內部，接下來就好辦了」

對方在最頂樓也有無法公諸於世的東西，就算發生了什麼意外，應該也會在能力範圍內自行解決才對。即便向外求援，但幕後當局是絕對不會有所行動的。與其讓這棟大樓的內情被他人察覺，毫無疑問的他們寧可選擇自爆吧。

「也就是說，在對方自爆之前，得先奪取硬碟才行嗎……時間限制大概在一小時左右吧。這樣的話……就這樣吧。」

明天早上九點開始行動。

在十點之前結束。

總而言之，或許還有其他選擇不過就先暫定如此吧——軋識決定先離開這辦公區。就算一直假裝沒神經地等按鈕式紅綠燈還是有極限在。被當成怪人而引起對方戒心的話也很困擾——敵人眾多，背水一戰的科技企業。即使變得疑神疑鬼也不足為奇。

不過，要說疑神疑鬼的話。

零崎軋識——的確是真正的鬼。殺人鬼。

「……話說回來——」

說著，軋識抬起頭，仰望天空。由於高聳的大樓四處林立，因此幾乎無法看見天空，像是在縫合大樓間隙一般，在狹小的天空中有幾架直升機飛過。看來這附近，似乎是直升機的遊覽路線。反正是個到了夜晚就杳無人煙的地區，天空也不屬於任何人，不管要怎麼飛，都是別人的自由——但是螺旋槳聲卻一直傳到耳中，是因為飛行高度很低嗎？簡直就像是在監視這辦公區似的。或許是自己想太多，但也許，是有人在暗中監視也說不定——

敵人的數量很多——據說是這樣。

不，這才是疑神疑鬼吧。鬼還疑神疑鬼要怎麼辦。

不過是隨處可見的直升機而已。

僅僅，如此而已——

「……嗯？欸？」

正當他從天空將視線收回時，有個奇妙的物體，倏地進入軋識的視線範圍內。就在目標大樓的頂樓。位於四十樓高的頂樓。在那裡——可以看見渺小的、**紅色的物體**。

某種紅色物體。

「什麼……？」

事前早就做過勘查。這棟大樓應該是無法到達頂樓的。正因軋識的目標是資料，所以一開始就考慮過從頂樓入侵的路線（抱著使用直升機，用最短路線直接奪取硬碟的想法），對於這部分的調查完全沒有輕忽。這種路線想必敵人也早就料想到了，別說是停機坪和空中盤旋，屋頂完全被嚴密的封鎖著。

可是，那個**紅色的**——

是錯覺嗎，看起來像是人體的形狀——

「喂，你啊！」

從背後。

從仰望大樓的，軋識的，背後。

她現身了。

不——人類是不可能突然出現的，她從一開始就在這裡，應該要這麼形容才對。

「……！」

那是一個綁著紅色馬尾的年輕女性。

馬尾的髮梢長至膝蓋。年齡約莫在十九歲——到二十歲左右。

身材高瘦，雙腿修長。身穿深色合身低腰牛仔褲以及黑色小可愛。從肩膀至腹部到小蠻腰，都毫不在乎地暴露在外。腳上穿著類似登山用的厚底靴。

精力旺盛、充滿自信的雙眼。

嘴角不知為何——浮現誇耀勝利般的笑容。

「咦……咦？」

回過頭來——軋識在，瞬間，感到困惑。比起困惑來說，應該更接近愣住。要是這麼形容的話，或許會引起不必要的誤解，但講得直接一點——零崎軋識，面對那名紅髮馬尾的女性，整個人愣住了。

剎那之間，他的意識一片空白。

她是如此漂亮。如此美麗。

這名紅髮馬尾的女性，對二十七歲的軋識來說不過是個小丫頭，而且從頭到腳都和這辦公區格格不入，但，即使是一瞬間，軋識卻被她深深吸引——

「一直盯著我看幹麼啊你這傢伙！」

——無法避開的連續蹴擊。

精準地直擊心窩。

登山靴的鞋尖深陷其中。

「唔、喀……哦哦。」

感到有如貫穿身體般的劇痛，軋識反射地彎下身。原本軋識比紅髮馬尾更高，現在一瞬間低了將近三顆頭的高度。

「哇哈哈哈哈！」

忽然，紅髮馬尾豪爽地大笑出聲。

明明是個美人胚子，這種笑法真是糟蹋她的美貌。但起碼她心情似乎不錯的樣子。

「哎呀！抱歉、抱歉，我只要看到比我高的人，就會不自覺地想去踹對方啊——」

「……！」

長相雖然美麗動人，但個性活像個流氓。

軋識一面拚命和難以言喻的劇痛奮戰著，一面偷偷地瞄向後方的大樓——望向屋頂。

空無一物。

紅色物體——並不存在。

是錯覺嗎？

沒錯，那種地方不可能有人。

「喂！小哥。別人在跟你講話，不要不理人啊。還是說，我不配跟你講話？開玩笑也給我差不多一點。下次我可會踹爛你那張臉哦。你站的位置看起來滿好踹的嘛！喂！」

「……妳、妳、這、小丫頭！」

這是打從哪裡來的情緒化角色——……

才覺得她心情不錯，竟然馬上又生氣了。

「妳——是誰？」

「啊？我嗎？你這傢伙，是在問我的名字嗎——」

這名女性——

毫不矯飾、十分自傲地報上了姓名。

「——我叫哀川潤。」

「……哀川？」

哀川——潤？

軋識被這個名字——勾起了細微的記憶。是什麼呢……這個名字，似乎在哪裡聽過……不，比起在哪裡來說，正確而言，應該是似乎從誰口中聽見過……想不起來。

自己的記憶力應該不差才對——話說回來。

不知為何，總覺得大腦全力拒絕想起有關那個名字的事……似乎想不起來才是明哲保身之道。

這，究竟是——

「誰准你叫我哀川了啊！你這傢伙！」

由下往上，有如踢球一般的踢法，以靴子前端作為武器，對準前傾的軋識心窩，穿過軋識兩手環抱防禦的縫隙——用不同的角度，正中與先前分毫不差的位置。

那簡直是連慘叫都發不出來的衝擊。

「報、報上名字，還要人不准叫……」

「誰教你要叫我**哀川**，要叫的話，就叫我潤，敢用以姓氏稱呼我的，只有敵人而已。」

「……」

那個。

不管怎麼想，眼前這個情況，妳都像是突然出現的敵人吧？

這個小丫頭，究竟是何方神聖——軋識想著。目標科技企業的相關人員嗎？四百名警衛的其中一員嗎？不——感覺並非如此。那麼，是和軋識不同的，其他覬覦科技企業的人嗎……眾多敵人其中之一的勢力嗎。發現行跡可疑的軋識在大樓旁，因此前來查看——

按照常理來說，大概就是這樣吧。

但對方實在不像個能以常理判斷的人。

「哇哈哈哈——」

紅髮馬尾……哀川潤，又笑出聲來。

大方地。

十分快樂地，像是真的樂在其中。

「喂、喂！小哥。我說你在幹麼啊？在這種地方彎腰屈膝的。在你一直盯著我看之前，似乎是盯著這棟大樓一直看吧——這棟建築物是你的狙擊目標嗎？」

「……」

軋識決定假裝過於疼痛而無法開口說話。

他沒有回答，只是壓著腹部好像很痛的樣子。

「快回答啊！」

頭部被對方毆了一拳。

看來她不是個會體恤弱者的人。

「嗯……差不多啦。」軋識如此應道。

就算說謊也是無可奈何的事——雖然現在沒有表露出來，但零崎一賊的兩名招牌，她可是讓其中一名愚神禮贊，吃了兩次蹴擊。而且還加上一發拳頭。可以確定這名小丫頭不是泛泛之輩。那麼為了刺探對方，由我方主動出擊才是上策。

「在這棟大樓的最頂樓，收藏了某一份資料——我的工作就是，在這個企業遭到毀滅之前，把它給偷出來。」

反正。

不論軋識說了什麼，不論哀川潤這小丫頭是誰，事態發展至此，唯有殺了這個紅髮馬尾女孩——

並不是基於被踢這種**零崎式**的理由，現在軋識並不是以零崎一賊的身分活動——只是單純地、只是純粹地，為了「暴君」而已。為了他所迷戀的十四歲少女，絕不能讓這份工作留下任何一丁點的禍根——！

「這樣啊。好！」

哀川潤她——身形靈巧地越過了軋識，抬眼確認漆黑的大樓位置，甩動著紅色的馬尾，回過頭來，用再輕鬆愜意的態度說道。

「那麼，讓我來幫你的忙吧！」

「幫……幫忙？」

「哦。怎麼說呢——我有一個很久不見的朋友，說因為工作關係，會到這附近來，我是為了想讓他嚇一跳，所以才會埋伏在這裡，結果我等了半天，也沒見到半個人影。本來因為火大想說回去算了——哇哈哈，碰巧讓我發現了打發時間的好方法。」

「打發時間……我可不是抱著玩玩的心態啊——」

「哎呀哎呀，別客氣了，小哥。我只要看到有困擾的人，就會想欺負他——不對，只要看到有困擾的人就忍不住想虐待他啊。」

「……！」

更正之後的說法反而更過分了！

為什麼要更正……

「哼哼——我看看」哀川潤用極度愉悅的語氣，開始翻找手上的錢包。手上的錢包？咦，這個小丫頭，到剛才為止明明兩手空空，應該沒有拿著那種東西才對……啊。

那個錢包。

「那不是我的錢包嗎？」

「什麼嘛，鈔票只有五萬七千元而已，你真窮酸耶。啊，不過金融卡有三張。」

什、什麼時候……方才踢我的時候嗎？難道她是用穿著靴子的腳，竊走放在上衣內袋裡的錢包嗎？世界上有這種技巧存在嗎？

無視於軋識腦海裡充滿走馬燈般的問號，哀川潤自顧自地將從錢包裡取出的三張金融卡，像沐浴在月光下似地舉向天空。瞇起眼睛，仔細端詳起來……究竟在做什麼——是在確認卡片上記載的帳戶和戶名嗎？反正理所當然的是人頭帳戶，就算被看見，對於軋識來說也不痛不癢……

「嗯——這張金融卡有七千八百萬四千三百五十四元，這張剛好五千萬元整，最後這張是八千五百萬七十元。嘿——你賺的還不少嘛！」

「難道妳，光看卡片就能知道剩餘金額嗎？」

人體讀卡機？

「我還知道密碼哦。1192、1543、1603。鎌倉幕府和槍枝傳入、江戶幕府嗎？（註15）你很喜歡日本史啊？小哥。」

「給我等等！怎有可能直接從卡片讀取到那些資訊……！」

「我用第六感大致上就知道啦。不，是比第六感更準確吧？而且，這個……是積架的鑰匙吧。你開的車不錯嘛！」

「連鑰匙都？明明放在褲子的口袋裡的——」

「好。嗯，有這些東西就綽綽有餘了吧。接下來就交給我了。你的工作，就由我承包下來了。」

說著說著，哀川潤將卡片收回錢包，炫耀般地，將軋識的錢包據為己有，並放進

15　西元1192年日本鎌倉幕府當政，西元1543年槍枝傳入日本，西元1603年日本江戶幕府當政。

臀部口袋裡。積架的鑰匙，則是像懷舊漫畫裡性感角色一樣，被塞進了穿著小可愛的乳溝裡。

她已、已經超越流氓的程度了……

她根本就是強盜……

「承──承包？小丫頭──妳，是什麼人？」

「啊？我嗎？你這傢伙，是在問我的職業嗎？」

「我是承包人喲。」

「承包──」

「中間夾了個『出包』的『包』，你不覺得帥呆了嗎？」

她這麼說──

哀川潤背對軋識，邁向詭異的方位。和軋識目標的漆黑大樓，完全相反的方位──

──不。

但從其堅定的腳步當中可以得知，她明確的目的地就在那裡。

這種事──已經無關緊要了。

從一開始就無須為此而煩心。

──如果不痛下殺手的話。

就算沒有零崎一賊、以及「暴君」的事──被對方鄙視到這種地步，怎麼還能忍氣吞聲，我零崎軋識可不是這麼溫和的人——！

然而。正當他下定決心，打算從背後攻擊一派悠閒、晃著紅髮馬尾前進的哀川潤時——實際上，他已經解除前傾的動作，大步向前，一口氣縮短與哀川潤間的距離，正要用右手伸長的指甲，毫不留情地刺穿她那纖細的脖子之時——

「……！」

軋識飛身向後退去。

身體不由自主的——做出了閃避動作。

相對的，哀川潤一點動作都沒有。就連頭也沒回，有如完全沒察覺到軋識的行動般，只是一味的向前走。

什——什麼？

明明她全身上下都是破綻。甚至比菜鳥還要破綻百出。

不論從哪個方向，什麼方式都能輕易進攻——

明明可以殺掉的。

軋識的身體卻拒絕——不對……

是本能，拒絕……？

「啊……喂，站住！」

在他猶豫的當下，哀川潤已經彎過轉角，從軋識的位置早就看不見人影了。真是愚蠢至極，要是真的跟丟的話，自己的錢包和鑰匙不就真的被搶走了嗎？在決定殺或不殺之前，總之得追上去要回來才行——

她說要幫忙。她說承包了。

開什麼玩笑，「暴君」交代的工作，哪能容許第三者從中插手——

「小丫頭，妳給我站住——！」

軋識全速奔跑，緊追在哀川潤的後頭，彎過轉角之後——映入眼簾的，是一座加油站。那是在這個商業區域裡，與家庭餐廳及便利商店相同的為數不多的服務業建築。雖然基於此區的特性，店家並非二十四小時營業，不過看起來現在還開著。在停放著油罐車旁邊的洗車部，紅髮馬尾的女性，與一個看似加油站員工的男性（穿著制服，帶著帽子），似乎在討論些什麼。

她到加油站來，究竟有何打算……？

想著想著，腦袋突然靈光一現。

原來如此……這是面對難以攻陷的要塞時，常用的手段。在要塞外圍製造騷動，讓內部主動開門的作戰……就跟日本神話中的天照大神，打開天之岩戶（註16）的例子差不多吧。恐怕，她是想在此加油站購買數公升的汽油，然後在那棟大樓的旁邊引起小火災吧。要是對大樓本體縱火，「暴君」想要的資料有可能會付之一炬，因此現在不太

16　日本古神話中，有位男神來到天照大神居住的地方，做了許多壞事，天照大神十分生氣，躲入岩洞——天之岩戶不出來。天地變得一片漆黑，天下大亂。諸神製作了一面神聖的鏡子——八咫鏡，將鏡子掛在天之岩戶前，再讓一位女神跳起神聖的舞蹈，天照大神為之感動，從天之岩戶中出來，讓太陽再次照耀天地。

適合使用，不過對對方而言，應該也無法忽略小火災延燒的可能性。

嗯。

看來，她好歹也在思考嘛……

那個小丫頭，雖然乍看之下我行我素又不負責任，但果然不是個生手……善意的解釋的話，搶走軋識的錢包，也許只是當作購買汽油的資金而已。

話說回來，以軋識的角度來看，根據最初的計畫，等到早上再變裝侵入的方案，成功率應該高多了。若引起騷動，就算努力偽裝成偶發事故，反而容易被識破是人為引起的吧。在得知大樓本身有自爆的可能性及危險性之後，最好能夠盡量──至少在潛入大廈內部前，都有祕密行動的必要。

反正，終究是個小丫頭，抱著不知為何有點失望的心情，軋識走近兩人。哎呀哎呀。雖然因為忽然被踢導致有些混亂，但現在腦子已經冷靜下來了。仔細說明事情後請那小丫頭收手吧。如果僵持不下的話，把錢包和車子送她也無所謂，反正，那不過是零崎軋識財產的一小部分罷了。

不過。

哀川潤一腳踢飛了加油站店員。

是從右側切入，跳躍起步的迴旋踢。

被踢中下顎的店員倒地不起。

「妳在幹麼啊！」

「啊——？嘰哩呱啦囉唆個沒完，所以我只是稍微用腳輕輕碰了他一下而已。誰叫他完全沒在聽我講話，只會說不行不行不行，像鶯哥一樣不停重複！」

「沒在聽妳講話……！原來你們不是在討論而是在吵架嗎！」

還有。

不是鶯哥是鸚鵡才對。

仔細一看，店員（似乎才剛成年，看起來頗年輕）顯然已經昏倒了。究竟是踢中了要害，還是力量等級差太多，這不得而知……總之他已經口吐白沫。即使軋識經歷過為數眾多的戰鬥，看見人類口吐白沫的景象，這還是頭一遭。這名青年看起來比哀川潤還要矮。無論比她高還是矮，似乎都免不了被踹的命運。

「不就是在加油站買個汽油這種理所當然的事情而已，為什麼會吵起來啊？」

「汽油？為什麼我非得買這種東西不可？」

「欸？」

不對嗎？

那麼，究竟，是要——

「我啊——那個……」哀川潤湊靠倒下的員工身邊，在他的懷裡摸索起來。軋識還以為她又要找錢包，結果並非如此。她找的不是錢包——而是鑰匙。

看似車輛鑰匙的東西——從店員胸前的口袋中取了出來。

她得意洋洋地，放在軋識眼前。

「我只是要跟他借這個啦。明明只是這樣而已，居然敢罵我笨蛋，還說什麼別開玩笑，這傢伙還罵個沒完沒了的。看來他似乎不知道，這世上有一條規定叫不准罵我。」

「那──那根，是什麼東西的鑰匙？」

「嗯？當然是油罐車的鑰匙了，這還用問嗎？」

哀川潤一邊說，一邊若無其事地指著停在旁邊的──大型油罐車。

油罐車。

改裝車。

配備金屬油箱的貨車。

又稱之為聯結車。

「那個──……」

如今軋識終於恍然大悟。

就連不想知道的事也茅塞頓開。

這個紅髮馬尾究竟想做什麼，在看到她邪惡的微笑和油罐車之後，全都真相大白。她腦子裡打算的，的確不是買汽油這種微不足道的事──但是，在軋識勉強拼湊出理論以否定最壞的假設前，哀川潤主動地──

「也就是說！」

開始了沒人拜託卻自己提出的說明。

「**駕駛這輛油罐車突擊衝入那棟大樓的大廳！**管它上了鎖還是拉下鐵門，在這輛油罐車大爺的面前一點用都沒有啦！唔哇，我腦筋是不是超好的？」

「……！」

「哇哈哈哈哈哈！我老就想試一次看看，用裝滿大量汽油的車子突擊！與其說搞不好，搞的好的話不就會爆炸嗎，ＹＡ——」

似乎十分開心的哀川潤大笑著。笑得合不攏嘴，看起來的確十分高興。那是帶著幾分邪惡的天真笑容，相當矛盾的笑容。

相反的——軋識的表情則僵硬不已。

對了。

全都想起來了。

就連不願回憶的事情也全都想起來了。

早在聽見承包人的階段時就該注意到的。然後當下——就應該捨棄一切，盡全力逃亡才對。縱然心裡明白逃不掉，還是應該這麼做的。雖然恐怕是不想給精神太大的負擔才想不起來，但事到如今，實在很難不去怨恨拒絕回想的大腦——

哀川潤——如此不祥之名，軋識是從同為零崎一賊的「自殺志願（Mind render）」，零崎雙識口中聽來的。

被稱為之人類最強的承包人。

暴風雨前的暴風雨。

距今約五年前爆發，被稱為禁忌神話所流傳下來的，不論「殺之名」還是「咒之名」、玖渚機關還是四神一鏡、將裡世界全體捲入、將全部的全部牽扯其中，並且給予全部的全部難以估算的嚴重損害，引起可稱為空前絕後，終極「大戰爭」的始作俑者——

死色真紅——哀川潤！

◆　◆

就在此時。

在澄百合學園國中部・小學部共同宿舍裡的荻原子荻，正趴在桌上。包含高中部在內，子荻雖然身為澄百合學園總代表，但目前仍在就讀國中一年級的她，只有少數高層人員知道她的身分。這是荻原子荻，為了避免多餘的忌妒和麻煩對自己造成妨礙所做出的判斷。公開身分，最快也要等到三年後升上高中時，這是目前的打算。正因如此，子荻在澄百合學園只是個接受教育的普通學生，在共同宿舍裡，並沒有受到特別待遇，平凡地生活著——

「木原，學姊——」

從宿舍房間設置的雙層床上方，傳來說話聲。棉被詭異地蠕動了幾下，接著輕輕地，一顆披頭散髮的小腦袋冒了出來。

是西条玉藻。

「……是荻原哦。」子荻趴著不動地回答。

不過，回答被對方完美地無視了。

懶懶懶懶懶洋洋地，玉藻只說了一句，

「妳不睡嗎？」

「……」

荻原子荻並沒有接受特別待遇。但是西条玉藻卻受到特別待遇。這也沒辦法，因為在小學部裡找不到任何一人，能與這名不可思議的戰鬥狂少女住在同一間寢室──話雖如此，這所學園的危機管理意識，也還沒低到放任她不管的程度。於是，她便住在宿舍裡國中部的樓層了。當然，在國中部裡，也幾乎沒有學生能和玉藻同寢室──或著該說，講白點就只有荻原子荻一人而已。

正因如此。

子荻與玉藻是室友。

「已經很晚了唷──光線這麼亮的話，我睡不著──木原學姊，最近妳老是每天熬夜，到底在做什麼呀？又在想什麼厲害的計策了嗎？真是壞人耶！」

「……簡訊。」

「什麼？」

「簡訊，一天傳了一百多封啊……」

這是子荻疲憊不堪的臺詞。

對於一個不願在人前示弱的少女而言，她流露出非常罕見的表情──當然，或許因為她覺得對方是西条玉藻才會覺得無所謂吧。

對著啪噠一聲，做出有如軟體動物掛在床腳般奇妙姿勢的玉藻，子荻用微弱至極的聲調繼續說著「我受夠了……」。

「連思考文字的內容，都已經到達極限了……」

「……是誰傳來的呢？」

「零崎雙識……那個變態傳過來的。」

「變態……」

「他似乎打從心底，為了交到國中生女友這件事而高興……」

一時大意將手機信箱告訴對方真是失策。子荻原本打算用來刺探零崎一賊的內情，但對方卻完全無視於自己的意圖，總是滔滔不絕地講著最近流行的音樂、電影之類，這種對子荻而言無關緊要的話題。本以為總有一天話題會講完，屆時就可以切入正題，看來是自己太過天真了。

對方是貨真價實的變態。比跟蹤狂還要難纏。

「託他的福，其他計策也停滯不前了啊……真不可思議，事情究竟為什麼會變成這樣呢？……」

「拜託其他人回訊不就好了嗎？要我來幫忙嗎？」

「這個方法我早就試過了……姑且先不談找妳幫忙……雖然透過儲存了我書寫習慣的人工智慧功能回訊，但他卻馬上說『總覺得妳氣質變得不太一樣呢』，而馬上被對方看穿了……那男人對國中女生可說是個絕對的專家。」

這是哪門子的專家呀？

若是玉藻以外的人，大概會這樣吐槽吧，不過，

「比起這件事，木原學姊，」

玉藻卻直接改變話題。看來對她而言，值得尊敬的學姊所面臨的幾近生靈塗炭之苦，根本就無關緊要。

「下次的戰鬥是什麼時候呀？……我，就快要忍耐不住了。」

「妳再稍微——忍耐一下。」

雖然子荻依舊維持趴著的姿勢，但她回答玉藻的口氣卻很嚴肅，而且充滿著緊張感。那也是當然的，因為每當玉藻說出「快要忍耐不住」的時候，第一個被害者，往往是跟她同寢室的自己。

「咦——人家想去見識人啦——想刺他——想殺他——」

「看來妳還真喜歡他呢。妳居然還記得敵人的名字，真是稀奇。」

雖然記錯了。

算了，也不太需要訂正。

「反正，妳大概也會忘記，所以趁此機會跟妳先講一下……這次的戰鬥，恐怕會讓『背叛同盟』全員出動。玉藻，妳是分支部隊，負責攪亂零崎一賊。雖然對我來說，要是妳能吸引那個變態的注意力是再好也不過了，不過你喜歡人識的話，挑人識也無

所謂啦。反正那個臉頰刺青小弟就某方面來說……對我也是個大問題。」

「了——解。」

也不知道是高興還是怎樣，玉藻肯定地回答。

她的心境，誰也猜不透。

「……總之我再跟妳確認一次，之前在雀之竹取山的戰鬥……妳真的什麼都不記得了嗎？遭到不明人士的攻擊——醒來時，已經枕在老師的膝蓋上？」

「是真的呀。木原學姊，妳這是在懷疑我嗎？」

「並不是——這樣的。嗯。」

也好。

即使西条玉藻不按照計畫行動，也在荻原子荻的計算範圍之內。正確來說，就算她隱瞞了什麼，玉藻也很有可能早就把它給忘了。

「比起這些，我目前最在意的，應該還是零崎軋識先生吧……那個人，現在究竟在做什麼呢？唔——嗯，只顧著和零崎雙識來往，有點忽略他了也說不定。」

「鴨識先生？那是誰呀？」

「……妳要是不記得就算了。」

她說。

此時，桌上插著充電器的手機，發出了收到簡訊的鈴聲。不必看畫面也知道是誰傳來的。

子荻伸手拿起手機。

「唉……我到底在做什麼啊……」

◆　◆

另一方面——

零崎軋識全身受到強烈衝擊。

油罐車是為了安全運輸汽油的改裝車。它的構造也比一般車輛堅固許多，即使是出乎預料的行動，例如踩著油門維持極速，就直接衝進上鎖且拉下鐵門戒備森嚴的大樓大廳這種破天荒的事——汽油也未必會溢出來。

保險桿被撞得歪七扭八。

擋風玻璃碎了一地。

車體前半部幾乎看不出原型。

即使如此——幸虧沒有爆炸。

也沒有漏油導致意外撞擊的火花起火——可料想到的最壞的結果，就是引發裝置這棟大樓的炸彈——

九死一生。

只能說好狗運。

以大樓大廳為中心，油罐車的前半段在大樓內部，剩下的後半段在大樓外部，就這樣停了下來。既然沒有踩煞車的跡象，那麼應該是車子本身的安全裝置啟動了吧。要是再衝進去的話，就要撞上訪客來訪的服務臺了，這樣或許也算又是個九死一生。加起來就是十八死一生了。不對，應該相乘所以是八十一死一生？

當一頭撞進鐵門和大廳時，安全氣囊就啟動了。由於副駕駛座也有設置安全氣囊，因此軋識雖然全身遭到撞擊——但他也初次發現，安全氣囊一點都不軟這個事實。骨頭也許斷了幾根。撞擊的力道是如此之大。即使如此，至少下次可以告訴零崎雙識——安全氣囊十分有效。

「真、真是太離譜了……」

人類最強的承包人，哀川潤。

真的，將言語付諸實行了……

比起對軋識故弄玄虛，不如說是惡質的威脅，雖然抱持著，對方也許會在千鈞一髮之際停下來，這種毫無根據、微乎其微的可能性——完全是白費心機。她不但對軋識的說服到懇求都充耳不聞，相反的還粗暴地將軋識塞進副駕駛座，油門全開地衝了進來。若是手上有「愚神禮贊」，也許還有幾分抵抗的可能性，不過赤手空拳的零崎軋識，在哀川潤面前根本是螳臂擋車。

「雖然……潛入的確是成功了沒錯……」

這樣根本算不上是潛入。

應該稱之為突襲。

不但隱密性趨近於零，搞得這麼誇張，對方也不得不出手了吧。要是事前有所準備的話還好，但現在已經無法回頭了。計畫中的一小時時限，又縮得更短——恐怕只剩三十分鐘。想必也驚動了大樓裡的四百名警衛吧——連確認監視器的功夫都省了，那群人馬上就會趕到一樓吧。

這樣下去可不行。

雖然與當初的計畫大相逕庭，但事到如今，就算有人類最強的承包人當後盾，也要拿到目標的資料——

「喂，小哥！」

從車輛外面傳來聲音。

是哀川潤。

仔細一看，她已經不在駕駛座上——只剩下膨脹的安全氣囊，空虛的留在原處。看來，哀川潤早就下車了。搶奪油罐車的時候也是，她的腳步不可置信的靈活。稍微一個不留神——她就已開始進行下一個行動了。

「快點下車啊——事情好像變得頗有趣哩。」

「……？」

有趣的事？

說到有趣的事，正常來說就是有趣的事，不過對哀川潤而言，有趣的事究竟是什麼呢……

軋識一面想著，一面推開安全氣囊，走下油罐車的副駕駛座。車門由於扭曲而難以開啟，因此他暴力地把門踹開。反正，哀川潤一開始就不打算把車歸還原主吧，再說，這輛油罐車之後，被送到解體工廠的機率，比送回加油站來的高多了。

哀川潤邊用食指捲弄著紅色馬尾的髮梢，邊坐在油罐車變形的保險桿上。接著，在看見軋識之後，便用手指向看得到電梯間的方向說：「看吧！」

人。

人。人。

人。人。人。

人。人。人。人。人。人。人。人。人。人。人。人。人。人。人。人。人。人。人人人人人人人

人人人人人人人人人人人人人人人人人人人人人人人人人人人人——

成山的人——擁擠地，倒在地上。

臥俯的、仰面的、橫躺的。彼此之間互相地互相地互相地交疊。

完全占滿了往電梯間的走道。

每個人……都像上班族一樣穿著西裝，脖子上掛著這間科技企業的員工證。無須確認——倒在這裡的人們，正是為了保護軋識目標的資料，而守在這棟大樓的警衛。

雖然還不到——四百人。

即使如此，目前至少可以確認，有不下於五十人的人數倒在這裡。

「……！」

被油罐車撞飛……？實際上並非如此。油罐車衝進來的角度，和這群人重疊倒下的位置並不符合。

那麼，原因何在？

倒在這裡的警衛們——應該是為了阻止零崎軋識和哀川潤，這兩個非法侵入者，而趕過來的才對。

「雖然出乎我預料之外，竟然沒有爆炸，車子中途還停了下來，本來想說有夠無聊……看來裡面發生的事滿有趣的嘛——」

「這是……怎麼回事。」

「也沒什麼吧，小哥。只不過是在我們之前，就有人先潛進這棟大樓裡啦——哇哈哈——」

「什……！」

沒錯。

覬覦資料的並不只軋識……進一步來說是「暴君」。相反的，「暴君」是站在鷸蚌相爭，漁翁得利的立場——除了軋識以外，**原本就有抱持更正當的理由，想要那份資料的人存在**。就算那些人訴諸武力，也沒什麼好訝異的。與其慢吞吞地等待，不如直接——親手將企業毀滅，就連等都不用等了——

但是——是從幾時開始的？

直到剛才，軋識裝作等紅綠燈從外觀察時，完全沒發現大樓有任何異常……那麼，就是在他為了追哀川潤，趕向加油站時……不對，區區幾分鐘不可能造成這種情況。這麼一來，就是說這裡有人能瞞過軋識，不留痕跡，不被任何人察覺地侵入嗎……？

在這世上。

而且——在這棟大樓當中。

不，可是，除此之外別無他想。

倒在這裡的警衛就是最有力的證據。

有某個人在這裡。

除了軋識和哀川潤之外的**某個人**——在這棟建築物裡頭。

該怎麼辦呢？——其實也沒什麼好考慮的。若是有侵入者在裡面，對方的目的，必定是頂樓的資料——因為這棟建築物，功用只不過用來作為那份資料的保險庫和要塞罷了。

既然如此，自己所該做的，就是盡快趕往頂樓……若是資料已經落入他人之手，更必須將它搶回來——！

雖然用油罐車突擊實在是最差勁的方法，但這也算是因禍得福……要是等到明天早上，一切就真的太遲了。只有關於這點，或許真該感謝這名紅髮馬尾小丫頭也說不定——

「唔——嗯——」

不過。

此時哀川潤顯得不太高興。明明她剛才心情似乎還不錯的——善變也該有個限度吧，軋識雖然這麼想，卻還是關心地問她「怎麼了嗎」？自從知道哀川潤是那個哀川潤之後，就很難掌握跟她之間的距離感。總而言之，為了避免過分刺激她，因此軋識隱瞞了自己知道她是「哀川潤」的事實。

「……」

「那個，我是問，妳怎麼了嗎？……」

「我膩了。」

「什麼？」

哀川潤瞥了一眼不明所以的軋識，緩緩地從保險桿上直起身子。接著，像是去除灰塵，用手拍了拍臀部。

然後，

「我覺得膩了——！」

用幾乎整棟建築物都能聽見的大音量，怒吼著。

…………

現在是怒吼的時候嗎……！

「妳、妳……這小丫頭，剛才不是還說很有趣的嗎？……現在又說膩了，到底是怎麼回事啊！」

「啊——你真囉唆——我說膩了就是膩了。讓我覺得膩，應該是你的錯吧吧。真無聊——真無聊——真無聊啊——之後你就自己加油吧。我不打算幫的你忙囉！」

話說完，哀川潤迅速地將臉從軋識身上別開。就像小孩鬧彆扭似地鼓起雙頰，但就連小孩子也不至於如此不負責任。開油罐車突擊，將軋識的計畫整個打亂之後，現在竟然說要罷手不幹……？

軋識不知道該驚訝、愣住還是生氣，頓時陷入輕微的混亂，不過他仔細一想，隨即就發現了，其實眼前的況倒也沒想像中的那麼糟。

兩人相遇才經過五分鐘，軋識立刻就明白，這個紅髮馬尾小丫頭，十分善於拖人下水與引起騷動。簡直就是為妨礙他人而生的女人。對軋識這種凡事皆需重複多次事前準備、擬定詳盡計畫再執行的人來說，這樣的人更是棘手至極。真不愧是零崎一賊裡屬一屬二的變態，可說不擬預先擬訂計畫代表性人物——自殺志願（Mind render）憧憬的人物。

自稱人類最強的承包人。

事實很明顯，不請她幫忙才是上策。

如果是現在——還來得及挽回。還可以取回軋識自己的步調。

在大樓裡還有其他侵入者，不容許有任何差錯的現狀之中，不是更應該積極配合這個紅髮馬尾的善變女人嗎……？

「這、這樣啊。那、那麼——我就告辭了。」

話是這麼說沒錯，但硬要說的話，這個小丫頭難保不會有「什麼，你是說不需要我的一臂之力嗎？你這傢伙！」這一類傲嬌的反應。軋識邊說出不致於刺激到哀川潤的、曖昧不明的臺詞，邊往電梯間的方向邁出一步。而說到哀川潤，則只回了，「哦——拜拜——」，這句讓人不禁鬆了口氣的臺詞。

「啊……對了！」

軋識往前走幾步，又回過頭來對哀川潤說。

「妳還是盡快離開這棟大樓比較好哦。開油罐車衝進來之前我就警告過妳很多次了，不過妳似乎完全沒聽進去，所以我再講一次，這棟大樓，設有自爆裝置……雖然不知道侵入者是何時、又是怎麼潛入的，不過最壞的打算，就是自爆裝置有可能已經啟動了。」

別說三十分鐘。

說不定連十五分——也沒有。

「嘿嘿。」

聽見軋識所言，哀川潤邪惡地笑了笑。

「你還會擔心我嗎？真是溫柔啊！」

「不，不是這樣的……」

我只是希望妳快點出去。

真心誠意，真心地這麼想。

「不過，擔心我是沒必要的。不、該說擔心我是多餘吧——」

哀川潤得意洋洋地說。

「因為我可是傳說中背負著詛咒的女人阿——『凡是我所涉足的建築物，**都會無一倖免地全數倒塌**』。不過是棟大樓爆炸而已，對我來說簡直是家常便飯。」

「……」

這算什麼啊……

判斷自己沒辦法再跟對方交談（時間上和精神上都是），軋識轉過身，毫不回頭地跳過倒在地上的警衛，到達了電梯間。

但是不能使用電梯。在這種情況下被關在裡面可不是開玩笑的。

要使用電梯旁的逃生梯。使用這邊——沒錯，這正是零崎軋識的步調。用力扳開門，軋識飛也似地奔上樓梯。

軋識以輕快但固定的速度往上爬，腦袋裡也不忘思考。

現在該注意的對象。

不僅有早軋識他們一步侵入這裡的人……再加上，警衛也並非已經全都被打倒——怎麼說對方也是有四百人，就算有人尚能行動也不足為奇，再說又被搶先一步的侵入者打草驚蛇，因此對警衛也不能掉以輕心。再怎麼說，大樓裡裝置的，那炸彈——

不過。

在這裡，他一時大意將哀川潤從警戒對象裡排除，可說是零崎軋識本次最大的失敗——但距離他自己注意到這件事，還需要一點時間。

◆　　◆

「……我說你啊。」

當軋識的身影完全從視野裡消失時——紅髮馬尾的小ㄚ頭，也就是哀川潤，不對著任何人，但明顯地是對著誰，對著某人說著。

「礙事的傢伙已經消失了——你打算躲到什麼時候？我早就發現你**在這裡**了。也該現身了吧。」

毫無反應。

但，哀川潤用肯定的語氣，繼續說著：「真是令人火大的傢伙。」

她是對著倒下的警衛說的嗎——不，並非如此。她是對著充斥在大樓一樓的，討厭的氣息——不祥的**氣息**本身說話。而零崎軋識並沒有察覺。這也不能怪他，即使在職業級的玩家之中，恐怕也沒有多少人能發現。但是——一旦注意到，便無法無視那強烈的味道——那有如腐臭的味道。

誰。

「喂！」

哀川潤又再次出聲——

依然沒有現身的跡象。

要說當然的話也是當然——只是。

「真無聊啊——你不過來的話那就由我過去囉？不論你藏得再好，都逃不出我的手掌心啊——就在那裡！」

噠。

翻轉身體，紅髮馬尾大膽地，像長鞭似地回過身，哀川潤向背後的訪客服務臺跳了過去。轉身時，右手已握好的拳頭，毫不猶豫地使勁揮下。

「看招！」

接著，她對著裝飾在訪客服務臺的中型花瓶，揮出拳頭。當然，這棟大樓不過是間假公司，訪客服務臺應該有段時間沒有功用，但作為掩人耳目之用的花瓶——

那花瓶發出巨大的聲響，頓時粉碎。

簡直可以媲美穿甲彈命中時的威力。

但，就結論而言——

某人所藏身之處，並不是「那裡」。基本上，一個人要怎麼躲進中型花瓶裡面呢。

除非那位**某人**是小動物，否則是不可能的。

但，以結果而言——

那位**某人**成功地被逼了出來。就在花瓶粉碎，尖銳破片四散的範圍裡，**以某種方式隱身的某人**——為了閃避那些碎片，不得不現身。

是名女性。

是名不適合出現在現代化大樓之中的，穿著和服的美艷女姓——面容被覆下的瀏海掩蓋，難以窺見她的表情，但從她隱約可見的雙瞳當中，依舊散發著不尋常的冷酷。是屬於那種，若是視線可以殺人的話，她絕對屬於那一類的女性。看起來年齡與軋識相差無幾。一隻手持鐵扇——並將其靜靜地，對著哀川潤。

「搞什麼，是那邊嗎？」

哀川潤對計算錯誤似乎不以為意，既不害羞也不膽怯地，轉身面對那名女性。明明就大幅出乎意料之外，但她的心情卻似乎很不錯。

「其實我也有在想是不是那邊啦。哇哈哈哈。搞什麼，本來以為會出現啥妖魔鬼怪的，結果出現的是個大美女。說些什麼吧？這個慘狀，是你造成的嗎？真厲害啊。」

「闇口憑依。」

女性慢條斯理地——報上了名號。

「小女子名叫——闇口憑依。」

「……？闇口？啊啊……」

哀川潤瞬間露出厭煩的表情。直到剛才為止心情明明似乎還不錯的——就算是軋識以外的人，大概也無法跟她相處吧。

善變也該有個限度吧。

「什麼啊，妳是『殺之名』嗎。而且還是闇口眾。雖然比起零崎一賊來說好了點，但實在不想和妳扯上關係啊！」

將人扯了出來還說這種任性的話。

女性——闇口憑依似乎這麼覺得，

「那麼，」她說。「就這樣放我一馬也無妨吧？」

「那可不行。」

哀川潤毫不遲疑地駁回對方的提議。

「我已經承包這份工作啦。不論敵人是闇口還是零崎都沒差。在這裡阻止妳就是我的工作。」

「真年輕……」

憑依輕聲地說著。雖然只是句再平凡不過的臺詞，但不知為何——言語中卻似乎帶有根深蒂固的忌妒。而哀川潤一副全然不覺的態度，繼續說著，「說到闇口啊——」

「還有個主人在妳之上吧？據說闇口的家系是忠實的士兵。是那個主人命令妳回收？那個，什麼來著，保存在頂樓的資料？話說回來——」

說到這裡，哀川潤環顧四周。

五十名以上的警衛——倒在地上。

「——妳做的還真誇張呢，說到『殺之名』。不都會考慮暗地裡進行之類的嗎？」

「……妳有資格說我嗎？」

「不過，還真不可思議啊。」

哀川潤毫不介意憑依所言，繼續說道。

「既然妳說妳是『殺之名』，為什麼這些傢伙——**一個都沒死**？全都只是被打昏，或被下了藥失去意識而已不是嗎？」

「妳發現了啊——真是值得嘉許。」

憑依說著，露出些許微笑。

雖然她的臉被瀏海遮蓋住——而看不太出來。

「也沒什麼發現不發現的，根本就一目了然吧。搞什麼鬼啊。『殺之名』竟然不殺人——真是噁心。」

「這麼說的妳，究竟又是哪位？從妳說話的方式來看，似乎不是『殺之名』的樣子——」

「我是人類最強的承包人。沒聽過嗎？」

「……沒聽說過呢！」

「我會讓妳不得不知道的。我這將響徹八方、流傳千古的傳說——！」

鐵扇動了——

和哀川潤的動作，幾乎是同時。

不過，先到達的是哀川潤的蹴擊。彷彿有軸心般地在空中斜向回轉，以小腿對著闇口憑依的太陽穴使勁一擊——蹴擊的速度迅雷不及掩耳，就連頭部都似乎會被擊碎。

憑依被那一踢擊倒在地——不。

不是闇口憑依。

倒下的是——看似警衛的一名男性。

直到剛才為止都倒在附近的，穿著西裝的男性。

明明已經倒下的男性——又再次地倒下。

「……咦？」

哀川潤單腳着地，仔細地確認。

男性不可置信地，看著被自己踢倒——此時，從身後傳來竊笑的聲音。哀川潤聽見笑聲，「啊？」的，回過身來。

憑依在自己身後。不知不覺間，不，**不僅是不知不覺**。在哀川潤的攻擊擊中之前，就連在擊中的那一瞬間，憑依確實都還在那裡——

「我在這裡唷——紅髮的小姐。」

「哼嗯？」

哀川潤維持單腳站姿，搖搖晃晃地轉了半圈。

「原來如此——還滿有趣的嘛！」

憑依——將鐵扇張開。

彷彿在自己和哀川潤之間張開一道防壁。

「再一次！」

哀川潤完全無視於鐵扇的存在，再次跳起——這次是跳躍最適的膝擊。用距離闔口憑依臉部的最短距離，哀川潤的右膝由下往上，強力地擊中了對方。

但，擊中的並不是憑依的鼻梁。

哀川潤的膝蓋陷入了另一個警衛的臉——那是，直到不久前為止都躺在地上的，穿著套裝的女性的臉。

女性向後倒了下去。

哀川潤為了閃開，這次是兩腳着地。

「呵呵呵。」

竊笑聲。

哀川潤將頭轉向竊笑的來源，紅色馬尾像是有意志的生物般地搖動。

闇口憑依就在那裡。

並不是所謂的——高速移動。

就連閃避行動都談不上。

「原來如此啊！」哀川潤冷笑道。「雖然曾經聽說過闇口比士兵來說更接近忍者，看來似乎是真的啊。哇哈哈，真是的，難怪我等了半天小唄那傢伙都沒出現。像妳這種人在的話，她當然不會靠近這裡的嘛。小唄大概也覬覦著那份資料吧……啊——啊，本來想久違地跟小唄好好溫存的說——算了。話說回來，好死不死竟然是替身術啊。那個究竟是怎麼辦到的？應該可以給我個心服口服的說明吧？」

「說明？對即將死亡的人，我不認為有任何說明的必要。」

「啊？我可不會死哦！」哀川潤理所當然地說。「比起這個，妳會使用別的忍術嗎？

剛才一直沒看到妳，是用了隱身術嗎？像這樣，拿著和牆壁相同顏色的布，站在這附近之類的……再讓我多看點別的忍術嘛。真想看真想看真想看真想看！」

「妳這個人……」

憑依欲言又止。

大概是覺得說了也是白說吧。

恐怕是正確答案。

「什麼嘛，不讓我看嗎。哇哈哈哈，既然如此，那我只好用實力讓妳使出來——真是太有趣了。要去囉，看招！」

哀川潤向著憑依的位置——

她一口氣縮短距離，連續作出攻擊三次。

結果相同。

使出迴旋踢的哀川潤，腳跟陷入了警衛的左側腹。第三名警衛的身體弓起，接著倒了下去。

憑依又出現在——不同的位置。

替身術。

那麼，難道真有可能嗎？

「對了！對了！——有一件事……」憑依張著鐵扇說。「我想妳是誤會了，紅頭髮的小姐，眼前的慘狀——並不是我所造成的哦。**是我的搭檔——做的——**」

「啊？妳說搭檔是？」

「身為『殺之名』的一員卻不動手殺人——再也沒有比這更噁心的事了。我也同意妳的意見，但這也是無可奈何的事。還請妳多多包涵。因為這是那孩子的主意——」

◆　◆

零崎軋識速度毫不減緩地，將總共有四十樓的階梯，一口氣跑到二十五樓，在二十五樓到二十六樓的平臺——看見了走下階梯的人影。由於一路跑到這裡都沒遇到半個人，原本還抱持著，說不定能就這樣順利到達頂樓的想法，看來是如意算盤打得太好了。當然，軋識還保留足夠的體力來應付敵人，所以倒也沒什麼好著急的——

但卻被突然出現的人影嚇了一跳。

對手是個小孩。

以前，曾經和一賊裡的極端兒零崎人識，共同襲擊一賊之敵所藏身的公寓——眼前的敵人和那時出現的奇妙的用刀孩童，看起來差不多年紀。都是大約十歲左右，就算再怎麼多算，依然不像是十幾歲的青少年。

穿著孩子氣的短褲和短筒襪。以及看似教養良好、雅致穩重的襯衫。長長的黑髮，乍看之下還會被誤認為美少女，實際上卻是個令人脊背發寒的美少年。他的美彷彿連血液都可以凝結。簡直有如藝術巨匠所描繪出的一幅畫——只是——

只是，少年用小手握著、扛在肩膀上，那一把看起來嬌小身軀無法使用的、帶著水滴圖樣的大鐮刀，正綻放出異樣的光彩。

並不是——警衛。

再怎麼說也是偽裝成企業本部的「保險庫」，是不會安排這種小孩子當警衛的。況且攜帶那麼巨大鐮刀，根本就無法掩人耳目和偽裝吧。

這麼說來就是——侵入者。

軋識以外——先潛入大樓，將警衛全部擊倒的侵入者。與「暴君」一樣，覬覦頂樓資料的人——

那個。

從樓上下來的話就表示——

「……」

但是，現在，占據軋識思緒的，完全和硬碟之類的東西毫無關係。沒錯……在精神之中，零崎軋識的意識超越了式岸軋騎的意識，完全浮上了表層。

零崎一賊。

身為——「殺之名」的。

「你……你……」

他的聲音止不住顫抖。

就算是小孩也無所謂。和那名用刀的孩童對戰也才過沒多久，在殺戮的世界裡，不論對手是不是小孩、有什麼隱情都無關緊要。

但是——大鐮刀。

那把死神之鎌——非常的不妙。

問題可大了。

據零崎軋識所知，以死神之鎌為武器，並且隨身攜帶這類凶器的人們，在裏世界之中，似乎只有一位榮獲遴選——

死神。

在「殺之名」七名當中，例外的存在——！

「真是傷腦筋啊。」美少年慵懶地說道。「不過，總之我先報上名字吧——你好啊，大叔。我的名字是石凪萌太。」

◆　◆

此時。

零崎雙識在某個超越高級的超超超高等級飯店的套房裡，一邊在窗邊俯視夜景，一邊目不轉睛地看著手機。在盯了螢幕好一陣子後，終於煩惱地發出「嗯——」的聲音。

「一直沒有回訊呢——為什麼呢。真令人擔心。難道說發生什麼意外了嗎，或許子荻美眉遇上了無法回信給我的狀況也不一定。嗯，真令人擔心。好——已經過了一分鐘，應該要再催促一次了——」

正當他說到這時，手機發出聲響告知有簡訊傳來。發訊人正是「荻原子荻」。

「哦哦！嗚呵呵，什麼嘛，真是的，吊我胃口。子荻美眉真是個小惡魔呢。好萌啊。什麼什麼，『我也是這麼想的，大哥哥真是博學多聞呢，好棒哦。那麼明天還有課我也該睡了，晚安。』啊。嗯——真是可愛呀。國中女生果然不錯。特別是貴族女校的國中女生更棒。你說是吧，阿趣？」

雙識如此說著——然後轉向後方。接著以得意的口吻，對著躺在床上伸長雙腳，專注於調整巴松管的一名男性搭話。

「縱然每個人都變態變態的叫我，不過正如你所見，能夠瞭解的還是大有人在啊。知道我的魅力所在。看吧，這名國中女生溫柔的文章。所謂真正的魅力呀，只有懂得的人才可以感受到呢。阿趣，像你這種冷淡的人或許無法察覺，不過這後半段的『我也該睡了，晚安。』，可是這段簡訊的重點呢。雖然表面上寫的是自己睏了所以想睡，但實際上並非如此。這是在關心身為筆友的我啊。其實當中隱藏著『雖然我很想繼續用簡訊對談，但不能再浪費大哥哥的時間了，所以就先到此為止吧。夜深了，大哥哥不早點睡的話，對身體健康不好唷。明天也請發簡訊給我吧！』這樣的涵義，這是只有我才能明白的！」

「……的確，但不管我再怎麼看，都覺得她是自己睏了所以想睡而已。」

男性以巴松管發出噗哈——的聲音回應。

「不過，既然阿願這麼說的話，就當作是這樣吧。反正也沒什麼不好的。」

「看來你似乎理解了。哦哦，不能再耗下去了，得回訊才行。嗚呵呵，看來今晚是不用睡了。不過這也是為了子荻美眉啊。」

雙識高興地按著手機的按鍵。雖然打字的速度十分驚人，但卻遲遲打不完。看來他是打算打到輸入字數的極限為止。附帶一提，雙識的手機的輸入文字數，最多可以打到五千字，相當於二十張半的稿紙。

床上的男性發出，噗哈——的低音。

接著小小地說了聲「嗯」。

「阿願——我說你，難道是為了向我炫耀交到貴族女校的國中女生當朋友，才叫我出來嗎？」

「嗯？沒錯啊？」

雙識停下打字的動作，點了點頭。

然後又慌慌張張地補上了一句——

「啊、啊！不對！不對！現在說的才是真的。」

看來他說的是真心話。

「之前在雀之竹取山的事，阿趣你也聽說了吧？」

「啊啊。從阿贊那聽說過。反正也不是什麼不好的事……雖然我還沒見過人識，不過近期內也打算聽聽那孩子的說法。」

「哎呀，我想那是白費功夫的。人識雖然在那座山上跟我們分開行動，但當中發生了什麼事，他完全不告訴我們呢。和誰戰鬥、發生了什麼事……就連對我、他最敬愛的哥哥都不肯透露半分，即便是阿趣你去問，他應該也是守口如瓶吧！」

「就算我是弟弟，你是哥哥，我想，我也是什麼都不會對阿願說吧——不過，既然阿願這麼說的話，就是那樣吧，反正沒什麼不好的。」

「反正，怎樣都無所謂啦。畢竟，到最後發現赤神家的千金並不是我們家族的人——人識是這麼判斷的。所以問題重點就在於，有人想以那位千金小姐為餌，並把我們給釣出來。是零崎一賊的『敵人』吧？」

「嗯。然後？」

「近期之內，恐怕會和那些人展開全面性的戰爭。不久就會發生零崎一賊未曾經歷過的，令人束手無策的大規模戰爭吧。彷彿過去人類最強所引發的『大戰爭』。我想告訴阿趣你這件事。要是真到了那個時候，恐怕也得請你貢獻一己之力了——『少女趣味（Bolt keep）』的零崎曲識先生。」

「沒什麼不好的——不過，與我無關。」

有如轉變話題似地，他吹奏起巴松管。

是有著沉靜的低音，卻激烈的旋律。

那正是——零崎曲識的旋律。

「你應該知道我是素食主義者吧——我對戰爭可是敬謝不敏。雖然你是怪人，但我也是。如果事態真的演變到那種地步，我會第一個逃走。我被稱為『逃亡的曲識』可不是假的。」

「我倒希望你那稱號是假的呢。起碼你是可以和我或阿贊並列的實力派，好歹多努力一點嘛。話雖如此，但我對你倒也沒有什麼特別具體的期待。總之就來充個人數，這樣就好了。」

「充個人數就好了嗎？」

「嗯、嗯。我沒有其他要求了。」

「既然如此，也沒什麼不好啦——雖然總覺得有點可疑。」

零崎曲識調整完巴松管音律之後，小心地翼翼地將它分解，然後零件一個一個地放在身旁。他的一舉一動，不帶絲毫情感。

「不過，既然阿願這麼說的話，就這樣做吧。沒什麼不好的。」

「拜託你囉。」

雙識說完，又繼續打他的簡訊。

「話說回來，」看著雙識的背影，零崎曲識問道。「那個阿贊，現在在幹麻？」

「嗯？我不知道啊。那傢伙，最近有些冷淡哩。似乎是因為在雀之竹取山，以丟臉的方式輸掉的關係——蠢斃了。就這麼點小事，有什麼好洩氣的。況且對手還是女僕耶？要是我輸了的話，也心甘情願啊。」

「阿贊和你這種變態不一樣，他的內心很纖細的。那是他的缺點——不過，也是他同時無可取代的優點。那種男人意外能成為好音樂家呢。」
「不過阿贊又不是音樂家……」
「那種零崎，也沒什麼不好。」
零崎曲識靜靜地說道。然後留下巴松管，從床舖下來。
「你要回去了嗎？」
「嗯、嗯。你的話說完了吧？」
「嗯，不過我還有很多要自吹自擂的話。」
「那些我也聽夠了。我沒那麼多美國時間，下次這種程度的小事，希望你能用電話解決。阿願，這是我衷心的請求。」
「有什麼關係嘛。別說什麼沒有美國時間的謊了，我可從沒聽說過零崎曲識會預先擬訂什麼計畫的。你這舉世無雙的閒人先生。是說很久沒見到阿趣你了，說有事只是藉口，其實是想跟你久別重逢地小敘一下，這可是我出自肺腑的真心話吶。」
「的確，久久跟阿願碰面一次——也沒什麼不好。」
「回去的路上小心點——哦哦，就算這麼說……實際上你也沒有可以回去的歸處吧，阿趣。」
「……」
零崎曲識沒有回答。就這樣無言地走出房間。
雙識微笑地眺望著零崎曲識的背影，又接著說道，

「還是說，你接下來有什麼目的地嗎？」

對此，零崎曲識暫時停下腳步，靜靜地回答「誰知道呢？」。而後，彷彿自言自語地——說著。

「開始零崎，也還不錯。」

◆

◆

另一方面——

情勢一轉，闇口憑依顯得有幾分焦躁。

手持鐵扇穿著和服的美艷女姓——闇口憑依。

她正是在竹取山決戰中，讓零崎雙識陷入苦戰的「隱身濡衣」，闇口濡衣的姊姊。

雖說是姊姊，但並不表示有見過弟弟——正因如此，關於「隱身」，她比起其他的闇口眾更技高一籌。而對於識破了她的「隱身」——即使識破的方法並不合常理——這名紅髮馬尾的小丫頭，一開始確實是被她嚇了一跳，但也只不過是被對方看見罷了，根本沒什麼好焦躁的。

自己並不像弟弟一樣那麼堅持。

也不打算一直隱藏下去。

小丫頭所說的替身術。

空蟬才是——闇口憑依的精隨所在。

「空蟬憑依」。

理所當然的，闇口憑依也和零崎軋識相同，不清楚保存在這棟大樓頂樓的資料內容為何。那種事情，身為侍奉主人的奴隸，沒有必要知道。自己只需服從主人所下的命令即可——正如弟弟服從他的主人般，憑依也服從著自己的主人。

這正是闇口的本分。

闇口眾——「殺之名」名列第二。

先不管憑依的主人想要的資料內容為何，這個企業現在明顯地受到來自各方、基於各種理由的狙擊。就憑依所知，起碼也有十二個勢力覬覦著頂樓的資料。為此絕不能讓「工作」受到干擾。

正因如此，憑依才會將奪取資料交給搭檔執行，自己留在一樓把風——想不到竟然會有笨蛋用油灌車從大廳衝進來。

紅髮馬尾。

充滿精神，精力旺盛——

露出笑容進行攻擊，不可思議的小丫頭。

她不是泛泛之輩。

即使如此，一開始憑依還是神色自若。光靠蠻力，不可能破解闇口憑依的空蟬——

基本上那根本稱不上是戰鬥技巧。無論小丫頭再怎麼攻擊都毫無意義，沒有任何意義，

完全沒有任何一丁點的意義，攻擊著憑依以外的人們。

無論任何攻擊都打不中闇口憑依。

若說弟弟闇口濡衣得意的，是誰也沒見過他的真面目，這個壓倒性的事實，除了主人以外的人可是連他的聲音也沒聽過——那麼闇口憑依得意的就是，除了主人以外她從未受過他人的攻擊，就連碰也碰不到她——但是……

就算這樣，闇口憑依仍感到焦躁。

面對比自己還要年幼許多的小丫頭，卻感到焦躁。

或著該說……感到困惑。

——什麼。

這傢伙——究竟是什麼。

「哇哈哈哈——真是太有趣了！」

這次朝著心臟部位的肘擊擊中了憑依——不，沒有擊中。小丫頭的肘擊擊中的是，被憑依用空蟬當作替身的，不知名警衛的心臟部位。

不管重覆多少次都是徒勞。

明知徒勞無功——

這已經是第四十次了。

第四十人的空蟬。

「……妳、妳這個人——是沒有學習能力嗎？」

憑依忍不住說道。就連鐵扇都忘了擺好架勢。

「無論任何種類的攻擊，在我面前都是無意義的——」

「哇哈哈哈哈哈！」

她開心地笑著——伸出雙手捕捉。十隻爪子猶如左右交叉般襲向憑依。那絕對的速度，絕對的角度，按常理絕對無法閃避也無法防禦——然而卻不足與憑依的空蟬為敵。

雖不足為敵。

但這樣僵持不下的窘境，究竟還要持續多久——

「啊啊，真是，這小鬼！」

憑依使用空蟬，迅速移動至小ㄚ頭背後。

她看見警衛被毫不留情地打倒在地。

「……」

實際上雖然不清楚小ㄚ頭的目的，是資料還是什麼……不過，對她而言眼前的敵人應該是闇口憑依，而不是這群警衛才對。雖然如此，明知憑依會使用空蟬將他們作為替身，卻毫不留情地持續攻擊失去意識的警衛……

這個小ㄚ頭沒有身為人類應具備的情感嗎？

明明就不是「殺之名」。

「妳——妳給我差不多點——」

「啊——妳說什麼？」

這次空蟬拉開了一段距離，小丫頭也終於停止連續不斷的攻擊。但是，她卻馬上跨步縮短兩人間的距離，彷彿刻不容緩似地。看來並不打算減緩攻勢的樣子。

「妳還想繼續到什麼時候啊——實在是很煩。」

「煩？妳說什麼傻話。明明就這麼有趣的說。」

「不論再怎麼攻擊，妳都無法贏過我——這一點妳應該很清楚了吧？到現在為止，妳根本動不了我一根寒毛吧？妳就別再苦苦掙扎了——不認輸也要有個限度。」

「不認輸？」聽見憑依所說，小丫頭邪惡地笑了笑。「沒錯。我是個很好勝的人。」勝利。

用著桀傲不遜的態度，她理所當然地這麼說道。

即使以憑依為對手。

「再說，我可不是苦苦掙扎。妳的那個交換……我已經大概知道其中原理了。」

「什……」

竟然說——知道了其中原理？

空蟬的原理？

哼哼，小丫頭得意地開口。

「首先是距離——妳能夠交換的對象，只限於周圍的人。對於距離太遠的人，妳是無法交換的。其次，要是在交換對象中間有其他人物存在，交換就無法成立吧。到剛才為止，妳可都挑離妳最近的警衛進行交換不是嗎？名列『殺之名』的妳，面對這些傢伙卻沒殺掉他們，這也是基於施術必要的條件吧？因為妳只能交換活著的人。而且那個人還不能有意識……有意識的人是無法交換的，所以妳才讓他們全部陷入昏迷。這一招讓我見識這麼久，這種細節我還是觀察得出來的。最重要的一點，就算妳使用替身，但妳也不見得毫無損傷吧。哇哈哈，雖然妳的臉被瀏海遮住看不太清楚，但妳確實面帶疲憊之色呢，大姐——」

「……」

完全不對。

交換對象與自己的距離不但毫無影響，當中有什麼人也沒有關係。只是單純地因為距離最近，所以才只挑離自己最近的警衛交換而已。就算對象是屍體也可以交換，有無意識更是毫無關係。只要憑依想的話，連拿這小丫頭來交換也沒什麼不可。不殺那些警衛，只是因為搭檔所堅持的原則。要是憑依早就下殺手了。最重要的，一旦使用空蟬，憑依就不會有任何損傷。一切傷害，都會轉移到交換對象身上。

重複了四十次，卻什麼都不明白。

什麼都沒發現。

這是當然的，空蟬可不是低劣的術。

小丫頭指出的幾點當中，只有一點說對——被瀏海遮掩的憑依臉上，的確面帶疲憊。

「……」

疲勞。

沒錯……正是疲勞。

闇口憑依——感到疲憊。

比起焦躁，比起困惑。

她更感到疲憊。

連續使用四十次空蟬這還是頭一遭。很明顯的，超出她原本預估的次數。或著該說，即使不使用空蟬，在短時間內持續閃避如此激烈的攻擊，也會消耗掉相當的體力。

只要闇口憑依使用空蟬，在一般的狀況下，對手早就該放棄了……最起碼，也會擬定其他對策。

然而，這個小ㄚ頭為什麼……不——

若只是死纏爛打，那還能理解。無論是不認輸還是好勝，都無所謂。缺乏學習能力——倒也無妨。

然而——

「為什麼妳——還那麼有精神呢！」

憑依終於忍無可忍地——發出怒吼。

為什麼這個小ㄚ頭——不會感到疲憊？

不間斷地使盡全力進行了四十次的連續攻擊……為什麼精力還那麼旺盛？攻擊這種行為，被攻擊的一方固然會受創，攻擊的一方也會消耗相當的體力。然而這個小ㄚ頭，卻給人一種戰況越是持久，她便越有精神的感覺。

這個小ㄚ頭，沒有極限嗎？

被紅髮馬尾玩弄於股掌之間——

小ㄚ頭「啊啊？」不滿地回道。

「妳這傢伙說什麼傻話啊。我精神充沛是理所當然的吧。妳不知道我被稱為陽光花樣少女嗎！」

「妳……叫什麼名字？」

「哦，終於要問我的名字了嗎？哇哈哈，我可是對方不問就不會自報名號的呢。哎呀哎呀，我還在想要是妳真的叫我陽光花樣少女該怎麼辦咧。我是哀川潤。人類最強的承包人。」

「哀川潤……哀川潤……妳，究竟在打什麼主意……！為什麼要阻撓我呢……？」

「打什麼主意？我想做的就是幫那個高大的小哥忙而已呀——總之，現在我只想打倒妳。哇哈哈哈，『殺之名』裡也有許多有用的傢伙嘛。我說妳啊，要是我贏了的話，就告訴我這技術的祕訣吧。我也想試試看——」

唰！

她以迅雷不及掩耳的速度，向著闇口憑依的右頰，如發條一般，以身體全部的重量擊出一發裏拳。

但，當然。

這種攻擊對空蟬毫無作用。

——不過。

這次被憑依當作替身的對象，並不是倒在附近的警衛。被紅髮馬尾的拳頭一擊打飛的是——

加油站的員工。

不久之前，才被搶走油罐車，當時還被紅髮馬尾的女性踹了一腳，穿著制服帶著帽子的年輕男性——原本應該被丟在加油站的男性，正倒在那裡。

闇口憑依已經消失無蹤。

起碼不在於這棟層裡。

用空蟬交換——也就是說。

已經逃到這棟大樓外面了。

身體的疲勞到了極限也是逃跑的理由之一，不過最主要還是因為闇口判斷，無法再和這小丫頭耗下去了吧。

闇口憑依。

策略性的撤退。

「和距離無關嗎？……唔——嗯。而且豈止是隔著人，就算隔著大樓的牆壁也沒關係啊。真厲害——到底是怎麼辦到的呀？不愧是忍者。話說回來，或許是像架城大叔一樣的魔術師也不一定。啊——啊，被她給逃了。哇哈哈，不過，一天之內同時吃了我的迴旋踢和拳頭的人，你還是第一個。真走運。」

紅髮馬尾明明沒那資格可以誇讚別人，卻讚許著無故受到憑依的空蟬和自己的拳頭攻擊的被害店員，接著她像是切換注意力般，若無其事地說了聲「哦、哦」然後望向天花板。

「那個小哥，不要緊嗎——那個女人……欸——叫什麼名字來著，忘記了，算啦，那女人，好像有說過搭檔什麼之類的東西——她的搭檔也是忍者嗎。哇哈哈哈——」

小丫頭踩著輕快的步伐前進。

朝著和電梯間相反的方向。

◆　◆

「殺之名」七名。

按照排名，分別為匂宮雜技團、闇口眾、零崎一賊、薄野武隊、墓森司令塔、天吹正規廳、石凪調查室——也就是說，光就數字客觀地來看的話，對排名第三的「零崎」來說，排名第七的「石凪」根本不足為懼。

但是——有些事情從排名上無法說明。

正如零崎雖然位居第三，但在「殺之名」中卻被同為「殺之名」的其他人忌諱，被稱之為最惡集團一樣——其中，石凪在「殺之名」裡也有著最特異、例外的性質。

死神。

石凪家的人——正如字面所見，是死神。

身為零崎一賊的愚神禮贊，無論在**何種情況之下**，遇見敵人便一舉擊潰，這是零崎軋識一貫的原則——即使對方是列名「咒之名」的人，他也一定毫不退讓——

即便是這樣的軋識，面對石凪時，卻也只能另當別論。

那是最下層的特權階級。

異質的、等級不同的存在。

是連身為零崎且持有「愚神禮贊」的軋識，都不想扯上關係的對象，再加上，現在自己並不是零崎——而是侍奉「暴君」的「街（Bad kind）」，式案軋騎。

「殺之名」中位居第七，石凪——但那應該是極少公開出現，連是否存在都令人存疑的集團才對。即使有死神之鎌這鐵証，軋識還是難以置信。但另一方面，內心的謎團卻迎刃而解。在一樓潰散的警衛們——在軋識以油罐車侵入之前先造成那副景象的侵入者，究竟是何時瞞過軋識的雙眼，潛入這棟漆黑大廈的，若是石凪家的人，這種程度的神技根本就輕而易舉。

緊接在人類最強的承包人之後，這次是死神……為什麼預料之外的事情接二連三地發生？自己所迷戀的「暴君」——究竟是對什麼樣的資料出手——？

「啊啊——請你不要誤解。」

美少年——石凪少年說道，用著像是要安撫軋識內心的溫柔口吻，優雅的語氣一點也不像是個孩子。

「從你的反應判斷，看來大叔似乎知道『石凪』的樣子，不過這次我並非以死神的身分行動。現在的我，是以『闇口』的身分在行動的」

「闇——口？」

闇口眾。

「殺之名」中位居第二——在這之前，零崎雙識才和之中的一人在雀之竹取山，比試過才對。為了自己的主人，持續殺人的暗殺者集團，僅次於零崎一賊，被忌諱的「殺之名」——

「石凪」以「闇口」的身分行動……？

這是什麼意思。

從來沒有聽過。

「呵呵。」石凪少年笑得很微妙。雖然看上去很美，但是卻充滿虛偽。「反正，就是大人和小孩的約定嘛——在我努力工作之時，我可愛到不行的妹妹就不用為他效命了」

「效命……？」

「對啊你看，我不但可愛而且又是天才對吧。只要我認真工作的話，基本上沒什麼辦不到的。正因如此，今天我也不辭辛勞地熱中於勞動呢——話說回來大叔，你來這棟大樓有什麼事呢？」

對於石凪少年直接的問題，軋識回答了一句：「我不是大叔。」

這是個毫無關係的答案。

就像是要爭取時間一樣。

軋識仔細地、裝作若無其事地，觀察著石凪少年的全身上下——短褲加上襯衫……手上只抱著大鐮，並沒拿著任何裝著行李的東西。從上層走下來，代表這名既是石凪也是闇口的少年，已經在頂樓處裡完事情了……但是，手上卻沒有像是硬碟的東西。那並不是能夠藏起來的大小，就性質上來說應該也不能複製。

究竟是怎麼回事。

「我才——二十七歲。」

「這樣啊，我今年才十歲喲。」

咻咻咻——的，石凪少年邊說邊揮舞死神之鐮。鐮刀的風切聲就連軋識也聽得見。雖然鐮刀的尺寸比起身體大上許多，但石凪少年卻絲毫不受影響。

贏得了嗎？

殺得了嗎？

若是其他人，只要進入戰鬥，開始對戰狀態便多多少少能摸清楚——對方的實力、對方的招數、對方的戰略……但，就連這些經驗在石凪面前也毫無用處。

畢竟對方是神啊。

老實說，現在真不知該如何是好。即使如此，這個狀況下還是不得不戰。為了自己迷戀的「暴君」——

——唔。

刺痛——心臟感到刺痛。

心臟……？

為什麼，事到如今。

那時的傷，應該已經完全治好了。

在雀之竹取山的，那場戰鬥——那場敗北。

不可能留下任何後遺症——

「……！」

才對。

由於傷口隱隱作痛——軋識一**步也踏不出去**。

無法爬上樓梯。

不只無法往上爬，反而還有股往下走的衝動。

和軋識的意志毫無關係。

或著該說，順從意志。

身體本能地排斥戰鬥——

「咕——嗚嗚嗚嗚……！」

「大叔！請不要誤會哦。」石凪少年像是洞悉軋識的心理似的，以讓人感到平靜的純真笑容說道。「我沒有打算和大叔你戰鬥——或著該說，已經沒有戰鬥的必要了，大概是這種感覺吧？」

「……啊，啊啊？」

「大叔，你覺得家族對你而言是什麼呢？」

石凪少年唐突地發問。

毫無脈絡可循——可是，關於家族。

好死不死，偏偏是關於家族。

「我雖然說過我有個可愛到不行的妹妹——但是我沒有爸爸唷。不，既然我已經像這樣存在於這裡，那他應該也存在於某處吧，還真是個傻爸爸呢……託他的福，我吃了不少苦。」

「……」

「只要血緣相繫的話，就是家族不是嗎——或者該說，只要心靈相繫就是家族？血緣與心靈之間差別，我並不太了解。」

這種事。

軋識也一樣，不了解。

零崎一賊是家族。

但若是如此——零崎人識是什麼？

那個極端的零崎是什麼——而自己又是什麼？

零崎一賊。

非由血緣相繫，是由血腥相繫。

「我有一個夢想。」石凪少年滔滔不絕地說著。「總有一天，我要離開那些令人不愉快的傢伙，帶著妹妹出去旅行——尋找我的家人。當然，不是去找那個傻父親。是可以心靈相繫的一群人——然後，生活在同一個屋簷下。家族就是要永遠都在一起的。」

噠、噠、噠、噠。

石凪少年滿不在乎地，慢慢走下樓梯。

很快的與動也不動的軋識，比鄰並排。

即使如此——軋識依然動彈不得。

不知是刻意還是偶然，死神之鎌那過於巨大的刀刃，抵住了軋識的脖子——即使如此，軋識依然動彈不得。

心臟感到疼痛。

刺痛、刺痛、刺痛、刺痛。

「說了不少不合年齡的夢想呢——我所做的事情，也一點都不像個小孩。也是啦，因為大人們是不會讓我做夢的，我也沒辦法啊！」石凪少年說道。「你是來偷頂樓的硬碟的吧？大叔。這樣的話，動作快一點比較好哦，已經沒時間了。」

沒時間了——這是什麼意思？

這是走下樓梯來的人不該說出的臺詞——

「你難道——不是嗎？」

「不，我原本也想這樣做的，但是——就像是任務失敗的感覺吧。反正，看來**媽媽**也已經逃走了……即使血緣與心靈都沒有相繫，卻丟下自己的孩子逃跑，真是個過分的母親呀。為什麼她要逃跑呢？就算這麼問她，她也不會告訴我吧，反正把風的已經先逃走了。對只是來幫個忙的我來說，大概也算是個合理的藉口。總之，雖然對不起想要資料的那個人，但——」

無妨。

反正，不是我的主人。

石凪少年這麼說道，接著「啊，抱歉」，一派輕鬆地像是發現不小心踩到別人的腳般，將死神之鎌逆向翻轉，把刀刃從軋識的脖子上移開。

然後。

就這樣下樓去了。

已經走到樓梯的下個平臺了。

突然察覺的軋識，在反應過來後連忙叫著：

「喂、喂，等等——」

即使這樣叫喚，石凪少年依然沒有回頭。

「才不等咧。還有啊，大叔——你自己注意一點啊，你印堂發黑面露死相唷。而且不知為何還是雙重死相。大叔，你有兩個名字嗎？反正，會死也是遲早的事，這是身為死神的我說的，所以不會有錯的哦。請你多加小心，別輕率行事。」

然後他就這樣——消失了。

石凪少年，突然間消失了身影。

軋識還是——一步也動彈不得。就算追上去也毫無意義，對方是死神，不可能追得上——再說原本就沒有追上去的理由。但即使如此，不知為何，自己卻莫名地想去追那名少年？

為什麼會想和那名少年……

聊聊更多關於家族的事情，他這麼想著——

「……不得不繼續行動了嗎？」

拋開這些迷惑，軋識不再往下看，開始爬上樓梯。心臟的疼痛還未完全停止，但並非痛到無法行動的程度。

不，再說疼痛什麼的，根本不可能存在。

傷已經完全治好了。

鐵定是自己多心了——

一定是自己想太多了。

現在在二十五樓——還有十五樓。

他說過沒有時間了。

石凪少年，也就是入侵者，因為顧慮到時間而先離開……剩下可以妨礙軋識的威脅，除去已經被撂倒的警衛，如果還有其他不得不去在意的對象，那應該就是——

最糟的預感掠過軋識的腦海。

一個他不願意去想起的可能性。

那句任務失敗所代表的可能性。

但是，稍微冷靜考慮，便可以確定，那名石凪少年，全身上下，都沒有帶著硬碟。也就是說，他就那樣將硬碟留在頂樓了。應該是這樣才對。不管過程如何，只要最後能拿到硬碟，軋識的工作就結束了——軋識對「暴君」來說還是有利用價值的。

這樣就好。

現在，只要這樣就好。

終於到了四十樓，軋識將門撬開，跳進樓層——

哀川潤就在那裡。

紅髮馬尾，身材高挑的小丫頭。

「……」

「你很慢耶，小哥！」

「不、不……」

看見一派悠閒的哀川潤，軋識臉色發青。

她到底是怎麼提前到達的。

和石凪少年的對話，並沒有花費這麼長的時間——話說回來這個小丫頭，難道毫無警覺性地使用了電梯嗎？連說不定會被關在電梯裡的危險性都沒有考慮嗎，這傢伙……不，比這重要的是，原本應該說著已經膩了而回去的人類最強，為什麼還會出現在這裡。才正要慶幸與死神相遇卻不必戰鬥，為什麼現在又遇上這種事……

「妳、妳——為什麼？」

「哇哈哈哈！」

笑了。

大概，沒什麼意義。

「沒有為什麼啊！你覺得我是那種會棄你於不顧的人嗎！」

「……！」

不久前才剛碰面的小丫頭，就算講得一副已經結識十年，是好夥伴的樣子我也……！

「喝。」

軋識突然被踢了一腳。突如其來交叉般地腳踝勾住腳踝。

刀割般的疼痛。

「喂，別擺出那副死人臉啊。看了不是讓人心情差嘛。是碰到幽靈還是啥，臉色很差哦。」

「臉色會差是因為，妳突然莫名其妙地冒出來——」

「隨便啦。真是，我等很久了耶。還想說我的馬尾會因為等太久分成兩邊、變成小甜甜頭了呢。你這傢伙真了不起呀、居然讓我等這麼久，這確實值得誇獎。不過你先來這邊一下，事情變得很有趣哩。」

「有趣……？」

軋識已經非常清楚了。一旦被這小丫頭形容成「有趣」，肯定不會有什麼好事。

哀川潤毫無顧忌，跨開大步穿過走廊。

跟在後面的軋識……被帶到一扇像是被死神之鐮那樣鋒利的刀刃砍成兩半的門前。被切開的斷面簡直是漂亮到詭異。而門的另一邊——一根一根的鋼架被整整齊齊地排列在牆邊跟房裡，簡直就像是圖書館的書架，但架上卻是一點縫隙也不留地塞滿了電腦機殼。整間房間乍看之下彷彿是個大型機房，事實上並非如此。

這純粹只是硬碟山。

全都接上電纜在運轉著。

勉強推開被砍到只剩半截的門的殘骸，他們踏進房內——並按下門旁的開關，點亮房間的燈。

這是個沒有窗戶的房間。畢竟是保險庫中的保險庫——不安裝窗戶是理所當然的。但若有人想要從窗戶侵入的話，除了愚蠢沒有第二個形容詞。雖然有這麼大量的硬碟，當然，幾乎都是冒牌貨……只有一個是真的。要在短時間內從這當中找出「那個」是極其困難的——這就是石凪少年所謂的「沒有時間」嗎？不，不對。如果只是那樣的話，哀川潤不可能會用有趣來形容——

一定有什麼不有趣的東西在。

「這是……尋寶嗎？」

「不，是找錯。」

說完，哀川潤走向房間更深處，對著軋識指了樣東西。軋識上前一看，那是個硬被從鋼架上拽下地——不需多言，上面殘留著當時使用的大鐮刀的痕跡——而且裡頭慘遭解體的電腦主機。

不，不是——不是被解體了。

是差點被解體。

解體的行為在中途就罷手了。最關鍵的部分毫無損傷。

電纜雖然被扯到極限，但還是連著鋼架上的左右機殼。看來連結並沒有被切斷。倒不如說，在準備進行解體的時候，不得不維持電源跟連結吧。

就算如此還是——中途停手了。

若是身為「暴君」夥伴之一的零崎軋識，這種程度的機械，就算不用工具也能拆解，但這位下手的人物似乎沒這種能力，就連解體似乎也充分運用了大鐮刀。

「哇哈哈哈——這個，為什麼中途停手了啊，喂？小哥你說想要的資料，就是這個沒錯吧？『某人』從這麼多的硬碟裡面鎖定了那一個，眼看就要成功到手——卻在這放棄了。究竟是為什麼呢？」

「……」

「某人」很明顯地就是石凪少年。

即使沒有死神之鐮的痕跡，那也是無庸置疑的。

而軋識也——確切掌握石凪少年之所以把快成功的事情誤判成「任務失敗」，而在中途停手的原因。與其說停手，不如說石凪少年是放棄了。沒錯，他在安全梯碰到軋織的時候，正值逃亡途中。這麼一來，會對軋識提到妹妹和家族這些看似毫無脈絡可循的話題，可能也只是想混淆視聽而已。

能從這個偽裝成機房的房間裡，鎖定單獨一個硬碟，手腕實在了得——不過結論就是，不管是石凪還是闇口，在電腦方面都並非專家。

「……我想要的硬碟，確實是這一顆沒錯。」

軋識對哀川潤大致地說明。

雖然大概也沒說明的必要。

「要把這玩意兒帶走，起碼得把這條電線切斷——但是，它透過纜線跟這房間裡所有電腦連鎖反應著。」

「是哦。那又怎樣？」

「……**這個房間是——炸彈的引爆室**。」軋識說著。

是之前所預測——最糟的可能性。

這裡根本就不是什麼機房。而是，被設置在大樓的引爆裝置的電子管理中樞——

「到底在想什麼啊，那些笨蛋……居然讓資料與部分的炸彈結合——而且設計成只要一切斷電線，整棟大樓就會讓跟著倒塌。就某種意義來說，還真是湮滅證據的極致啊。」

「好棒！不，那個……果然真的很棒！」

「……」

這樣啊。

設置在大樓的炸彈對敵人來說是最終手段，是盡可能不去動用的最後預藏的王牌，既然如此就在那之前先把其他事情解決——可以的話。當然，石凪少年也是這麼打算的吧！之所以事先撂倒四百個警衛，也正是因為如此。

不過，跟警衛並沒有關係。

想要的資料，本身就是顆炸彈。

所以只要一出手，大樓就會倒塌。

「所以……」

所以——石凪少年放棄了。

他認為不能再更進一步——原來如此，這麼乾脆的撤退方式，與其說是身為石凪的作風，倒不如說是闇口的特質。

既是石凪也是闇口。

擅使死神之鐮的，美少年。

「不過，既然要搞得那麼麻煩的話，乾脆直接把資料銷毀不就好了。看是要燒掉還怎樣都行啊。根本就沒有那麼大費周章保存的價值不是嗎？搞成這副德行，連那些原製作者都無法把硬碟取出來了啦。」

「一定有解決的正確步驟——只要照著步驟，就能安全地拿出來。」

「欸——什麼嘛。真無趣！」哀川潤頓時浮現不滿的表情。「那就沒什麼問題了嘛。小哥，你是機械這方面的專家吧？那什麼正確步驟的，只要花點時間，就有辦法推測出來不是嗎？」

「……**前提是**……**有時間的話**。」

沒錯——有時間的話。

『沒有時間』——石凪少年是這麼說的。

那句話的，真正含意——

「**引爆裝置已經啟動了**。恐怕就在機殼從鋼架上被扯下來的那一瞬間。鋼架本身、還有機殼本身都可以看見動手腳的痕跡，所以它們似乎都被設置了機關。也就是說，**若沒在限定時間內把這顆硬碟拿出來的話**，無論如何炸彈都會爆炸。」

「哦。變得有趣了。」

「真覺得有趣嗎妳——已經逃不掉了哦。算算機殼從鋼架上被放下來的時間，剩餘的時間也不多了。恐怕，就剩幾分鐘……」

畢竟不像電影或連續劇有個計數器，會顯示距離爆炸還剩多少時間，只能靠大略的推敲與猜測；不過再怎麼樂觀，時間也完全不夠讓他們從目前所在地，也就是頂樓逃出這棟大樓。否則石凪少年也不會就這樣放過零崎軋識了吧。希望避開戰鬥的——應該是他才對。

那少年也太任性了！

隨便對自己無法應付的東西出手，一旦失敗就把爛攤子全丟著不管——拍拍屁股就逃！

「啊——這房間，也沒窗戶嘛。」

「要是有窗戶妳打算跳出去嗎……四十層樓耶。如果堅持要這麼做，就去其他房間吧。比起被炸死，跳樓確實要來得好一點也說不定。光從外觀來看，其他房間應該會有窗戶……嗯，不過八成是打不開的窗戶吧。」

「所以，你打算怎麼辦？」

哀川潤一副興奮的樣子問著。

完全置身事外的感覺。

「照你剛才講的，說到底也只能靠你想辦法拿下那個硬碟不是嗎？不然我們都會被這棟大樓的倒塌牽連而摔死啊。」

「……我知道啦。」

沒錯。只能這麼做了。

真的是——半點好處都沒有。

零崎軋識下定決心，不再繼續陪紅髮馬尾拌嘴，他無言地捲起袖子，徒手挑戰那個差點被解體的電腦主機。當然有工具會比徒手還要來得方便，所以他原本打算就地收集工具的，但情況已經變得如此緊急，哪來這樣的閒工夫物色工具。軋識索性徒手上陣，開始拆解正在運作中且不知什麼時候會爆炸的定時炸彈——真是久違的緊張感。

這是身為零崎軋識時，所沒辦法經歷的緊張感。

只有在「暴君」底下才能經歷的緊張感。

但是，就連那也——

「……我說，那個……潤。」軋識一邊動作，一邊跟打定主意袖手旁觀的哀川潤搭話。「雖然妳，號稱是人類最強——怎樣。妳有輸過嗎？」

「有啊。」

面對軋識的這個問題，哀川潤鎮定地回答。

「我幾乎一直過著從頭輸到尾的人生啊。就連剛才，也差點就要輸了呢。」

「剛才……？」

「那人贏了就逃跑啦。所以，那又怎樣？」

「我——輸了。」

軋識慎重地斟酌用詞，說道。

這個小丫頭，若真如傳聞是人類最強的承包人——不管出了什麼差錯，自己是零崎一賊這件事絕對要保密到底。在聽過「大戰爭」時所發生的插曲之後，為了要守護零崎一賊——無論如何，都不可以跟這個丫頭為敵。

不過，既然是真正的最強的強者，就實在很想問問。

「在絕不能輸的場合上輸了——把敗北當成跳板成長，說起來是很好聽，不過那種事是不可能發生的，輸了就是輸了。什麼輸的美學，根本沒有那種東西，只有慘不忍睹的敗北。不，不光只有那樣……」

對那個既是石凪也是闇口的少年——

也完全被他所壓制住了。

那也是敗北。

「為了要守護必須守護的東西，勝利是絕對條件，但看來我似乎沒有那個能力——那我到底該怎麼做才好？」

「勝利不就好了嗎？」

「就算如此也有輸的時候。光有志向改變不了什麼。事情有分做得到和做不到的。要是拚死去做結果就只有死。」

「哇哈哈。這麼說也是啦。」

哀川潤在軋識背後笑著。沒有比這更能擾亂軋識心神的行為了。看來找這小丫頭討論本身就是個錯誤，零崎軋識後悔著。總之最強就是最強，根本不會去體會下位者的內心，嗎——

被狙擊槍瞄準就說只有這不一樣，被拐進竹林裡就說這場地太過分，遇見石凪就說只有他們是例外——這種下位者的心態。

死。

死法。

軋識應該是個不知死亡方法的殺人鬼。

他應該不懂得死的方法才對。

他應該是個充滿絕望，死不了的殺人鬼。

但卻——不知從何時開始。

死亡開始伴隨在他左右，成為如此鮮明的存在。

伴隨著更為鮮明的恐懼。

尖銳地——讓心臟為之刺痛。

「要是拚死去做的下場就只是死嗎——嗯嗯，真是有趣的說法啊，小哥。好，我就送你一句好話當作回禮吧。是我在這世上最討厭的男人他的好友，每次有事沒事他就會跟我說的話。」

「……什麼？」

「討厭的事情就勉強去做。喜歡的事情就儘管去做。」

哀川潤她——

大力地甩過紅髮馬尾，如此說道。

「你也儘管去做不就得了？連戰連敗，全戰全敗也好，不失敗的話就是出乎意料的帥氣啊。雖說，事情也有分成做得到和做不到兩種啦——那如果做不到的話就做不到嘛，反正笑一笑事情就過去了啦。」

「……」

「怎麼啦？小哥，你的手停住了耶。快點啊。沒時間了吧？」

「不……在最後的最後，碰到瓶頸了。」

拆解確實碰到瓶頸，但停手的理由並不是因為這個。而是基於其他理由。但這可不能跟哀川潤說。

不過，確實正如哀川潤所說。

他還真是忘得一乾二淨了。

零崎一賊這個集團的宗旨便是——為了能夠笑著死去。

正是為了這個原因，他們才開始零崎。

零崎就是這樣——開始的。

「已經到最後的最後啦？還滿快的嘛。」

「別拿我跟那些外行人相提並論——就物理上的組合、拆解，沒有人能贏得了我。但就算這樣——也到此為止了。妳看，這裡有三條電線對吧？」

紅、黑、白。

三色的電線。

「咦，和剛才不同的電線嗎？剛才的電線跑哪去了？不見啦。那個，就是藉著電纜連結整個房間那條。」

「那個早在製作線路的時候拆掉了。妳沒看到嗎？唉！算了……就是這邊的電線。在這三條之中，切斷其中一條倒數就會停止……但是……」

「但是，要是切斷冒牌的兩條，就會當場爆炸嗎。哦——哦——雖然沒碼表可以倒數計時，但這次還真的跟電影或連續劇沒什麼兩樣。紅或黑或白，自己選一條切嗎？」

「真的只能隨便選一條。沒有其他方法可以判定哪一條才是該切斷……」

光在這科技企業的頂樓，有辦法知道該切斷哪一種顏色的電線嗎？在限制時間內能到達這層樓已經算是奇蹟了，即使還有多餘的時間，要百分之百精準的鎖定該切斷的電線，對軋識來說也很困難。

以物理角度來看，要準確的判斷是不可能的。

「機率是三分之一嗎？好吧，那，就用第六感來選啊。不管猜對還是猜錯，總比在猶豫的時候爆炸來的好吧？」

「說得可真容易……」

雖然她說的對，但要是能這麼輕易做到就用不著這麼辛苦了。再加上，也不是完全的隨機決定——若是能夠推測製作者的心理，多少有辦法能預測到哪條電線是正確的。例如說這棟大樓本身是黑色的，因此黑色電線的機率比起其他電線就來的低、或是高，等等之類……即使無法確定，也應該可以做出較有利的選擇。既然如此，就得跟它耗到極限為止。

拚死去做——自己能做得到的事。

雖然拚死去做的下場就只有死路一條——

只要能笑著死去，倒也無妨。

「看來時間到了。」他說。

但是，哀川潤卻一掃先前袖手旁觀的態度，蹲在軋識身邊與他並排。接著輕鬆地將手伸向軋識正在解體的硬碟。

「喂，小丫頭，妳做什──」

「雖然我想盡可能地讓你去做，不過時間看來所剩無幾。我本來是打算盡量不出手的，但既然遇到瓶頸，就輪到我出場啦。」

「妳說出場……」

「你忘了嗎？我可是承包人咧。」

「承包人──」

但是是「出包」的「包」阿，帥呆了──

出包。也就是失敗。

人類最強的承包人。

「妳──懂機器嗎？」

「我什麼都辦得到哦。比任何人擅長一切，這就是哀川潤。再說，這解體工作麻煩的部分，小哥你已經全都完成啦。基本上，這種情況下的選項也只有一個，再怎麼用理論思考都沒用啦。」

「沒用……難道說妳真的打算用第六感來選？」

「不。是比第六感更確實的方法。」

「……」

為什麼呢？──真不可思議。事情發展至此，自己在不知不覺間開始覺得，將事情全盤交給這小丫頭也無所謂。是因為先前那些話的關係嗎，還是她那總是從容到令人火大的氣質讓自己放心呢，亦或是因為其他完全不相干的理由？

總而言之，似乎能夠放心交給她做決定。

並不是由於這樣成功率會比較高。相反的，即使是失敗了，也能乾脆的說是因為交給她決定才會導致這樣的結果，自己還能在內心抬頭挺胸地說著，倒也無妨——她說事情變得有趣多了。即使絕對是沒什麼好處的事，那她也應該知道炸彈的存在。就算這樣——她卻在這層樓等待軋識。要是自己一個人，明明或許還來得及逃走，為什麼——她卻沒逃？

沒有為什麼啊——

你覺得我是那種能夠棄你於不顧的人嗎？——

事情分成做得到和做不到。

承包做不到的事情——才是承包人。

「喜歡的事情就儘管去做。選擇自己喜歡的道路。選擇自己喜歡的顏色就好啦。我的話，就是把紅色——」

哀川潤露出自負的微笑，

對紅色電線伸出手。

並從旁閃過了它。

「——**其餘的電線全都切斷！**」

用力地一鼓作氣。

黑與白的電線，兩條一起被扯斷了。

零崎軋識乍見哀川潤這難以置信的舉動，一時搞不清究竟發生了什麼事，也不想理解，他張大了嘴愣在原地——不過馬上就從他張大的口中，用彷彿硬擠出的大音量，

「白痴啊啊」

扯破喉嚨地放聲大叫。

◆　◆

爆炸拆除法。

這個科技企業在本部設置炸彈的理由，怎麼說都是為了湮滅證據。並非打算破壞這個辦公區，要真是破壞了辦公區反而令人困擾。正因如此，所設置的炸彈威力並未能造成其他損害，而是恰好相反。是最少量的炸藥——將損害程度減少至最底限，且能將問題資料處裡掉，是最理想不過了。在建築物力學上的支撐要點設置少量、但能確實造成破壞的分量的炸藥，將爆風也列入考量，讓窗戶牆壁和梁柱，全都向內倒塌。這麼一來，比起爆炸，大廈本身的重量就足以令資料化為無法修復的粉末了。連

一片碎片都不會從大廈的地盤內掉出，就連對相鄰的建築物也不會造成困擾，可說是貨真價實的自爆——

只是，這種事姑且不論。

而後，承包人的傳說，又在今日更新了。

據說。

她所涉足的建築物，無一倖免地全數倒塌——

◆　◆

在那之後。

由於尚有一些需要費神的保密工作和必須收拾的殘局，因此當零崎軋識來到「暴君」的巨大住處——高級公寓大樓時，已是大樓爆炸倒塌事件的三天後了。不用說治療傷口，光是為了重整那殘破不堪的身體就花上許多時間。畢竟陽光男軋識希望在「暴君」面前，能夠維持穿著最體面衣服的良好形象。由於電梯已經被「暴君」的某個夥伴破壞殆盡（仔細想想，當初軋識沒選電梯而選擇爬樓梯，或許也是受到那位夥伴的影響），因此為了來到她的頂樓生活圈，不得不經由樓梯。沒關係，反正現在沒有著急的必要。雖然——想要早點見到「暴君」的愛慕之情，讓他不由自主地加快了步伐。

打開沒有上鎖的玄關門，進到室內。

「等你好久了——小軋。」

她就站在玄關那。

全身一絲不掛直接穿著風衣。

就連襪子也沒穿，一如往常的打扮。

一看見軋識出現，「暴君」便一頭埋進軋識懷裡。

「這次辛苦你了，你真的很努力。」

「……嗯，暴君。」

軋識反手將門鎖上，脫掉鞋子，抱著「暴君」嬌小的身軀走在走廊上。總覺得只要能感受到這種無比的幸福，先前的辛苦都算是有了代價。盡管軋識一直在「暴君」面前表現得沉著冷靜，故意不將這份情感表現出來，臉上卻不爭氣地流露出鬆懈之情。彷彿洞悉了軋識的心理，「小軋真是可愛！」，「暴君」說道。

隨意找了間房間進去，並將她抱上沙發。儘管很捨不得放開，但擁抱就到此為止。

先把事情解決吧。

要是把少女的好心情破壞掉就糟了。

軋識從包包裡取出那顆硬碟，恭敬地獻給「暴君」。「暴君」非常滿足地，僅用單手就收了下來。

「小軋派上用場了。」暴君這麼說道。

以從「暴君」口中說出來的話而言，這已經是最高等級的誇獎了。

「我果然沒有看錯，小軋的確是最棒的。」

「或許是我多嘴……不過這顆硬碟有特殊的防盜拷裝置。所以要看裡面內容的時候，請記得要連接獨立機器」

「嗯。謝謝。我會這麼做的。」

「暴君」將硬碟當作寶物般地緊緊擁抱在胸口。一直到最後，軋識始終沒有確認這顆硬碟的內容。無所謂。就算裡面裝的是能夠毀滅世界的武器設計圖，只要「暴君」想要，軋識就會想盡各種辦法弄到手。

「喂，小軋！」

「暴君」維持著那個姿勢說著。

「跟我說嘛。詳細的事情。令人開心的事情。你到底是怎麼獲救的？當我看到本部大樓倒塌的新聞時，我還以為小軋死掉了呢！」

「嗯……這個嘛……」

到底是怎麼獲救的呢？

從那個爆炸事件。

零崎軋識苦笑著回想——

當然，他以為已經一切都完蛋了。

整棟大樓陷入驚天動地的震撼，搖晃得相當驚人。這一瞬間，主要的梁柱，力學的支撐點，就這樣化為烏有——有如捏麵人般，牆壁開始崩垮，地板也跟著傾斜起來。不僅架子亂倒，電腦也一臺臺摔落。與其說建築物即將倒塌，不如說其內部被整個粉碎，宛如被放進了巨大的搖杯裡，然後有個巨人酒保正猛烈晃動這個搖杯。上下左右的知覺已經消失，只剩下的暈頭轉向。

原本以為已經完蛋了。

但——

「哇哈哈哈哈哈哈哈！真好玩！」

耳邊傳來笑聲。

同時，胸口被強烈地固定——不對，說錯了，像是兩邊的腋下被吊起來那般，軋識的身體被緊緊抱住。

是誰——當然，是哀川潤。

在她另一隻手中，握著硬碟。線路都已經被扯毀，就連硬碟也跟著被扯毀的樣子。爆炸已經開始，一切都已經無關力量和技巧了。哀川潤輕鬆地抱起高到讓自己想踹的軋識身軀，接著，向那傾斜而且起伏的地板衝了過去——

沒有窗戶的房間。

但這些都已經無所謂了。

一邊閃避所有正在落下的碎片——一邊在碎片落下之前，緊急穿過那瞬間的縫細，哀川潤有如縫合牆壁和鋼筋似地，成功從大樓衝了出來。

爆炸拆除法。

除了物品以外，沒有被害者的爆炸。

因此——只要能從裡面逃出來就算安全了。

不過那只是依照二次元思考方式時的情況，但這裡畢竟是三次元。衝出去的地方，可是地上四十層樓高——這根本就是自殺行為。

只不過是從被炸死，變成跳樓自殺罷了。

一點也不讓人覺得是比較好的死法。

由於爆炸引起的風，將兩人吹向更高的地方——因此，現在的高度，比原本的四十層樓還要更高。

連慘叫都發不出來，

零崎軋識只能使勁把眼睛閉上。

在軋識腦袋裡一一浮現的畫面是，零崎一賊的大家、「暴君」、以及她的夥伴們——能夠在臨死前想起那樣多人，也算是相當幸福的吧，同時更覺得自己不應該處於這種情況。

在零崎一賊的成員之中，

臉頰刺青的少年——有這麼一位嗎？

大概有吧。

正當這樣思考的時候，

碰！

右手，傳來了劇烈的疼痛。

在空中撞到什麼了——嗎？

他因為這股疼痛而睜開了眼睛。

反射性地，軋識的右手用力握住了撞到的**那個**——**那個**，居然是**直昇機的腳架**。回想起——在潛入這棟大樓前，有好幾架直昇機繞著這個辦公區域飛行遊覽。當時還覺得這群直昇機怎麼飛這麼低——

但是，

在大樓倒塌，衝出現場的時候，居然正巧有直昇機飛過，自己的手竟然會抓到它的腳架，這到底是怎樣的偶然——!?

依照慣性法則，身體仍然是止不住地劇烈搖晃。

他在慌張之中連忙使勁用右手握緊腳架。由於撞擊的力道，右手的骨頭大概碎了，即使如此，支撐自己的重量還是沒什麼問題——不、不只是自身的重量。

左手傳來一股沉重的拉力。

定睛一看，軋識的左手下意識地，緊握著哀川潤的左手。零崎軋識的左手向下垂伸，哀川潤又再一次地免於從四十樓高的地方落下。

紅髮馬尾被風吹拂而無止盡地搖曳著。

另一邊的右手，握著硬碟。

不……勉強考慮一下的話，其實可以辦到。與其在這不知何時會爆炸的狀況下，等待時限到來，不如自己確實掌握時機，並非三分之二，而是百分之百的機率引發爆炸讓建築物崩壞，利用爆炸時的暴風逃到外面——這麼做的話是沒問題的。但是，除此之外的其它事情，就太勉強了。在這沒有窗戶的房間之中，連直升機的位置也無法計算。可以依賴暴風飛行多遠的距離，完全只能聽天由命。

自己也不知道為何，反射性地握住了她的手……現在，自己抓著哀川潤的左手是否應該鬆開？

什麼嘛——這個小丫頭。

「嗯？」

在直升機螺旋槳的刺耳聲響之中，哀川潤無動於衷的表情——視野一角，大樓正在逐漸解體。地面上被自己撞壞的油罐車，被崩落的大樓砸中，看來已經開始燃燒了。

「啊？這個啊，拿去。」

她用無所謂的口氣說著，舉起了右手，打算把硬碟交給軋識。當然，為了拿取這個硬碟，軋識勢必得放開哀川潤的左手——

「怎麼了？拿去啊，這不是小哥的工作嗎？」

「……」

與其說這是哀川潤本身所期望的，不如說她在暗示，要他放開手讓自己掉下去。

零崎軋識是這麼想的。

無論如何，請放開手。

這實在是非常的有趣——

聽起來就像是這樣。

「嘻、嘻嘻嘻嘻——」

軋識。對著這樣的人類最強、他發出了笑聲。

「嘻嘻嘻嘻，嘻嘻嘻嘻——哈哈哈哈！」

「哇哈哈哈哈」

哀川潤也接著大笑出聲。

接著她說。

「想做的話就辦得到嘛。」

——但是，想當然耳。

這樣的來龍去脈，「暴君」沒有必要知道。石凪和闇口，包括零崎所說的「殺之名」、還有人類最強的承包人，「暴君」不知道也無妨。這些都是自己一個人知道就可以的事。

零崎軋識隨便編出一些足以令「暴君」相信的內容，矇混過關。「暴君」熱中於軋識所說的故事，像聽著童話般純真的小孩。雖然內心感到有點心痛，但是，若與想到無法再待在「暴君」身邊的痛苦相比，那可說是微乎其微的。

「不過，有一件事我覺得很有趣——」

「暴君」如此說。

有一件事覺得有趣——

「**造成了如此的慘狀，卻沒有任何一個人死亡**——至少，雖然表面上說是設計上的失誤造成大樓倒塌，但是裡面的四百名職員，**竟然全都碰巧在地下室**遭到活埋，**而且後來還全都被救出來**——」

「……」

她所涉足的建築物，無一倖免地全數倒塌。

但是——卻沒半個人因此死亡。

這就是承包人的傳說。

零崎軋識和石凪少年在一起時，那個紅髮馬尾的小丫頭，將遭到石凪少年打昏的警衛們，全部都關進了地下室……這已經不是使不使用電梯的問題了，她的腳步靈活得令人不敢相信。稍微一不留神——她就已開始進行下個行動了。「雖然不知道附近加油站的店員，為什麼也會在那個地下室……不過你真是個好人啊，小軋。我認為啊，願意去救那些毫無生存價值、無關緊要的傢伙。像你這樣的溫柔善良，實在很棒呢。」

「感謝之至，您的褒獎，是我的榮幸。」

「嗯嗯。但是這樣的溫柔，從現在開始只為了我一個人展現吧！」

「……這是理所當然的。」

「答得好。要永遠陪在我身旁哦！」

如此說著的「暴君」再一次抱緊軋識。慈愛地、幸福地，磨蹭著臉頰。

這只是——暫時的。

軋識心想。自己大概會一直這樣下去吧。

對摯愛的家人說謊。

對迷戀的少女說謊。

事實真相誰也不知道。

沒有人了解真正的零崎軋識。

沒有人了解真正的式岸軋騎。

就連自己也不得而知。

不管是家族，還是其他所有事物，全部都——無人知曉。

無論是身為零崎一賊的零崎軋識，或是與「暴君」在一起的式岸軋騎，都只是個半吊子的傢伙。遇事總是半途而廢，這樣的他，無法抵達任何目的地。

但是，即使如此——軋識發現了。

值得用所謂的真實來形容的、那唯一的赤紅。

不必分出黑白也無所謂。

無論贏了也好、輸了也罷，全部都可以笑著跨越，所有的價值觀都是一樣，都是愚蠢而可笑的存在——這些事實他全都發現了。

當然，軋識再也不想跟她扯上關係。

不但遭受到毫不人道的過分對待，還感到極大的困擾，仔細想想，似乎也做了不少白工。

即使如此，不知為何，軋識認為能遇到那個紅髮馬尾的小丫頭，實在是很幸運的事——幸運得無以復加。

所以他回憶起一件事。

她所贈予的，一句話。

◆　◆

若說雀之竹取山的那場敗北，依萩原子荻的估計，效果將於兩年後浮現，那麼與哀川潤相遇，導致萩原子荻的計畫被打亂，也是三年之後的事了。

零崎軋識的人間敲打。

這是最為暴力，無可饒恕的，據知為一賊史上殺害最多人類的事件。且為官方記錄中，一賊史上最長壽的——一個殺人鬼的故事。

STRIKE, BATTER OUT.

GAME SET.

後記——

最近思考關於人類雙面性的機會增加了，也正因為這樣的機會增加而思考從以前就常聽到的聲音：『模範生做壞事會比一般生受到更嚴重的批評，壞學生做好事，會比一般生受到更高的好評。』然而這並非好事，對那些本人而言似乎也只是『一如往常的自己』。無論是模範生或壞學生都是外界所貼的標籤並非自稱的，雖說做了不同於這個標籤以外的行為，應該也不覺得被誇讚或被責難才對。『真不像你的作風呢！』現實中不會有哪個傢伙會說出這樣的臺詞吧。既然自己就是自己，便沒有所謂『不像自己的作風』吧。相反來說，『因為那種事不像自己的作風，所以想嘗試看看。』這樣的動機或許絕對是不成立的。只不過是種邏輯，但這樣的說法在這世間挺說得通的，其實我寫小說時也會有『啊，不過這有違我的作風呢』的時候。然後馬上變成到底在說什麼啊的這種傢伙。我的作風是什麼鬼？違反是什麼鬼？想到這些的時間點上才正是你這傢伙的作風吧！就像這樣的感覺。回到人類雙面性的話題，用簡單的一句話形容就是『其實是個好人』的人物角色，為什麼不是『平時就是好人』呢？這樣的問題意識。如果是『其實是個好人』或『本性不壞』，平時就這麼做就好，之類的。然而，這個疑問很明顯是大錯特錯的，不需要是個好人的時候是個好人有時甚至是種麻煩，這就跟明明不需要讓心變成惡鬼時，心卻是惡鬼的人一樣。到頭來，並不是雙面性或意外性的問題，只是人類會單純配合人、事、地表現出不同的角色行為，很理所當然的一件事罷了。

因此本書描寫的是心靈乃之於行動上屬於鬼的殺人鬼集團，以零崎一賊為主角所寫的人間系列的第二集。並且是被稱為『愚神禮讚』的零崎軋識為主人翁所寫的故事。他是個有雙面性的殺人鬼，然而其實他所擁有的並非雙面性而是一貫性，因此過的生活並非雙重生活而就只是生活吧。雖然他原本就是會殺人的殺人鬼，但或許正因如此，反而是零崎一賊中最具人類氣息的殺人鬼。人間系列第二集《零崎軋識的人間敲打》就像這樣的感覺。

插畫師竹老師所畫的零崎軋識以及少女哀川潤無論看多少遍都還是好棒。非常謝謝您。以及對於問出『十六日正確來說是到十七日的幾點之前呢？』這種莫名奇妙問題的作者又有耐心又很包容的講談社文庫出版部的各位，獻上萬分感謝。

西尾維新

浮文字

零崎軋識的人間敲打

（原名：零崎軋識の人間ノック）

作者／西尾維新　插畫／take　譯者／凌虛
執行長／陳君平　榮譽發行人／黃鎮隆
協理／洪琇菁　國際版權／黃令歡
執行編輯／呂尚燁　美術編輯／李政儀
企劃宣傳／楊玉如、洪國瑋、施語宸
發行／英屬蓋曼群島商家庭傳媒股份有限公司城邦分公司　尖端出版
台北市中山區民生東路二段一四一號十樓
電話：（〇二）二五〇〇—七六〇〇（代表號）
傳真：（〇二）二五〇〇—一九七九
中部以北經銷（含宜花東）／楨彥有限公司
電話：（〇二）八九一九—三三六九
傳真：（〇二）八九一四—五五二四
雲嘉經銷／智豐圖書股份有限公司　嘉義公司
電話：（〇五）二三三—三八五二
傳真：（〇五）二三三—三八六三
南部經銷／智豐圖書股份有限公司　高雄公司
電話：（〇七）三七三—〇〇七九
傳真：（〇七）三七三—〇〇八七
一代匯集／香港九龍旺角塘尾道六十四號龍駒企業大廈十樓B&D室
電話：（八五二）二七八三—八一〇二
傳真：（八五二）二七八二—一五二九
馬新經銷／城邦（馬新）出版集團　Cite(M)Sdn.Bhd
E-mail：Cite@cite.com.my
法律顧問／王子文律師　元禾法律事務所
北市羅斯福路三段三十七號十五樓
二〇二二年八月一版一刷

■中文版■

郵購注意事項：
1. 填妥劃撥單資料：帳號：50003021戶名：英屬蓋曼群島商家庭傳媒(股)公司城邦分公司。2. 通信欄內註明訂購書名與冊數。3. 劃撥金額低於500元，請加附掛號郵資50元。如劃撥日起 10～14日，仍未收到書時，請洽劃撥組。劃撥專線TEL：(03) 312-4212 ・ FAX：(03) 322-4621。E-mail：marketing@spp.com.tw

國家圖書館出版品預行編目資料

零崎軋識的人間敲打 / 西尾維新 著 ; 凌虛譯 .
--二版. --臺北市：尖端出版, 2022.08
面 ; 公分.--(浮文字)
譯自: **零崎軋識の人間ノック**
ISBN 978-626-338-027-1(平裝)

861.57　　111007681